댕형 설서린

대형 설어린 9

설봉 新무협 판타지 소설

초판 1쇄 찍은 날 § 2004년 6월 12일
초판 1쇄 펴낸 날 § 2004년 6월 22일

지은이 § 설봉
펴낸이 § 서경석

편집장 § 문혜영
편집 § 장상수 · 유경화 · 서지현
마케팅 § 정필 · 강양원 · 이선구 · 김규진 · 홍현경

펴낸곳 § 도서출판 청어람
등록번호 § 제1081-1-89호
등록일자 § 1999. 5. 31
어람번호 § 제2-0388호

주소 § 경기도 부천시 원미구 심곡1동 350-1 남성B/D 3F (우) 420-011
전화 § 032-656-4452 팩스 § 032-656-4453
http://www.chungeoram.com
E-mail § eoram99@chollian.net

ⓒ 설봉, 2003

값 8,000원

ISBN 89-5831-144-4 04810
ISBN 89-5505-684-2 (SET)

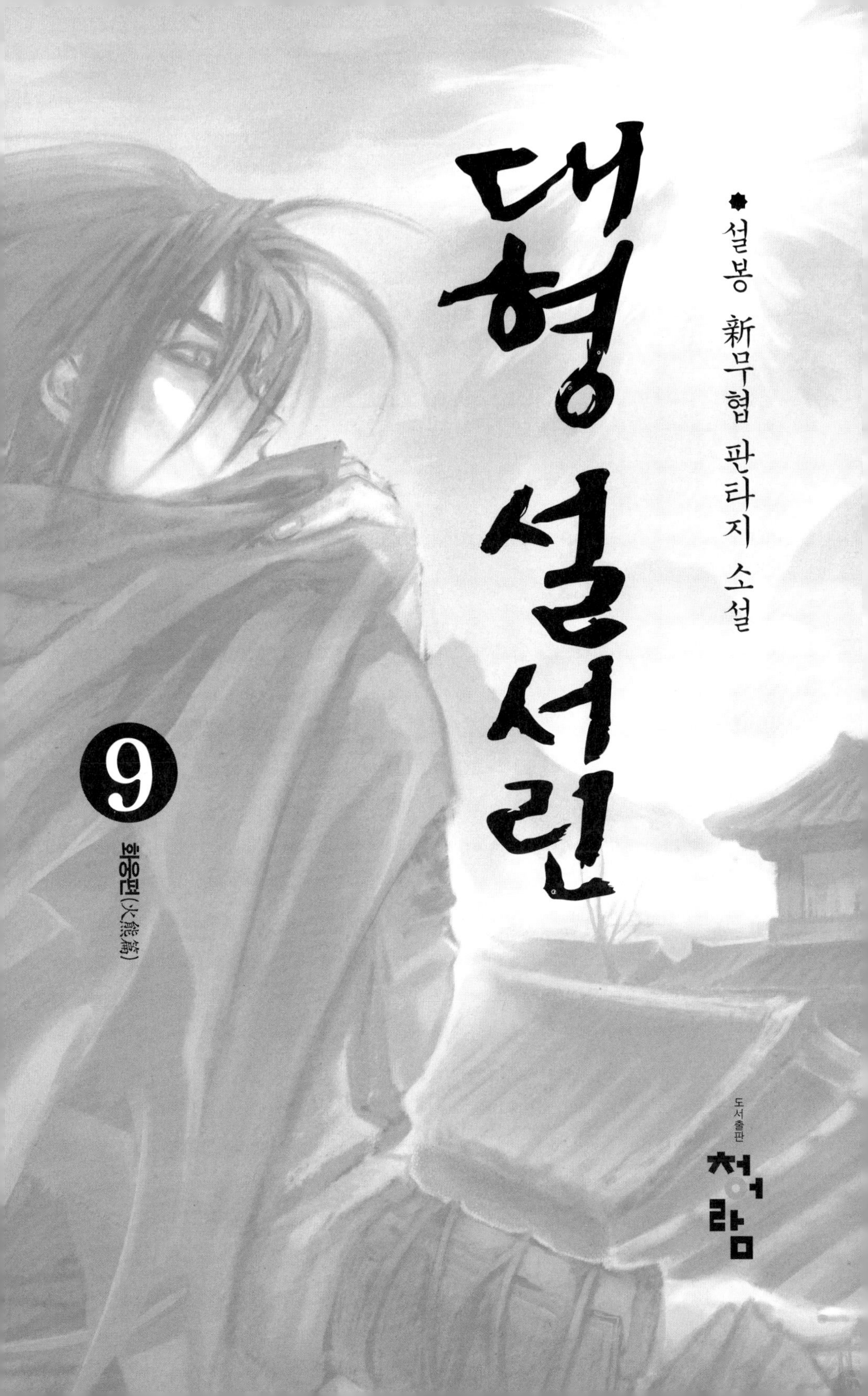

대형 설서린

설봉 新무협 판타지 소설

9

화웅편(火熊篇)

도서출판 청어람

목
차

9 화웅편(火熊篇)

第五十七章

십달통(十達通)

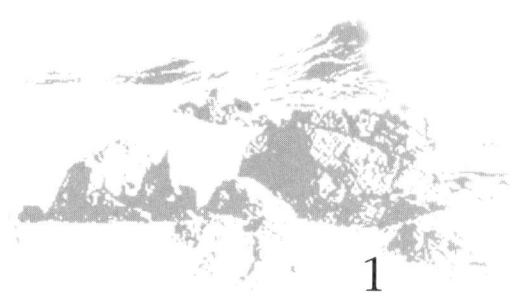

1

십달통(十達通)

왕각과 하정은 먼 길을 오는 동안 궁금증을 하나도 풀지 못했다.

독사가 일궁의 궁주라는 말을 들었을 때는 코웃음부터 나왔다. 하지만 자칭 수하라는 자들의 무공은 가볍게 볼 수 있는 게 아니었다. 현문과 인연을 맺고 지내는 동안 뛰어난 고수들을 많이 만나볼 수 있었지만, 그들 누구와 견주어봐도 결코 뒤지는 무공이 아니었다.

의아함과 궁금증이 동시에 치밀었다.

독사는 어떻게 해서 이토록 뛰어난 수하들을 거느릴 수 있었을까? 아니, 거느리고 있는 것은 맞나? 불가능한데……. 도저히 그런 일은 일어날 수 없는데.

궁금했다.

자신들에게 감히 '납치'라는 말을 운운한 자가 귀주사괴라는 사실은 더욱 흥미를 이끌어냈다.

귀주사괴, 각기 특이한 능력을 지니고 있다는 괴물들. 그러나 무공은 변변치 못해 무림에서는 지렁이보다 못한 대우를 받는다는 자들.

그런 자들이 납치 운운했다. 또 자신있게 그런 말을 할 수 있을 만큼 무공도 높았다.

무림인들이 귀주사괴의 무공을 잘못 판단했을까?

그럴 리는 없다. 무림에서 평가된 무공은 하루 이틀 사이에 결정된 것이 아니다. 절정고수를 꺾었다고 해서 일류고수가 되는 것도 아니다. 암수나 운이 좋아 이겼을 수도 있으니까.

무림에서의 평가는 오랜 세월을 두고 수많은 사람들과 손속을 겪은 후에야 내려진다.

평가는 잘못되지 않았다.

그럼 어떻게 이들이 이토록 강해질 수 있었을까? 일수천련(一手千練)……. 각고의 노력으로 오랜 세월 수련해야 일 촌(一寸)의 성취를 얻을 수 있는 것이 무공인데.

이것 또한 궁금했다.

하지만 귀주사괴는 입을 굳게 다물고 한마디 언질도 주지 않았다.

그들은 강적을 만난 고슴도치처럼 한껏 가시를 돋운 채 긴장을 풀지 않았다.

뚱기둥, 뚱땅……!

잘 다듬어진 악기 소리와 함께 거나하게 취한 취객들의 농지거리가 들려왔다. 여인의 간드러진 교성도 뒤질세라 터져 나왔다.

'기루…….'

세상 누구라도 알 수 있는 곳.

"다 왔군."

정말 오랜만에, 삼태를 떠난 후 처음으로 신령이 입을 열었다.

광장이라고 할 수 있는 지하 암동에 사람들이 속속 모여들었다.

'고수들······.'

왕각은 하정에게 눈길을 주었다.

'어디서 이런 놈들이 나타났지? 소문도 듣지 못했어.'

하정이 의아함을 담은 눈길로 왕각을 쳐다봤다.

귀주사괴는 그들을 광장에 데려다 놓은 후 사라져 버렸다. 석실처럼 보이는 곳으로.

곧 나오리라 생각했던 그들은 좀처럼 나오지 않았다. 뿐만 아니라 그들 뒤를 이어 광장으로 들어선 사람들도 본체만체하고 각기 다른 석실로 들어가 버렸다.

왕각과 하정은 남의 집에 들어와 길 안내도 받지 못하고 멀거니 서 있는 꼴이 되고 말았다.

"분명히 귀빈 대접은 아니군."

왕각이 중얼거렸다.

"변수인 것만은 확실한데… 어느 쪽인지 판단할 수 없네. 마단과 척진 것만은 확실하고… 그렇다고 현문과 소통을 하는 것 같지도 않고. 신흥 문파인가?"

하정이 암동 곳곳을 살펴보며 말했다.

그러다 뼈만 앙상한 골인들을 보고는 놀란 입을 다물지 못했다. 아니, 너무 놀라 벌떡 일어선 채 부들부들 떨어댔다.

"귀신은 아니니까 너무 겁먹지 마시게."

지천도가 부드러운 음성으로 말하며 다가왔다.

그의 음성은 여전히 괴기스러웠다. 독사 패거리들처럼 아는 사람이 들으면 부드럽다 느끼겠지만, 모르는 사람이 들으면 지저에서 울리는 살귀의 음성처럼 삭막하기만 했다.

"먼 길 왔네. 따라오게."

지천도가 앞장섰다.

"독사!"

"오랜만입니다."

왕각은 입을 쩍 벌린 채 말을 잃었다.

'틈이 없다! 한 치의 빈틈도 없어. 어떻게 이런 일이……!'

예전의 독사가 아니었다. 현문에 입문하고자 찾아왔을 적의 독사와는 전혀 다른 그였다.

어찌 된 일인지 독사 앞에서는 검을 뽑을 엄두조차 나지 않는다. 주눅이 들었다고 해도 좋을 이런 현상은 무인에겐 있을 수 없는 일이다. 아니, 치욕스럽기까지 하다.

독사는 편안해 보였다. 살기나 적대감 같은 것은 일절 찾아볼 수 없었다. 그런데 막상 병기를 들고 마주 선다고 생각하면 '지게 될 것이다' 는 강한 예감이 머리 속을 휘어 감았다.

독사의 방위나이는 절정에 이르렀다. 주변의 기운을 포용, 흡수하는 암혼사와 어울리면서 어떤 불의의 급습이라도 간발의 차이로 흘려 버릴 수 있는 경지에 도달해 있었다. 그가 의도하든 의도하지 않든 상대는 사로(死路)에 서게 되고, 자신은 생로(生路)를 밟고 있는 상태를 유지하게 된다.

세상에서 그를 기습 공격할 수 있는 자는 존재하지 않는다는 사실을,

그를 무너뜨리는 유일한 방법은 그보다 강한 진신무공뿐이라는 사실을 왕각이 알 리 없었다. 단지 느낌으로 강하다는 것을 감지했고, 놀라움을 감추지 못할 뿐이다.

하정의 충격은 왕각에 비하면 다소 적었다.

그녀는 독사를 본 적이 없었다. 영은촌 훈장과 연관있는 자라기에 현문에 입문할 수 있도록 설서린에 대한 족보를 만들어주기는 했어도 직접 보기는 처음이다.

당시 왕각은 영은촌을 휘어잡던 싸움패라고 했다.

'도, 독사가 맞나? 싸움패에 불과하다고 했는데……'

독사에게서는 기도(氣道)라는 것이 감지되지 않았다.

유삼을 입고 글을 쓰면 유생(儒生)이요, 그림을 그리면 화공(畵工), 쟁기를 들고 밭을 갈면 농부가 될 특징없는 모습이었다.

지금 그의 허리에는 검이 매어져 있다. 그렇기에 무인이다. 무인들과 어울리고 있으니 무인이라고 볼 수 있다. 그는… 하얀 백지에 그려지는 그림에 따라 모습을 달리하는 사람이다.

'이건… 엄청난 고수다!'

독사가 포근한 미소를 지으며 일어섰다.

"먼 길 오셨습니다. 앉으시지요."

왕각과 하정은 그사이에도 틈을 노렸다. 독사에게 원한이 있는 것은 아니다. 그와 싸울 이유도 없다. 단지 무인으로서의 본능이 자연스럽게 흘러나와 상대의 무공을 저울질해 보고 있는 게다.

'틈이 없어. 어떻게 이런 일이……!'

독사가 예전부터 무공이 강한 자였다면 납득할 수 있지만, 그들이 아는 독사는 기본 무공부터 차근차근 수련해야 할 보통 사람에 불과했다. 파락호로 산 생활이 있으니 수련 정도는 빠르겠지만, 무공과 싸움은 질이 다른 것이니 오랜 세월을 수련해야 한다.

아무리 염두를 굴려봐도 몇 년 만에 초절정고수로 탈바꿈할 만한 속성 무공은 존재하지 않는데…….

"독사 맞아?"

하정이 왕각에게 물었다.

"음……! 맞아."

"현문에 입문하려고 애걸복걸하던 독사 맞아?"

"맞아."

"쟤가 그 독사 맞아?"

"맞아. 또 묻지 마."

"그, 그…… 설서린이야?"

"벙어리가 보낸 놈, 맞다니까!"

독사는 아무것도 묻지 않았다.

잠시 옛날이야기를 나눴다. 현문에서 처음 봤을 때 촌티가 주르르 흘렀다는 둥, 설서린이라는 이름을 듣고 얼굴 표정이 어떻게 달라졌다는 둥…….

엽수낭랑이 들어와 차를 따랐다.

그녀의 입은 독사보다 더 무거웠다. 방명(芳名)이 어찌 되냐는 물음에도 방긋 미소만 지을 뿐이었다.

'뛰어난 미녀… 예사 소저가 아닌데…….'

엽수낭랑 같은 절색이라면 벌써 사람들 입에 회자되고 있을 터였다. 방명을 말한다면 아마도 한 번쯤은 들어봤을 소저일 게다.

왕각은 그렇게만 생각했다. 그때, 하정이 불현듯 무슨 생각이 들었는지 불쑥 물었다.

"혹시… 당문의 금지옥엽 당안령 소저 아니시오?"

엽수낭랑은 시인도 부인도 하지 않고 옅은 웃음만 배어 물었다.

"혹시나 했는데!"

하정의 경악을 듣고서야 왕각은 비로소 현실을 실감했다.

독사는 무인이 되었다. 절정고수가 되었다. 백비라는 곳에 들어갔다 살아서 나온 인물, 당문의 엽수낭랑 같은 고수를 수하로 거느릴 수 있는 사람……

또 한 가지 사실도 깨우쳤다. 귀주사괴를 비롯하여 독사의 납득할 수 없는 무공 성취도 백비라는 곳과 연관있다는 것을.

무슨 일이 있었는가. 무슨 일이 진행되고 있는가.

생각을 하는 사람은 왕각과 하정만이 아니었다. 독사도 생각했다. 시시각각 변하는 왕각과 하정의 표정 변화를 하나도 놓치지 않고 유심히 관찰하며.

'우리 일을 모르는군. 마단이나 현문, 어느 한쪽과는 연관이 있을 것이라고 생각했는데… 기우였군.'

독사가 입을 뗐다.

"무림에서는 열 명의 기인을 십달통이라고 부르죠. 십달통……. 무엇에 달통한 분들이십니까?"

기습이라도 하듯 느닷없이 터진 질문.

왕각은 꿀 먹은 벙어리가 되었다. 하정도 굳게 입을 다문 채 독사만 노려보았다. 그들 앞에는 향기로운 차가 놓여 있었으나 입도 대지 않은 채 싸늘히 식어갔다.

"말하기 거북하십니까?"

독사가 차를 음미하며 물었다.

독사의 물음은 쉽게 대답할 성질의 것이 아니었다.

몇 가지 물어볼 것이 있어서 모셔왔다고 했다. 간단한 물음이니 긴장하지 말라고. 옛정을 생각해서 차나 한잔 같이하자고, 담화나 나누자고 했다. 그러나 그가 물은 것은…….

무엇에 달통했기에 십달통이라 불리냐는 가장 단순한 물음이었지만 대답할 수가 없었다. 대답하기에 앞서서 독사가 누구인지부터 살펴야 했다.

적인가, 아군인가.

뇌궁이란 문파는 어떤 문파이며 무엇을 추구하는 문파인가. 주적을 누구로 삼았는가. 현문인가, 마단인가.

독사에 대해서는 어느 정도 알고 있다.

훈장 밑에서 성장했다는 사실은 백 마디 말보다도 더한 신뢰를 주지만, 그것은 과거의 일이고 현재 뇌궁이라는 정체 모를 집단에 몸을 담고 있다는 것이 문제다. 더군다나 궁주라니?

왕각이 농을 섞어 대답했다.

"대답이야 간단하지. 말 못할 게 뭐 있는가? 나는 똥을 잘 퍼서 똥달통이야. 똥장군이라는 소리보다 나은가?"

독사는 왕각의 대답을 귓가에도 담지 않았다.

"삼태에는 현문이 있습니다. 사람들은 현문을 중소문파 정도로 알고 있지만 여기 있는 저희들 의견은 다릅니다. 현문이 마음만 먹는다면 사천오주 중 한 군데는 자리를 양보해야 될 겁니다."

"잘못 봤군. 현문을 나보다 더 잘 알까. 매일 얼굴을 맞대는 사람들인데."

"그런가요?"

"그렇지."

"그럼 이 대답도 시원하게 해주시겠군요. 현문이라면 기억나는 사람이 있습니다. 운성대협의 둘째 자제인 석정하. 일검의 빚이 있죠. 잘 있습니까?"

"……."

"요신화에게도 빚이 있습니다. 잘 있습니까?"

"키키키! 그놈들, 지금도 중강 도림을 어떻게든 이겨보려고 밀실에 숨어서 비기(秘技)인가 뭔가 수련하잖아? 나야 똥이나 푸는 주제니 더 파고들 수도 없지만."

"그렇군요. 현문에 있군요."

왕각은 잘못한 것도 없으면서 괜히 얼굴이 붉어졌다.

그들은 현문에 없다. 현재 현문은 텅 비어 있다. 아침저녁으로 쩌렁쩌렁 울리던 고함 소리도 끊긴 지 오래되었다. 오천검객은 집무실을 지키고 있지만, 그들의 제자는 일제히 사라지고 없었다.

다른 문파에서 이런 일이 벌어졌다면 사천무림 전체가 들썩였을 게다. 호기심 때문에, 진상을 알아보고자, 또는 걱정이 되어서 찾아오는 무림인들로 문전성시를 이뤘을 게다.

그러나 현문이기에 모두들 궁금해하지도, 걱정하지도 않는다.

현문에서는 이런 일이 종종 벌어진다. 그리고 사라졌다가 다시 돌아온 무인들은 전혀 다른 새사람이 되어 나타난다. 놀라운 고수로 변모해서……

현문에서 누군가 사라졌다면, 비밀 장소에서 현문의 진공(眞功)을 전수받는 것이니 부러움의 대상은 될지언정 걱정은 되지 않는다.

하지만 이번만은 현문도 도가 지나쳤다.

한두 명도 아니고 문도 전원이 사라져 버렸으니.

왕각은 마치 독사가 모든 것을 다 알면서 캐묻는 것 같아 심히 불쾌했다.

"그걸 물으려고 납치해서라도 끌고 오라고 한 겐가?"

"아뇨. 묻고 싶은 것은 먼저 물음입니다. 대답을 하지 않으시니 다른 걸 물은 겁니다."

"뭐에 달통했냐고? 똥달통이라고 대답했잖나."

독사가 왕각의 눈을 뚫어지게 응시했다.

'확실히 변했어. 옛날의 늑대가 아냐.'

한이 절절이 맺혀 있어서 건드리기만 하면 폭발해 버릴 것 같던 독사는 분명히 아니었다. 지금의 독사는 소름 끼치도록 냉철했다.

"두 분을 모신 것은 불곰을 찾기 위해서입니다."

"불곰?"

"벌써 짐작하고 계시겠지만 여기 있는 저희들은… 백비에서 살아 돌아온 사람들입니다."

"음……!"

왕각은 신음했다.

천하제일의 무공을 얻고자 하는 자 백비를 두드려라.

두드리는 자는 많았다. 하지만 살아 돌아온 자는 없었다.

독사가 살아서 돌아왔다. 일개 파락호였다고는 믿을 수 없을 만큼 엄청난 변모를 하고.

"제가 백비를 찾은 것은 불곰 때문. 아직 불곰의 생사조차 모르고 있습니다."

"불곰 말은 들은 적이 있지. 훈장이 낳은 개망나니 자식이라고. 그 외에는 아는 것이 없어. 도대체 왜 이런 걸 우리에게 묻는가?"

"두 분은 아실 것 같았습니다."

"모르네."

"십달통 중 한 분이셨던 무석 스님이 열반에 드셨습니다. 제가 불곰을 찾는 이유와 무관하지 않은 죽음이었죠. 흉수는 파악하셨습니까?"

"말했지 않나. 난 똥장군에 불과해. 무석이 죽었다는 건 흘러 다니는 말을 들어서 알고 있네만, 그래서 어쨌다는 건가? 죽을 이유가 있으니까 죽었겠지. 향불 피워놓고 염불만 외는데 죽일까?"

"불곰은 살아 있습니까?"

"그놈 참… 어지간히 귀가 막혔군. 불곰인지 불에 탄 곰인지 모른다고 한 말 못 들었나?"

다소곳이 서 있던 엽수낭랑이 고개를 좌우로 흔들었다.

예상은 했지만 십달통은 무림과는 전혀 상관없는 사람들처럼 입을 굳게 다물었다.

왕각과 하정을 데려오면서 치른 대가는 컸다.

일수일살이 한쪽 눈과 한쪽 팔을 잃었다.

마단 추시들의 지독함은 익히 알고 있으니 걸려들면 그 누구든 일수일살의 경우를 피할 수 없다는 점을 알면서도 안쓰러움을 지우지 못했다.

"상처는?"

"이까짓 거야…… 괜찮습니다."

일수일살이 침상에 누워 있다가 벌떡 일어나 앉았다.

독사는 멸혼촌에 있을 때처럼 서로 격의없는 관계를 원했지만, 뇌궁 문도들은 집원주 마천옥의 지시를 따라 궁주에 대한 예의를 깍듯이 지켰다.

"한 팔과 한쪽 눈을 길에 놓고 왔지만… 무의미해졌군."

"후후후! 궁주님, 그거야말로 궁주님답지 않은 말씀."

"……"

"궁주님이 명하신 일에 의미가 없을 수는 없죠. 궁주님의 명이 바로 의미니까. 설혹 궁주님이 원하신 것을 얻지 못했다 하더라도, 그런 일에 제 목숨을 던졌다 해도 아깝지 않습니다."

"무엇 때문에 뇌궁 문도가 되었지? 마단에 대한 원한 때문에?"

"하하하!"

"그럼 현문에 대한 원한 때문이겠군, 멸혼촌에 밀어 넣었으니."

"하하하하하!"

일수일살의 왼쪽 눈에서 검은 액(液)이 흘러내렸다.

웃어 젖히느라 얼굴 근육을 움직이는 바람에 상처에서 약초가 떨어지며 생긴 현상이다.

"얼마 동안은 못 볼 거야, 다녀올 데가 있어서. 그동안 깨끗이 나아져 있기를."

"내일 오시면 내일, 반나절 후에 오시면 반나절, 한 시진 후에 오시면 한 시진 후에. 언제 오시든 오실 때 제 상처는 나아 있을 겁니다."

독사는 등을 돌렸다.

등 뒤로 침상에 털썩 주저앉는 소리가 들려왔다.

마천옥이 뇌궁이라는 문파를 입 밖에 꺼냈을 때, 모두들 이의를 달지 않고 문도가 된 데는 몇 가지 이유가 있다.

가장 큰 이유는 서로 뭉쳐 있을 수밖에 없는 현실이다.

무림에서 태어나고 자랐다는 그들이지만, 현 무림은 그들이 돌아갈 수 없는 금역이었다.

가장 큰 아픔도 있다.

마단과 일전을 벌이며 겪었던, 그리고 슬퍼야 했던 동병상련(同病相憐)의 정은 골인이나 골인이 되지 않은 자나 친형제처럼 가까운 사이로 만들어 버렸다.

이것이 뇌궁이란 문파를 창건하게 된 배경이다.

그러나 독사를 중심으로 끈끈하게 뭉쳐진 데는 다른 이유가 있다.

사내들의 정(情).

영은촌 파락호들이 서로 목숨을 맡길 수 있을 만큼 굳은 의기로 뭉쳤듯이, 뇌궁 문도는 사내들의 정으로 뭉쳐 있다.

독사는 그런 점을 알기에 일수일살의 상처가 더욱 마음 아팠다.

'뇌궁 궁주로서 시킨 일이 아니었지. 불곰의 생사를 알려는 사사(私事)였어. 마단에 얽매어 있을 때는 생각할 수도 없었던 일이나 무림에 나왔으니⋯⋯. 앞으로는 사사에 문도를 움직이는 일은 없어야겠군. 절대로.'

독사는 냉막하게 굳은 표정으로 뚜벅뚜벅 걸었다.

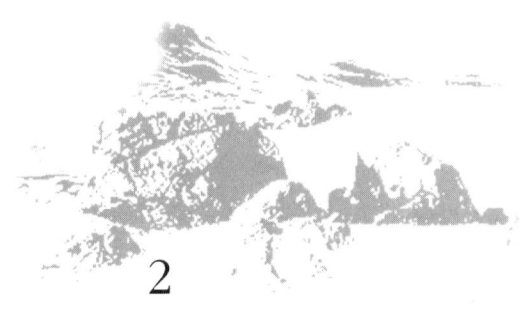

2

십달통(十達通)

쏴아아아……!

장대처럼 굵은 빗방울이 사정없이 대지를 두들겼다. 개울물은 흙탕물로 변해 콸콸 쏟아져 내렸고, 대로는 갯벌로 변해 발걸음을 떼어놓을 적마다 묵직한 흙더미가 딸려 올라왔다.

"여기군요."

물을 필요도 없었다. 검게 그슬린 돌 조각들과 타다 남은 숯 더미들이 화재의 현장임을 알려주었다.

"외따로 떨어져 있는 곳이라 찾는 사람도 없어."

혜월이 대답해 주었다.

그녀의 눈빛은 촉촉이 젖어 있었다.

관심거리도 되지 않았던 기녀. 그러나 한 사내를 위해 기꺼이 목숨을 던진 기녀, 요빙.

혜월은 요빙을 본 적이 있다. 대화도 나눠봤다. 협박도 해보고 달래도 봤다. 그러면서 밤의 꽃들에게서는 전혀 기대할 수 없었던 순정을 읽었다.

요빙이 독사를 탈출시키고 불구덩이 속에 몸을 던졌다는 소식을 접했을 때, 다른 사람들은 독한 년이라고 비아냥거렸어도 한청은 고개를 끄덕였다.

충분히 그럴 만한 여자였다. 그럴 만한 사랑이었다.

"유골은 찾지 못했나요?"

"찾을 생각도 하지 않았어."

"왜요?"

"몇몇 사람들이 찾기는 했지. 여기저기 쑤석거렸지만 그들이 뒤진 곳은 겉이었어. 속을 뒤져야 하는데."

"그 말은……?"

"독사가 유골을 수습하고 떠났다는 말이 되지. 쉽게 찾지 못하도록 꼭꼭 숨겨두고."

알고 있다. 독사의 목에 걸린 뼛조각보다 더 확실한 말이 어디 있을까.

혜월뿐만 아니라 독사와 연관된 사람들은 대부분 짐작하고 있을 게다. 독사를 죽이려 했던 무천문 고수도 독사가 요빙을 수습한 후에야 떠났다는 사실 정도는 알아챘을 게다.

불타고 남은 잔재를 뒤적인 것은 형식에 지나지 않는다.

어떤 식으로든 무천문은 독사와의 관계를 정리해야 했고, 잔재를 뒤적이는 행동으로 세상에 알렸다. 이제 독사는 죽고 없으니 무천문이 더 움직일 필요가 없다고.

한낱 파락호에 불과한 독사를 집요하게 뒤쫓는 행동은 무천문 같은 거대 문파에는 피곤한 일에 불과했을 게다.

'저곳이야.'

엽수낭랑의 눈길이 검게 그슬린 장독대에 머물렀다.

사방 대여섯 장도 되지 않는 폐허에서 뒤질 수 있는 곳이라면 장독대밖에 없다.

성한 옹기는 하나도 없었다. 깨진 옹기들이 흙더미에 묻혀 세월의 무상함을 말해 주었다.

무천문 사람들도 장독대를 뒤져 봤을 게다, 물론 형식적으로.

그들이 원했던 것은 독사와 요빙의 죽은 흔적이다. 요빙의 죽음이 아니었던 것이다. 만약 요빙의 죽음만 발견했다면 손을 떼지 못할 것이고, 그것은 무천문이 바라던 바가 아니다.

한가장도 굳이 죽은 기녀의 유골까지 파헤칠 생각은 없었으리라.

짐작만 하면 된다. 독사가 살아 있고, 어디론가 몸을 뺐다는.

"비가 많이 오네. 쉽게 그칠 비가 아닌 것 같은데, 걸음을 재촉해야겠어."

"춥겠어요."

"……?"

"요빙 언니… 무척 춥겠어요."

"동생!"

"됐어요. 그만 가요."

길을 재촉한 사람은 혜월이었으나 먼저 발길을 뗀 사람은 엽수낭랑이었다.

요빙이 무척 추워 보이나 그녀를 따뜻하게 해줄 사람은 자신이 아니었다. 독사만이… 독사만이 요빙을 따뜻하게 해줄 수 있는 유일한 사람이었다.

"이 빌어먹을 자식! 거기 안 섯! 잡히기만 하면 다리몽둥이를 부러뜨려 놓고 말 거야. 거기 섯, 이 도둑놈의 자식아!"

엽수낭랑과 혜월은 천둥 번개 소리를 뚫고 들려오는 고함 소리에 서로를 마주 봤다.

곧 이어 빗속에 한 폭의 풍경도 그려졌다.

한 아이가 달음박질을 하고, 그 뒤를 성난 여인이 몽둥이를 들고 뒤쫓았다.

뒤쫓는 사람이 여인이라고는 하나 성인, 쫓기는 사람은 이제 갓 열 살을 넘겼을 어린아이. 여느 때 같으면 곧 잡히고 말 상황이지만 어린 아이는 쉽게 잡힐 것 같지 않았다.

재빠르기가 날다람쥐를 능가했다.

어린아이는 도망치면서도 투덜거릴 만큼 여유조차 있었다.

"도둑질한 게 아니란 말야! 그냥 주기에 받아온 것뿐이라고. 주는데 받지 않을 멍청이도 있나?"

"이 도둑놈의 자식! 잡히기만 해봐! 거기 안 서! 누가 너 같은 놈한테 은자를 두 냥씩이나 주냐! 이 호로자식(胡奴子息)아!"

그러자 지금까지 도망을 치던 꼬마가 우뚝 걸음을 멈췄다.

"이놈의 새끼! 어디 또 도망쳐 봐라!"

아이의 뒷덜미를 움켜쥔 아낙이 사정없이 몽둥이를 내려치기 시작했다.

퍽! 퍼억……!

어른에게도 차마 하지 못할 몽둥이찜질.

어린아이의 몸은 몽둥이가 작렬할 때마다 크게 뒤틀렸다. 하지만 아이는 비명조차 지르지 않았다. 두 눈을 치켜뜨고 아낙을 노려보며 오히려 악에 받친 고함을 질러댔다.

"내가 왜 호로자식이야!"

"이놈의 자식이 어디서 눈을 치켜뜨고! 너 이놈, 어디 오늘 죽어봐라!"

"죽엿! 죽이란 말야! 못 죽이기만 해봐!"

퍽! 퍽퍽! 퍽!

여인의 손길에는 사정이 담겨 있지 않았다. 아이가 고함을 지를수록 여인의 손길도 매워지기만 했다. 아이의 몸에 멍이 들고, 울혈이 생기고, 살이 터져도 비정한 손길은 더욱 매서워져 갔다.

"저러다 아이 죽이겠네."

엽수낭랑이 혼잣말로 중얼거리며 걸음을 빨리했다.

혜월도 잰걸음으로 뒤좇으며 말했다.

"저 애가 요빙의 아들이야."

"뭐, 뭐요?"

"백화금. 기억이 맞는다면 저 아이 이름이 백화금일 거야."

"그럼 저 사람이……?"

"독사의 의모(義母)지."

"너무하네요. 아무리 친자식이 아니라고 해도 그렇지."

맞고 있는 아이가 요빙의 자식이란 걸 알게 된 엽수낭랑은 신법을 펼쳐 단숨에 아낙 앞에 내려섰다. 그리고 다시 내리 꽂히는 아낙의 팔을 움켜잡았다.

"그만 하세요. 아이 죽겠어요."

아이의 몰골은 멀리서 봤을 때보다 훨씬 심했다. 여인의 손길에 감정까지 실려 있었던지 머리가 깨져 피가 줄줄 흘러내렸다. 그래도 아이는 아낙의 얼굴을 노려보며 분기를 흘러냈다.

"길 가던 중이면 길이나 가시구랴. 사정도 모르면서 끼어들지 말고."

엽수낭랑의 신법을 본 아낙은 함부로 말을 하지 못했다. 대가 센 여자인지라 할 말은 토해냈지만 감정을 건드리는 어투는 아니었다.

무인, 또한 절색의 미녀. 우의(雨衣)를 걸치고 있으나 빼어난 몸매를 감출 수는 없었고, 쉽게 맡을 수 없는 은은한 방향까지 풍겨내는 여인.

이런 여인에게는 함부로 말을 해서는 안 된다는 걸 삶의 경험으로 체득한 아낙이었다.

"언뜻 들었어요. 도둑질을 했다구요? 은자 두 냥요."

"길이나 가슈. 남의 집안일에 끼어들지 말고. 이리 와, 이놈의 자식아!"

엽수낭랑은 아이를 잡아채는 아낙의 손질을 막으며 말했다.

"이 아이 버릇, 제가 잡을게요."

"지… 금 뭐라고 했소? 내가 미친 허깨비 흿소리를 들은 것 같은데? 이 아이 버릇을 잡는다고 했소?"

"그래요."

못을 박듯 단호한 대답에 아낙은 물론이고 아이까지 어리둥절한 표정을 지었다.

"마침 훈장 어른을 뵈려던 길이에요. 들어가서 얘기하죠."

아이의 눈이 샛별처럼 반짝거렸다.

"아빠! 아빠가 보내서 왔죠?"

엽수낭랑은 잠시 머뭇거렸으나 이내 고개를 끄덕였다.

"그래. 네 아빠…… 독사가 보내서 왔어."

독사가 말하던 훈장어른, 그리고 벙어리.

엽수낭랑이 본 훈장은 무골호인(無骨好人)으로 아낙의 사나움을 이겨내지 못할 것처럼 보인다. 벙어리라는 사람은 아예 생각이란 것이 없는 사람 같다.

훈장과 벙어리는 십달통 중 이인이며 무인이다.

아낙의 사나움쯤은 일수에 제압할 수 있는 사람들이나 다른 십달통이 숨어 지내는 것처럼 이들 또한 무림과 인연을 끊고 사는 사람들이라 지금과 같은 모습에서 벗어나지 않을 게다.

불쌍한 사람은 아낙이다.

평생 살을 섞고 산 사람이 무인인지조차 몰랐을 가능성이 농후하니, 이 얼마나 큰 배신인가.

엽수낭랑은 두 사람을 보면서, 그리고 집 안으로 들어서며 흘깃 쳐다보았던 헛간을 보고 독사가 어린 시절을 어떻게 보냈는지 짐작해 냈다.

가슴이 미어졌다.

백화금이 당했던 것처럼 온갖 구박을 받고 설움을 참아가며 자랐을 터이다.

"독사가 보내서 왔다고? 잘 있는가?"

"네, 잘 있어요."

"허허! 어디서 무슨 짓을 하고 사노? 쯧! 제놈이 주먹질밖에 더 하겠어."

"주먹질을 아주 잘해요."

훈장의 눈가에 잠시 신광(神光)이 떠올랐다가 사라졌다. 벙어리의 눈빛도 아주 잠깐에 불과했지만 번뜩 빛을 발했다.

엽수낭랑은 두 사람의 변화를 놓치지 않았다.

'역시 무인이야.'

"쯧! 그런 놈하고 어울리는 걸 보니 소저도 한심하군. 빼어난 미모인데…… 홍기(紅妓)인가, 청기(靑妓)인가? 쯧! 아무렴 어때? 잘살면 그만이지. 그나저나 그런 놈을 만났으니 소저 고생도 심하겠구만."

엽수낭랑은 얼굴을 붉혔다.

은자에 몸을 파는 청기나 홍기와 비견된다는 것은 감당하기 어려운 수치다. 하지만 그것뿐, 화는 나지 않았다. 진의(眞意)로 한 말도 아니겠거니와 설혹 그렇다 해도 화를 낼 사람이 아니다.

이들은… 독사를 키워주었다.

"예, 고생이 아주 심해요."

담담히 받았다.

"이 소저는 또 누군고? 독사와는……?"

훈장이 혜월을 보며 물었다.

"한가장의 한청이에요. 들어보셨나요?"

혜월이 대답했다.

훈장의 눈에 기광이 떠올랐다. 벙어리도 태연함을 유지하지 못하고 어깨를 들썩였다.

한가장의 한청. 다른 사람들은 그저 만석꾼 딸로만 알고 있으나…….

"그리고 여기 동생도 잘못 알고 있어요. 천하에 당문주의 여식을 홍기나 청기로 부르는 사람은 없을 거예요.”

“다, 당문주! 그, 그럼 엽… 엽수낭랑 당안령?”

“이야기를 쉽게 풀기 위해서 저희 신분을 숨기지 않았어요. 무슨 말인지 아시죠?”

“……..”

“독사는 뇌궁이라는 문파를 만들었어요. 독사가 바로 뇌궁주이고 저희는 뇌궁 문도죠. 다시 소개하죠. 전 이원(二院) 중 집원(執院) 소속 문도예요. 여기 동생은 일부(一府) 자하부(紫霞府)의 부주(府主)죠. 독사의 연인이기도 하고요.”

훈장과 벙어리는 별반 놀라지 않았다. 오히려 반대로 그들의 표정은 점점 침울해져만 갔다.

“소저들께서 누추한 이런 곳까지 발길을 옮겼을 때는 목적이 있을 텐데?”

벙어리가 말을 했다.

엽수낭랑과 혜월은 놀라지 않았다. 사전에 독사로부터 벙어리가 말을 할 줄 아는 정상인이라는 사실을 귀띔받았기 때문에.

“단도직입적으로 말하죠. 독사는 불곰의 행방을 알고 싶어해요.”

“그건……..”

“불곰은 훈장어른의 친아드님인데 관심없으신가요?”

“소저, 그건……..”

혜월은 벙어리가 말할 틈을 주지 않았다.

“궁주님께서 삼태에 있는 왕각과 하정을 만났죠. 불곰은 훈장어른의 아드님이고, 아픈 상처를 건드리기 싫으시다며. 결과는 짐작하신 대로예요. 아무것도 얻지 못했죠.”

"음……!"

"……."

비로소 혜월이 벙어리에게 말할 기회를 주었다. 그러나 무엇인가 말을 하려던 벙어리는 정작 말을 해도 될 시기가 되자 아무 소리도 하지 못했다.

바늘 떨어지는 소리가 천둥 소리처럼 들릴 고요한 적막이 흐른 후, 긴 한숨과 함께 훈장이 입을 열었다.

"왕각과 하정이 실종되었다고 들었는데, 독사 뜻이었군. 그들은 염려하지 않아도 되겠군. 허허허! 현문 본문에 쳐들어가 왕각을 납치해 가다니. 역시 독사야."

"현문은 텅 비어 있더군요."

"비지 않았더라도 마찬가지였을 게야. 독사 그놈, 뜻을 굽힌 적이 없었거든. 더군다나 지금 독사는 비시문주의 수제자와 함께 있으니 거칠 것이 없겠지. 당문의 당 소저도 있고."

"절 알고 있었군요."

"이곳은 좁은 동네잖은가."

"제가 비시문에 입문한 것을 아는 사람은 세상에 단 두 사람, 아버님과 사부님뿐이죠. 대단히 정확한 정보통을 두고 계시네요."

"우리도 납치할 생각인가?"

"필요하다면요."

"필요하지 않기를 바라네."

"저희도 그러기를 바라요. 그럼 이제 그만 말씀해 주실래요? 불곰의 행방에 대해서 아는 대로요."

"없네. 아는 것이 아무것도 없어."

훈장은 변화없는 표정으로 말했다. 하지만 혜월은 벙어리의 눈가에 흐르는 잔경련을 놓치지 않았다.

'숨기는 게 있어. 말 못할 사연. 우리가 납치하지 않으면 죽는다? 왜? 그 말은 우리가 움직였기 때문에 노출이 되었고, 누군가가 죽이러 온다는 말인데……. 누가? 마단? 마단이 왜? 지금까지 가만히 있다가 우리와 접촉했다고? 아냐. 뭔가 숨겨진 사연이 있어.'

혜월의 머리 속은 벌새의 날갯짓처럼 분주했다.

'생각을 정리해야 돼. 누구를 일(一)이라고 하면, 일은 무석 스님을 죽였다. 불곰도 납치했다. 그러면서 불곰이 백비로 가는 것처럼 위장했다. 여기서 또 한 사람이 죽는다. 불곰의 연인인 설향. 일은 두 사람을 죽이고 한 명을 납치하면서 독사로 하여금 백비로 들어가게 만들었다.'

현문과 마단의 쇠심줄처럼 질긴 싸움을 직접 겪었고, 많은 입을 통해 누구보다 잘 알고 있다.

종합적으로 보면 일은 현문이다.

현문이 불곰을 납치했다는 사실은 반론의 여지가 없다.

'그럼 불곰은 죽었거나 현문에 있어야 돼. 현문이 숨겨두었을 수도 있고. 현문을 잡으면 불곰이 나타나게 되어 있어. 그래서 시작한 것이 가장 손대기 쉬운 왕각. 왕각은 현문에서 기식(寄食)한다. 무석 스님과는 같은 십달통이며 친분도 있지. 그런 사람을 죽이고, 거기에 같은 십달통의 자식인 불곰을 납치한 곳에서 기식?'

상식적으로 왕각과 현문은 적이어야 마땅하다.

그러나 그들을 데려와 대면한 결과는 의외였다. 그들은 아무것도 말하지 않았으나 집원의 삼지는 그들이 현문을 감싸주고 있다는 데 의견을 같이했다.

이런 경우는 하나뿐이다.

무석 스님이 자의로 목숨을 내놨다는 것. 불곰은 납치된 것이 아니라 제 발로 따라갔다는 것.

독사를 멸혼촌으로 들여보내려는 현문의 목적을 알았을 수도 있고, 알지 못했을 수도 있다. 그것은 중요치 않다. 십달통이 맹목적으로 현문의 명을 받들 수도 있으니까.

영은촌에 와서 훈장과 벙어리를 대면한 결과 혜월은 집원 삼지가 내린 결론을 재확인했다.

역시 십달통은 현문과 모종의 관계가 있다.

그럼에도 혜월이 고개를 갸웃거리고 깊은 밤에도 잠을 이루지 못하며 생각에 잠기는 것은 십달통의 역할 때문이다.

십달통……. 독사가 불곰의 생사를 탐지하려고 들지 않았다면 무림에 있는지조차 몰랐을 사람들.

그들이 하는 일이라는 것은 뒷간이나 정리하고, 삯바느질로 근근히 연명하는 것, 혹은 동네 꼬마들을 불러 글을 가르치는 것 정도가 고작이다.

십달통은 자신들이 머문 곳에서 움직이지 않는다.

고정 간자(間者)라고 생각할 수도 있으나 그것도 의문이 드는 것이, 십달통이 머물고 있는 지역은 무림과 연관이 거의 없다.

영은촌에는 무천문이, 삼태에는 현문이 있으니 고정 간자 쪽으로 생각할 수도 있으나, 다른 사람들이 머문 곳은 무림문파가 없는 곳이다.

고정 간자는 아니다.

현문이 자신을 감시하기 위해서 간자를 둘 이유도 없거니와 무천문을 감시할 필요도 없다.

십달통은 오히려 은거에 가까운 생활을 하고 있다.

훈장과 벙어리만 해도 그렇다. 그들은 영은촌에 들어온 이후부터 지금까지 영은촌 밖을 벗어난 적이 한 번도 없다.

쥐 죽은 듯 숨어 사는 사람들. 하지만 현문과 모종의 관계가 있으며 무석 스님처럼 서슴없이 목숨을 내놓을 수 있는 사람들. 자신의 목숨뿐만이 아니라 자식의 목숨마저도 백척간두(百尺竿頭)에 올려놓을 수 있는 사람들.

십달통…… 그들은 누구인가.

'그들이 왜 십달통으로 불리는지부터 조사해야 돼. 옛 벗을 찾는 데 희생이 너무 컸다 싶었는데 큰 게 아니었을 수도…… 어쩌면 이들이 생각 이상으로 큰 것을 줄지도 몰라.'

눈 하나와 팔 하나를 잃은 일수일살의 모습이 눈앞을 스쳐 갔다.

불곰을 찾고자 하는 독사의 심정은 이해하지만 집원 삼지의 생각은 뇌궁이 창건된 후 첫 행동으로는 적합치 않다는 것이었다. 그보다는 무림 정세를 파악하는 것이 급했다. 당문삼기가 쫓겨오고 냉설이 동문으로부터 살해 위험을 느끼는 마당이지 않은가.

일단 건의는 했지만 독사의 생각은 확고부동했다.

"사사로이는 벗을 찾는 일이지만, 불곰은 마단이나 현문과 무관하지 않아. 사실 우리가 그들에 대해서 아는 것이 뭔가? 거의 없다고 해도 무방하겠지. 이 기회에 옷자락이라도 잡을 수 있다면 다행이겠지. 어쨌든 불곰은 꼭 찾아야 돼."

어쩔 수 없이 따라야 하는 명(命).

예전이라면 다시 한 번 숙고해 달라고 말해 볼 수 있겠지만, 이제는 문파가 되지 않았는가. 궁주의 명이라면 모두 전멸하는 한이 있더라도 따라야 한다. 그랬는데… 정말 독사의 말처럼 옷자락이라도 잡을 수 있게 될지도.

'마단에 대해서 알아보는 것이 급선무지만 방도가 없고 현문에 대해서도 알아봐야 돼. 현문……. 단순히 마(魔)를 경계하는 정도문파치고는 이상한 구석이 많은 문파야.'

수법이 잔혹하다.

목적을 위해 사람을 죽이는 것이 그렇다. 무석 스님이야 자의로 죽을 수도 있다지만 기녀 설향까지 자의로 죽었다고 보기는 어렵다. 그건 자살이 아니라 타살이다. 살인이다. 목적을 위해서 사람을 죽인 게다.

멸혼촌 골인들을 몰살시키려던 행동도 잔혹하고, 골인들을 죽이는 데 무인들을 납치하여 강제로 행동케 한 점도 정도문파에서는 찾아보기 어려운 사법(邪法)이다.

마단이 마인(魔人)들이라면 현문은 사인(邪人)들이다.

'그들이 왜 십달통으로 불리는지부터 조사해야 돼.'

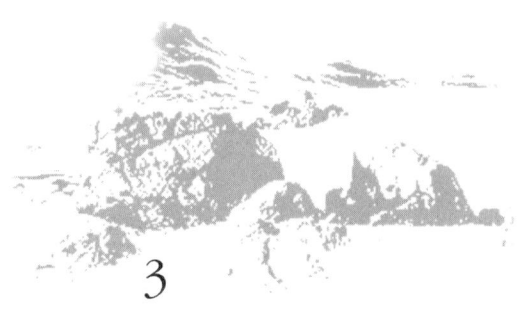

3

십달통(十達通)

"일어나요."

혜월은 막 눈을 붙이자마자 환청처럼 들리는 소리에 눈을 떴다.

뇌궁에 있을 적부터 생각했던 문제들이었지만 막상 훈장과 벙어리를 대면한 후 확실하게 느껴지는 것이 있어서 생각을 거듭하다가 새벽녘이 되어서야 간신히 눈을 붙인 터였다.

"나 조금만 더 자고……."

"일어나요, 빨리!"

귀찮았다. 지금은 생각이고 뭐고 다 접어두고 실컷 수마(睡魔)의 유혹 속에 침몰하고 싶었다.

"조금만 더 자고."

"일어나라니까요!"

엽수낭랑의 음성은 다급해 보였다. 크게 말하지도 못하고 작게 속삭이고 있지만 마치 마단 문도들에게 쫓길 때처럼 다급한 음성이었다.

"왜 그래?"

혜월은 아직 잠에서 깨어나지 못한 채 물 먹은 솜처럼 무거운 눈꺼풀을 밀어 올렸다.

"빨리 가야 돼요, 지금!"

엽수낭랑의 음성은 상당히 다급했지만 혜월은 심각하게 받아들이지 않았다.

다른 곳이라면 몰라도 영은촌에서는 혜월을 함부로 할 사람이 없다고 단언할 수 있다. 이곳에서 가장 큰 영향력을 가진 무천문 무인들일지라도 혜월에게는 양보하기 마련이다.

해마다 한가장이 푸는 돈은 중소문파 한두 개쯤은 너끈히 세울 수 있는 거액이었고, 그중 태반은 무천문으로 흘러 들어갔다. 그것은 상례적인 인사일 뿐이다. 한가장에 변고라도 발생하면 제일 먼저 달려오는 사람들이 무천문 무인들이었고, 일의 해결 여부와는 상관없이 상당한 금액을 챙겨갔다.

무천문으로서는 한가장이 황금 알을 낳는 거위인 셈이다.

그 대가로 한가장이 얻는 것은 눈에 보이지 않는 보호막이다.

사천오주 중 하나인 무천문이 한가장을 비호하고 있는 이상 한가장을 찝쩍거릴 사람은 없었다. 한가장과 직접적으로 연관있는 소작인들, 상인들은 물론이고 무인들까지.

한림의 안하무인 격인 성격은 한가장이라는 거대한 세상에서 태어나는 순간부터 정해졌는지도 모른다.

물론 지금은 상황이 조금 달랐다.

엽수낭랑이나 자신의 신분을 노출시킬 수 없는 처지라 한가장을 지척에 놔두고 노숙(路宿)을 택했다. 하지만 설혹 그렇더라도 인근에서 한가장의 여식 얼굴을 모르는 사람은 없는 터, 얼굴을 보기만 하면 흑심을 품고 왔다가도 살그머니 꽁지를 내리게 마련이다.

급할 게 없었다, 적어도 영은촌에서만은.

"일어나요, 빨리! 설명할 시간이 없어요."

'돈은 귀신도 부린다는 이치를 모르는군. 멸혼촌에 있었던 탓이겠지. 이제 막 눈을 붙였는데…….'

혜월은 일어나기 싫은 것을 참고 억지로 몸을 일으켰다.

"언니, 이곳 지리 잘 알죠?"

"조금. 왜? 무슨 일이라도 생겼어?"

지리를 잘 알지는 못한다. 어디에 무슨 마을이 있다는 정도는 알고 있지만, 별로 돌아다니는 성격이 아니었는지라 세세한 구석까지는 이방인(異邦人)과 다름없다.

"지금 당장 몸을 숨길 곳이 있을까요? 한 사나흘 정도."

"왜 그래?"

혜월은 비로소 사태의 중대함을 눈치 챘다.

엽수낭랑을 안 이후 그녀가 이토록 다급해하는 모습은 처음이다.

"꼬리가 따라붙은 것 같아요. 빨리 몸을 빼야겠어요."

엽수낭랑은 말을 하면서도 연신 주위를 살폈다.

"꼬리라니? 갑자기 그게 무슨 소리야?"

혜월이 몸을 일으키며 주위를 살펴봤지만, 그녀의 눈에 보일 턱이 없었다. 지모라면 누구에게도 뒤지지 않는다고 자부하지만 무공으로는 파락호들조차도 감당하지 못해 삼류 소리를 들어도 할 말이 없는 그녀다.

더욱이 주위는 어두웠다. 새벽녘이라고 생각했는데, 아직도 동이 트려면 반 시진은 더 있어야 할 것 같다.

"우선 화금이부터 데려와야겠어요."

"꼬리가 붙었다며?"

"그래도… 데리고 간다고 약속했잖아요."

혜월은 고개만 살래살래 흔들 뿐 말을 잇지 않았다.

지자(智者)의 입장에서 볼 때, 꼬리까지 따라붙은 판국에 어린아이를 데리러 간다는 것은 현명치 못한 행동이다. 아이를 데려올 수 있다고 해도 도주하기에 급급한 처지에서는 상당한 부담이 될 수 있다.

그러나 그녀는 엽수낭랑을 안다. 독사처럼 옹고집으로 똘똘 뭉쳐서 한다고 하면 반드시 하고야 마는 여자다.

'사람은 닮은 사람들끼리 만난다더니, 그 말이 꼭 맞네. 어쩌면 고집도 한결같을까.'

혜월은 만류하는 대신 돌파구를 찾는 데 주력했다.

"누군지는 알지 못하지?"

"네."

"무공은?"

"상당한 것 같아요. 부딪치면 대적할 수 없을 거예요."

엽수낭랑은 상당히 구체적이다. 느낌만은 아니다. 분명히 무엇인가 본 것이 있을 게다.

"그럼 빨리 가서 화금이부터 데려오자."

"조금 기다려야 돼요."

"왜?"

"꼬리가 훈장어른 집으로 들어갔거든요."

혜월은 어처구니가 없다 못해 기가지 막혔다.

세상에! 꼬리를 피해야 할 판국에 꼬리가 있는 곳으로 들어가서 어린아이를 데려오겠다고?

'숨을 곳은 두 군데야. 우리 집하고 구음곡.'

털끝만큼도 기대할 수 없는 일이지만, 만약 꼬리로 붙은 자들이 무천문 무인들이라면 크게 신경 쓸 것이 없다. 하지만 현문이나 마단 무인들이라면 죽음을 각오해야 한다.

혜월은 본능적으로 십달통이 무림비사(武林秘事)에 깊숙이 연관되어 있다는 것을 감지해 냈다. 그런 느낌이 들었기에 누추하나마 자고 가라는 권유를 한사코 뿌리치고 노숙을 택하지 않았던가.

십달통이 어떤 일에 연관되어 있는지는 모르지만 꼬리로 붙은 자들은 틀림없이 마단이나 현문 무인들일 것이다. 그리고 뇌궁과는 상관없이 십달통과 만났다는 이유만으로 죽이려 들 게다.

이것 역시 본능적인 느낌이었다.

'집으로 가면 안 돼. 설마 그럴 리야 없겠지만, 훈장이나 벙어리가 한가장을 토설할 수도 있어. 그렇다면 구음곡……'

혜월은 마음을 정했다.

구음곡은 깊은 골짜기다. 한여름에도 한기가 돈다는 곳이다. 인근 주민들도 길을 잃을까 봐 두려워서 깊이 들어가지 않는 곳. 하지만 마단 무인들의 집요함을 알고 있으니 구음곡이라고 한들 안전하다고 볼 수는 없다.

'이삼 일이면 된다고 했지. 그럼 깊숙이 들어가서 숨으면…… 그렇

게 되면 나도 길을 잃을 가능성이 높지만, 그건 차후의 일.'

혜월이 생각을 거듭하고 있을 때 엽수낭랑이 입을 귓가에 대고 속삭였다.

"나왔어요."

혜월은 안력을 돋워 훈장의 집을 봤다.

그녀들이 머문 곳과 훈장 집과는 십여 장밖에 떨어져 있지 않다.

기분이 찜찜해서 노숙을 택했지만 날이 밝으면 다시 한 번 찾아가서 십달통의 신분 내력을 파헤쳐 볼 심산이었다. 본인들이 말해 주면 좋고, 말하지 않아도 어쩔 수 없고. 독사가 얼마나 고단한 길을 걸어왔는지 말해 준다면 설득이 될 것도 같은데.

훈장 집에서 건장한 청년 십여 명이 걸어나왔다.

엽수낭랑의 말처럼 하나같이 무공이 절륜한 자들이다. 걸음걸이가 매우 안정되어 있다. 어떠한 급습을 받더라도 즉각 대응할 수 있는 자들이다.

무공 경륜이 부족한 혜월이지만 뇌궁 문도들만이 상대할 수 있는 고수들임은 한눈에 알아봤다.

'현문이야!'

나름대로 짐작되는 것이 있다.

마단 무인들의 특성이라면 하나같이 패도적이라는 것이다. 그들은 오직 죽음 아니면 죽임밖에 모르는 자들 같다. 그러한 특성은 사람을 구분하는 척도에서도 알아볼 수 있다. 그들은 성별(性別)이나 신분의 높고 낮음 같은 일반적인 것들로 사람을 판단하지 않고 오로지 무공의 고하에 따라 관심을 둘 자와 무시할 자로 분류한다.

반면에 현문 무인들은 패도함을 철저히 감춘다.

정작 싸움에 임하면 누구보다도 패도적이고 신랄한 사람들이지만 겉보기에는 정신 수양이 높아서 어지간한 일쯤은 인내로 참아 넘길 사람들처럼 보인다.

　　훈장 집에서 나온 자들의 기도는 후자였다.

　　"동생, 동생은 사람들의 기운을 읽을 수 있지?"

　　혜월도 엽수낭랑의 귓가에 대고 속삭였다.

　　"조금요. 아!"

　　엽수낭랑은 혜월의 말뜻을 알아들었다. 그녀는 말이 끝나기 무섭게 눈을 반개(半開)하고 진기를 휘돌려 심안(心眼)을 열었다.

　　내쉬는 숨에 탁기가 쏟아져 나가고 들이쉬는 숨에 주변의 신선한 기운이 빨려 들어왔다.

　　암혼사로 주변의 기운을 읽는 것은 진기를 순환하는 과정 중에 얻어지는 부수적인 효능. 그러나 부수적이라고 할 수 없을 만큼 강렬한 느낌이 생생하게 전달되었다.

　　이윽고 일 주천(一周天)을 끝낸 엽수낭랑이 탁기를 일시에 쏟아내며 눈을 떴다.

　　"휴우!"

　　"어때?"

　　"정기(正氣)네요."

　　"그렇지?"

　　"짐작하고 있었어요?"

　　"현문이야."

　　"네?"

　　"저들 말이야, 현문도야. 마단이든 현문이든 지금 우리에게는 똑같이 위험해. 십달통이라는 명호를 어떻게 얻었는지, 왜 십달통이라고 부르는지 이유를 알아내지 못하는 한 우린 양쪽 모두 적으로 간주하고 움직여야 돼."

그것은 엽수낭랑도 감지하고 있던 터이다.

혜월이 다시 한 번 말해 봤다.

"화금이는 언제든지 데려갈 수 있으니까 나중에 데려가면 안 될까? 지금 이 자리만 피하자는 말이야."

"데려간다고 약속했는걸요."

'고집불통.'

고집이 세다고만은 할 수 없다.

엽수낭랑은 '약속' 이라는 핑계를 대고 있지만, 반드시 약속 때문만은 아니다.

엽수낭랑에게 백화금은 단순한 어린아이가 아니다. 죽은 요빙의 자식이라서도 아니다. 독사가 백화금을 양자로 받아들였다는 사실도 예전부터 알고 있었으니 새삼스러울 것이 없다.

그런데도 엽수낭랑은 먼 길을 오는 동안 백화금을 데리고 가겠다는 말은 한마디도 언급하지 않았다.

그때까지만 해도 엽수낭랑에게 백화금이라는 존재는 큰 비중을 차지하지 않았던 것이 분명하다.

'아빠가 보내서 왔죠?'

그 한마디가 결정적인 족쇄였다.

엽수낭랑이 미처 생각하지 못했던, 정작 당사자인 독사도 생각하지 않고 있을지도 모를 일이 벌어진 것이다.

그것은 혈륜이다. 피가 섞이지 않았지만 독사가 요빙을 어떻게 생각하고 있는지 너무나 잘 알고 있는 엽수낭랑이니 백화금이 독사의 친아들처럼 생각되었으리라.

이건 고집이 아니라 사랑이다. 겉으로 드러내 놓고 표현할 처지가 아니니 더욱 안으로 파고들 수밖에 없었던 사랑의 모습이다.

"동생, 여기서 숨을 곳은 구음곡밖에 없어."

"저도 대충 그렇게는 생각했는데……."

"우리뿐만이 아니라 이곳 사람들 모두 그렇게 생각할 거야. 도주하기 딱 알맞은 곳은 구음곡밖에 없다고. 그러니 종적이 발각되면 구음곡부터 뒤질 거야."

"그렇겠죠."

"그러니 우리는 다른 곳으로 가야지."

"갈 데가… 또 있어요?"

"없어. 그러니까 우린 구음곡으로 가야 돼."

"……?"

"저들이 추적해 온다면 제일 먼저 구음곡을 떠올리겠지. 그러다 세상 사람들 모두가 구음곡을 떠올린다는 생각도 하게 될 게고. 그러니 우리가 거기 숨어 있다고는 생각하지 못할 거야. 뒤지기는 해도 주마간산식으로 뒤지겠지. 우린 안으로 조금만 더 깊이 들어가서 숨으면 돼."

"휴우! 어지럽네요. 뭐가 그렇게 복잡한지……."

"난 방해밖에 안 될 것 같아. 먼저 가 있을게. 화금이를 데리고 구음곡으로 와. 내가 있는 곳을 찾을 수 있도록 표식을 해놓을게."

"몇 번째요?"

"여섯 번째로 하지."

집원 삼지는 뇌궁 궁도들만 알 수 있는 밀마를 만들었다. 그것도 무려 서른 개나. 뇌궁 궁도끼리라고 해도 사전에 몇 번째 밀마를 사용할 것인지 약조해 놓지 않으면 흘려 버리기 십상인 난해한 밀마다.

"알았어요."

엽수낭랑이 고개를 끄덕였다.

엽수낭랑은 날이 밝고 해가 중천에 걸릴 때까지 은신한 곳에서 움직이지 않았다.

무인들은 보이지 않는다. 하지만 암혼사의 진기는 그들이 주변에 몸을 숨기고 숨어 있다고 말해 준다.

'지독한 사람들. 숨소리도 내지 않아.'

날이 밝은 다음 고요하기만 하던 마을이 활력을 찾아 움직였다. 소를 몰고 논으로 가는 사람들, 호미를 들고 밭으로 가는 사람들, 동네 골목에서 삼삼오오 모여서 무등 타기를 하는 아이들······.

그들 중 어느 한 사람도 자신들의 곁에 낯선 무인들이 숨어 있다는 것을 눈치 챈 사람은 없었다.

비라도 쏟아지면 좋으련만 어제는 그토록 쏟아 붓던 폭우가 엊저녁 무렵부터 거짓말처럼 뚝 그쳐 버렸다.

'먼저 움직이면 걸려드는 거야.'

편안하게 암혼사를 운용하며 진기의 흐름을 즐겼다.

무한한 물줄기의 흐름, 변화······.

저들이 물러가지 않고 집 주위에 잠복하고 있다는 사실은 한 가지를 말해 준다. 바로 훈장이나 벙어리가 오늘쯤 다시 올지도 모른다고 귀띔해 주었다는 것. 그렇지 않고서야 어제까지만 해도 코빼기조차 보이지 않던 사람들이 대거 몰려와 잠복해 있을 까닭이 없다.

훈장과 벙어리, 둘 중에 한 명은 어제저녁 집을 나서자마자 밀마를 띄웠으리라.

그리고 새벽녘에 도착. 저들이 어디에서 왔는지는 모르지만 대단히 신속한 움직임들이다.

시간은 멈추지 않고 흘러갔다.

논으로 밭으로 일을 나갔던 사람들이 돌아오고, 집집마다 저녁 짓는 냄새가 구수하게 흘러나왔다. 골목에서 뛰어놀던 아이들도 모두 집으로 들어가서 마을은 다시 텅 빈 공동이 되었다.

백화금은 나오지 않았다. 훈장에게 잡혔는지, 아니면 포악한 훈장 부인에게 잡혔는지 아이들이 소리 내어 뛰어놀 적에도 그림자조차 비치지 않았다.

이러다가는 집 안으로 들어가서 데려와야 할 참이다. 무인들이 나타나기만 기다리고 있는데. 그때,

'아! 그것! 내가 왜 그것을 생각하지 못했지?'

엽수낭랑은 가벼운 흥분을 느꼈다.

밀마 스물일곱 번째.

대물이 만든 밀마로 파락호들 간에 사용되는 밀마를 변형시켜 만든 것이다.

대물은 스물일곱 번째의 밀마를 내놓으며 자신있게 말했다.

"무인은 파락호를 경멸해요. 그건 거지들도 마찬가지죠. 찬밥덩이나 빌어먹는 주제면서도 무인이랍시고 파락호들을 경멸해요. 덕분에 파락호들의 밀마는 널리 알려졌으면서도 주목을 받지 못했죠. 허를 찌를 때는 좋을 거

예요."

파락호들이 사용하는 밀마 중 들불놀이라는 게 있다.

들불놀이는 엄밀히 말하면 밀마가 아니라 서로 간에 약속된 신호에 불과하다. 논둑이나 야지에 불을 지펴놓으면 파락호들은 불이 지펴진 반대 방향으로 모여든다.

일종의 소집 신호인 셈이다.

하지만 이런 들불놀이는 알 만한 사람들은 거의 알고 있기에 신호라고 할 것까지도 없다.

"저놈들, 또 저 지랄들이군. 밤마다 만나서 뭐 하는 짓거리야."

혹은,

"또 나가려고? 술 좀 작작 처먹어. 만나는 게 하나같이 이름 값도 못하는 것들이니⋯⋯."

들불이 피어날 때면 이런 소리들이 곳곳에서 터져 나오기 마련이다.

엽수낭랑은 구음곡과 정반대쪽으로, 불을 피울 수 있는 장소를 탐색했다.

'대물이 옳았어!'

훈장 집에서 백화금이 걸어나오는 것을 보니 희열마저 느껴졌다.

백화금은 독사의 세계를 동경해 왔으니 파락호들의 밀마도 대충 알고 있을 터라고 생각했는데, 옳았다. 또한 무인들도 들불을 보았겠지만 파락호들의 신호쯤으로 생각했지, 무인인 엽수낭랑이 지폈으리라고는 생각하지 못할 것이라는 판단도 옳았다.

대물은 이런 점을 노리고 파락호들의 밀마를 자신있게 내밀었다.

"오밤중에 어딜 기어나가는 거야!"

"아직 초저녁이야!"

백화금은 한마디도 지지 않고 대들며 다람쥐처럼 쏜살같이 치달려왔다. 들불을 놓은 반대 방향…… 구음곡을 향해서.

엽수낭랑은 기다렸다.

털끝만한 착오도 용납하지 않을 무인들이 지켜보고 있다. 백화금에게까지 신경을 돌릴 수는 없을 테고, 엽수낭랑이 백화금을 데려가리라고는 더더군다나 생각지 못할 테지만, 끝까지 조심에 조심을 거듭해야 한다.

달음박질쳐 온 백화금이 엽수낭랑을 보지 못하고 숨어 있는 곳을 스쳐 지나갔다.

엽수낭랑의 눈길은 백화금을 좇지 않았다. 훈장 집에서, 부근에서 어떤 변화가 일어나는지 감지하기만도 바빴다.

훈장이 저들 무인들과 한솥밥을 먹는 사이라면…… 들불이 놓이고 백화금이 달려나가는 것을 수수방관하지는 않으리라. 어쩌면 직접 나와서 무인들에게 무엇인가 언질을 줄 수도 있다.

훈장 앞에서 직접 말한 것은 아니었지만, 그의 부인이 듣는 앞에서 데려간다고 말하지 않았던가.

훈장 집은 조용히, 고요한 어둠 속에 묻혀갔다. 사람이 나오는 소리도 들리지 않았고 마당을 서성이는 모습조차 비치지 않았다. 모두들 집 안에 틀어박혀 조용히 하루 일과를 접고 있다.

훈장 집 부근에 몸을 웅크리고 있는 무인들도 변화가 없었다. 암혼사의 진기는 고요한 마을의 정적밖에 감지하지 못했다.

'됐어. 의외로 쉽게 풀렸어.'

엽수낭랑은 몸을 빼 구음곡으로 향했다.

*　　　　　*　　　　　*

"어떻게 해야 합니까?"

벙어리가 하늘거리는 촛불을 멍하니 쳐다보며 중얼거리듯 말했다.

"……."

훈장은 대답이 없었다.

훈장은 책을 들여다보고 있었다. 하지만 책을 읽지는 않았다. 그역시 벙어리와 마찬가지로 눈길을 둘 데가 없어서 책을 보는 것뿐이다.

"허! 뇌궁 궁주라니, 어떻게 그런 일이……. 무천문에 쫓겨 도주할때가 엊그제인데…… 가만히 숨어서 살기를 바랐는데 현문 눈에 띄어백비로 들어가고, 살아서 나오기까지 하고…… 허!"

"……."

"마단이 독사를 죽이지 않고 살려 보낸 건 무슨 뜻일까요? 지금까지그런 예는 없질 않았습니까?"

"있지."

말을 할 것 같지 않던 훈장이 입을 열었다.

"네?"

"우리. 우리가 살아서 나왔지."

"음……! 그렇군요. 우릴 잊고 있었군요. 세월이 많이도 흘렀으니. 하지만 우린 백비에 들어간 건 아니잖습니까? 백비에 들어간 사람들은살아 나온 사람이 없죠."

"현문은 독사를 죽이겠지?"

"그럴 겁니다. 그럴 거예요, 독사가 불곰을 계속 찾는다면."

"……."

"한쪽은 손을 놓아야 합니다."

"……."

대답은 정해져 있었다. 독사가 사람을 찾는다며 사람을 보내왔을 때, 혜월이 훈장에게 물었을 때 모른다고 답하는 순간 훈장의 결심은 선 것이다.

"독사는 정이 많죠. 수하들을 버린 적이 없어요. 허허! 그게 치명적인 약점이죠. 허허허!"

벙어리의 말속에는 회한이 서렸다.

독사를 좀 더 잘 돌봐줬다면… 파락호의 길을 가지 않도록 세심하게 신경 써줬다면… 이럴 줄 알았으면 일찌감치 무가에 입문시켜 무인의 길을 걷도록 해주는 편이 더 나았을지도.

독사와 불곰…… 기껏해야 주먹질이나 하는 파락호로 그칠 줄 알았거늘.

훈장이 말했다.

"나가서 말해 주게. 들불놀이는 파락호의 밀마. 화금이의 뒤를 쫓으면 두 여자를 만날 수 있을 것이라고."

"두… 여자입니까?"

"독사가 마단과 현문 중간에 끼어 있으니 어쩔 수 없이 독사를 놓아야겠지. 이 일에 끼어든 순간부터 독사는 우리와 인연이 없던 자가 된 것일세. 하지만… 그렇다고 독사를 팔 수야 없지 않은가. 두 여자가 이곳까지 찾아온 것도 자식놈을 찾고자 했던 것을. 손을 놓더라도 지금은 아니고, 내 손으로 놓고 싶지도 않네. 독사와 현문의 일이니 그들이 알아서 하라고 하게."

훈장은 여전히 책을 보고 있었지만 읽지는 않았다.

第五十八章

예정된 시작, 예정에 없던 시작

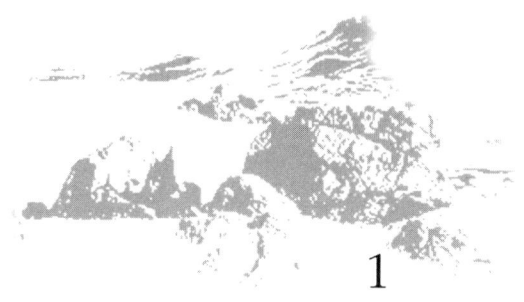

1

예정된 시작, 예정에 없던 시작

기루는 발 디딜 틈이 없었다.

'만월기루(滿月妓樓)'는 자리를 잡은 지 채 두 달이 되기도 전에 교가의 명물이 되고 말았다.

사내들에게는 만월기루의 이야기가 좋은 화젯거리였다.

"어쩌면 그렇게 하나같이 절색이냐."

"심성들도 고와서 기녀 같지 않다니까. 마누라로 삼아도 괜찮지 않겠어?"

"그래, 살림도 잘할 거야. 여간 싹싹하고 고와야지."

"에구! 그런 계집과 한번 질탕하게 놀아봤으면 원이 없겠다."

"나도."

사내들 말처럼 만월기루의 기녀들은 한결같이 절색이었다.

기루 문을 밀치고 들어서는 순간 제일 먼저 눈에 띄는 기녀를 붙잡아도 후회없이 하루를 즐길 수 있을 만큼 아름다웠다.

또한 그녀들은 마음씨도 고왔다.

걸인이 찾아와도 푸대접하는 일이 없었고, 반드시 음식을 들려 보냈다.

기루에 물품을 조달하는 사람들은 납품할 날짜만 꼽았다.

땀이라도 흘릴 양이면 선녀가 사뿐사뿐 걸어와 땀을 닦아준다. 목이 마르다 싶으면 어김없이 차를 내왔고, 출출하다 싶으면 과일이나 만두를 내왔다.

교가에도 기루는 있었고, 여러 기루와 장사를 해봐도 만월기루 같은 곳은 처음이었다.

"아주 뛰어난 장삿속이야. 속이 빤히 보이지만 기분이 나쁘지는 않은데?"

만월기루의 영업 방침은 주객(酒客)들뿐만이 아니라 만월기루를 찾는 모든 사람을 기쁘게 해줬다.

한데 그게 아니었다. 유별난 친절을 단순히 손님들을 끌어 모으기 위한 방책 정도로 치부했는데 기녀들을 한 명 두 명 접하다 보니 그게 아니었다.

만월기루의 기녀들은 천성이 착했다.

가정이 어렵지 않았다면, 돌봐야 할 사람이 없었다면 결코 기루에 나서지 않았을 여인들. 기루에 들어 몸을 파는 신세가 되었지만 세상이 아름답다는 생각만은 버리지 않는 여인들.

그랬다. 만월기루의 기녀들은 그런 여인들이었다.

당연히 다른 기루들은 만월기루를 질투했다. 모함도 했다.

만월기루는 경쟁자의 입장에서 가질 수 있는 감정과 행동들을 모두 안겨주었다. 가장 짧은 시일에.

"여우 같은 것이야. 가만둬서는 안 돼."

"루주(樓主) 얼굴 본 사람 있어? 난 못 봤는데."

"나도 못 봤어. 그러게 여우 같은 것이래지."

"그런데 부럽긴 하더라. 어쩌면 선녀 같은 기녀들만 골라 모을 수 있지? 우리 루에 있는 년들은 손님 떨구는 짓밖에 할 줄 아는 게 없는데."

"가만 놔둬서는 안 돼. 아주 쓴맛을 보여줘야 돼. 같이 먹고살아야지, 좁은 곳에서 혼자 처먹고 살려고 하면 안 되지."

그러나 경쟁 관계에 있는 루주들은 아무 행동도 하지 못했다.

기루와 불가분의 관계에 있는 파락호들이 움직여 주지 않는 것이다. 아니, 그들은 오히려 협박까지 해왔다.

"만월기루를 음해하려는 놈들은 내 주먹 맛부터 봐야 될 거야. 어느 놈이든 만월기루에서 행패만 부렸다 하면 뼈다귀를 분질러 버리겠어. 모두들 찍소리 말고 만월이 흘린 부스러기나 주워 먹어!"

음풍사장(陰風四掌).

분뢰장을 수련했고, 혹독한 수련으로 일 년이란 짧은 기간 동안 일류고수로 탈바꿈한 경이적인 사내들.

그들에게 교가의 파락호들을 주무르는 일쯤은 누워서 떡 먹기보다 쉬웠다.

교가에는 비교적 체계적인 파락호 집단이 존재했다.

교통이 발달해 있고 산물(産物)이 많은지라 일찍부터 주먹질깨나 하는 자들은 자연스럽게 교가로 모여들었다.

그들은 뜻 맞는 자들끼리 삼삼오오 무리를 이뤘고, 무리 간의 싸움에서 이긴 자들은 진 자들을 흡수해 나갔다.

파락호들은 시간이 지날수록 하나의 조직이 되어갔다.

사천 다른 도읍들도 비슷한 상황이었으나 교가처럼 큰 무리가 될 수 없었던 것은 파락호들에게는 천적(天敵)이라고 할 수 있는 무가(武家)가 존재했기 때문이다.

교가에는 불행인지 다행인지 무가가 없었다.

육로와 수로가 모두 발달했으며 산물이 많은 곳치고는 의외의 현상이다.

지금에 와서는 교가 파락호들을 파락호라고 부를 수 없게 되었다.

그들은 크게 다섯 조직으로 대변되었고, 옛날처럼 주먹 하나만 믿고 날뛰는 자들을 조직으로 응징했다.

"교가를 정리해야겠어. 방법은 알지?"

음풍사장에게 독사의 명령은 새장을 벗어나 훨훨 날아가라는 소리와도 같았다.

더군다나 상대는 파락호들이다. 무인과의 싸움이라면 뇌궁 문도 이외에는 경험이 없어서 긴장이라도 했을 터이지만, 파락호라면 긴장조차도 되지 않는다.

그들 세계에 대해서 음풍사장처럼 구석구석 자세히 아는 사람이 또 있을까.

"대형… 아니지. 궁주님, 누구 이름으로 정리할까요? 독사를 그대로 사용할까요?"

"네 이름으로 해, 계두로."

"그건 좀 그렇네요. 계두로 하느니 차라리 내 것이 더 낫죠. 사팔 패거리. 좋잖습니까?"

"주먹 맛 좀 볼래?"

돌주먹도 나섰다.

"하하! 교가에는 모두 다섯 패거리가 있어. 다투지 않아도 될 것 같은데?"

"궁주님 말씀이 맞아. 우리 이렇게 하자. 우리는 네 명이니 우선 한 개씩 정리하는 거야. 그리고 가장 빨리 정리하는 쪽이 기득권을 갖는 거야. 어때?"

"좋아."

교가 파락호들의 운명은 지하 석실에서 결정되었다.

음풍사장은 서둘지 않고 천천히 정리해 나갔다.

파락호들의 서열에서 가장 밑바닥에 있는 소위 '막꾼'이라고 부르는 자들부터 두들겨 팼다. 막꾼들에게 용채를 상납하는 기루며 주루들도 철저히 두들겨 부쉈다.

파락호들이 가만히 앉아서 당하고 있을 리는 없었다.

무리를 지어 공격해 왔고, 몇 번 크게 두들겨 맞은 다음에는 암습을 시도해 왔다.

파락호들은 무식하기에 상대하기 어렵다. 상대가 알지 못하는 자일 때는 실력이 어느 정도인지 가늠해 보지도 않고 무작정 덤비기 때문에 무척 피곤하다.

막꾼에서 '솔밥'으로, 솔밥에서 무림문파 같으면 당주(堂主)쯤에 해당되는 '바위'까지 넘어오는 데는 채 나흘이 걸리지 않았다.

그동안 음풍사장이 두들겨 팬 자들은 무려 오백여 명.

죽을 정도로 패지는 않았다. 파락호 무리를 섬멸하는 것이 아니고 흡수하는 것이 목적이기에. 손속을 너무 가볍게 하지도 않았다. 음풍 사장에게 두들겨 맞은 자들은 적어도 한 달 동안은 끙끙 앓아 누워야 할 만큼 호되게 당했다.

이쯤 되면 바위나 바위가 모시는 대형도 눈치를 챈다. 상대가 원하는 것이 단순한 싸움이 아닌 파락호의 조직이란 것을.

음풍사장은 무식하게 단순한 바위들을 간단히 때려눕혔다.

어느 조직을 건드리든 바위를 부수는 데까지는 간단하다. 어려운 것은 그 다음이다.

대형이란 자가 바위들처럼, 혹은 예전의 독사처럼 정면 승부를 걸어온다면 쉽게 일이 풀리지만, 그렇지 않은 경우가 더 많다. 거의 대부분은 수하들을 최대한 이용하고 온갖 술수를 동원하여 등을 노린다. 그러다 최종에 이르러서야 이판사판식으로 달려들곤 한다.

"바위를 깨는 즉시 바로 치고 들어가 대형이란 자를 바로 잡아야지 시간을 주면 피곤해져."

파락호들과의 싸움이라면 이골이 난 음풍사장. 그들은 독사가 어떤 식으로 다른 파락호 무리들을 끓어앉혔는지 보고 배웠다.

"우리 이쯤에서 치졸한 내기는 거두는 게 어때? 평생 파락호를 책임 질 입장도 안 되잖아? 그냥… 음…… 적묘(赤猫), 어때? 적묘 패거리. 그렇게 하는 게 낫잖아?"

결국 교가 파락호들은 적묘 패거리로 통합되었다. 그 후에야 기루 주인들이 찾아와 만월기루를 쳐달라고 부탁했으니…… 먹다가 흘린 부스러기나 주워 먹으라는 협박은 많이 봐준 편이다.

    *   *   *

독사는 강에 앉아 낚싯대를 드리웠다.

금사강(金沙江) 물줄기는 여전히 황톳빛이라 고기가 살지 의심마저 든다. 하지만 금사강에서 잡아들인 생선은 맛도 좋고 씨알도 굵으며 양도 많아서 강촌(江村) 사람들에게 풍요한 삶을 제공해 준다.

강에 낚싯대를 드리운 지 한 시진. 낚싯대는 꼼짝도 하지 않았다.

미끼가 없는 바늘을 무는 놈이 있다면 천하에서 짝을 찾아볼 수 없는 바보이리라. 간혹 그런 놈이 걸려들기도 하지만.

'이제 남은 곳은 이곳인가…….'

독사의 눈길은 낚싯대에 머물지 않았다. 그의 눈길은 좀 더 멀리, 강 한가운데에 떠 있는 선루(船樓)를 주시했다.

언제나 일을 벌임에 서둘지 않았다.

영은촌 패거리들조차도 정면 승부밖에 모르는 대형으로 인식하고 있지만, 움직이기 전에는 반드시 준비를 했다. 적을 파악할 수 없을 때는 최선을 다하고 승패는 하늘에 맡긴다는 심정으로 싸움판에 나섰다.

적을 안다는 것은 승리를 반쯤 거머쥔 것이나 진배없다.

교가는 장악했다.

어디서 무슨 일이 벌어지는지 속속들이 알 수는 없지만, 대략이나마 짐작할 수 있을 정도는 되었다.

영은촌 같았으면, 뇌궁이란 문파가 단순하게 파락호들의 웅거지라면 이것으로 만족했으리라. 만족하다 뿐인가. 분에 넘칠 정도의 호사라고 할 수 있다.

하지만 무림 전체를 상대로 하기에는 터무니없이 부족하다.

무림 전체······.

독사는 그렇게 판단했다.

뇌궁 궁도인 냉설이 칠백무원의 공격 대상이 되었다. 지천도도 신분이 노출되면 도림의 살상 목표가 될지 모른다.

엽수낭랑과 당문삼기도 당문 근처에는 발도 딛지 못할 처지가 되었다. 그것은 신검서생도 마찬가지다.

뇌궁 궁도는 뼈를 묻을 문파와 가문이 있었으나 오히려 그들로부터 공격을 당하는 입장이 되고 말았다.

골인은 또 어떤가?

아직 모습이 드러나지 않아서 그렇지 모습이 드러나는 순간 마의 무리로 낙인 찍혀 무림 공적이 될 것이다.

인지상정이라면 오히려 동정과 위안을 받을 사람들이다. 하지만 뛰어난 무공을 지니고 있기에 다른 눈으로 보게 되고, 처참한 몰골은 동정을 벗어나 공포의 대상으로 생각될 게다. 마단이나 현문이 개입하지 않는다 해도.

뇌궁은 전 무림과 싸우게 될지도 모른다.

그런 일이 벌어질 가능성이 십 분지 일에 미치지 못한다고 해도 대비는 충분히 해두어야 한다.

'어련주(漁聯主)······.'

독사의 눈에서 가는 신광이 새어 나왔다.

대어(大魚)를 낚기 위해서는 충분한 준비를 갖추어야 한다.

튼튼한 낚싯대.

그러나 독사가 준비한 것은 작은 물고기를 잡기도 어려울 듯한 가는 낚싯대뿐이다.

"뭐 하는 놈이냐?"

앞장서서 걸어오던 두 사내가 걸음을 멈추며 일갈을 내질렀다.

"낚시꾼."

독사의 대답은 태연했다. 그러나 독사에게서 풍기는 심상치 않은 기도는 사내들로 하여금 병기를 뽑게 만들었다.

"비켜서랏!"

"실례를 저지르는군."

"뭣이! 뭐가 실례냐!"

"낚시를 안다면 기본적인 예의 정도는 알고 있을 텐데. 먼저 대를 드리운 사람에게 자리를 비키라는 말도 있던가?"

"시비냐?"

"낚시를 할 뿐이지."

독사의 말은 어폐가 많았다.

낚시를 하려면 물가로 가야 한다. 하지만 독사가 서 있는 곳은 관도 한가운데, 어디를 둘러봐도 낚시할 곳은 없다.

일단 고의적으로 길을 막아선 것이 분명하다.

두 번째로 그는 낚시를 한다고 했다. 길을 막아서며 낚시를 한다고 했으니 불문가지(不問可知), 어련주를 노리고 나타난 살수다.

두 사내는 검을 치켜 들고 조심조심 거리를 좁혀왔다. 두 눈에서는 투지가 불같이 일어나고 전신에서는 팽팽한 살기가 넘쳐흐른다.

가마의 좌우를 호위하던 무인 네 명이 앞으로 나서며 경과를 지켜봤다.

이들이 전부가 아니다. 무려 이십 명이나 되는 무인들이 보이지 않는 곳에서 가마를 에워싸고 있다.

이들 스물여섯 명은 이십육호리(二十六狐狸)라고 불리며 교가에서는 절대 신으로 군림하는 자들이다. 이들의 입에서 '죽으라' 는 말이 나오면 죽을 수밖에 없다. 살인을 한 자라도 이들이 용서하면 백주대낮에 활보할 수 있다.

독사는 낚싯대를 어깨에 걸쳐 멘 채 미동도 하지 않았다.

이들의 무공은 형편없다. 마단 고수들은 고사하고 대화산 무생곡에서 무도 수련을 하는 야인(野人)들보다도 못한 수준이다. 뇌궁 고수들이라면 눈 감고 지목해도 이들 정도를 상대하는 데는 충분하다.

호랑이가 살지 않는 산에서는 늑대가 왕인 법.

무공이 발달하지 않은 교가에서는 이들 정도의 무공만으로도 신으로 군림할 수 있었으리라.

쉬익! 쉭!

앞선 두 명이 질풍처럼 달려들었다.

한 명은 하늘에서 땅으로 내리꽂는 천지양단(天地兩斷), 다른 한 명은 땅에서 하늘로 솟구치는 교룡등천(蛟龍登天)을 펼칠 기세다.

검을 잡은 모습이며 초식을 전개하며 달려오는 모습이며, 신랄 괴이하며 실속있는 공격법을 사용하고 있다. 마단 고수들과는 비교할 수 없지만 웬만한 무인쯤은 합공으로 잡아낸 고수들이다.

그들이 일 장 앞까지 다가왔을 때, 독사의 낚싯대가 버들가지처럼 부드럽게 움직이더니 앞으로 쭉 뻗어 나갔다.

"컥!"

짧은 단말마가 터진 것은 그때다.

충분히 피할 수 있을 만큼 느려 보이는 낚싯대였는데, 그는 피하지 못했다. 대나무로 만든 어설픈 낚싯대에 목이 꿰어 '끅끅!' 하며 헛바람만 새어냈다.

그는 이미 눈동자가 돌아갔다. 사지도 힘이 빠져 모래성 부서지듯 스르륵 무너져 내렸다.

그와 행동 보조를 함께했던 다른 자는 느닷없는 변화에 깜짝 놀란 듯 잠시 머뭇거렸다. 하지만 어찌 된 연유인지 판단하는 데는 촌각이면 족한 것. 그는 위험을 직감하고 즉시 몸을 움직였다.

삭!

그가 막 한 발을 내디뎠을 때, 절명했음이 확실한 사내의 목줄기에서 피분수가 솟구쳤다.

"컥!"

붉은 핏무리가 눈앞을 가린다 싶은 순간, 사내는 옆 사내와 같은 비명을 토해내고 말았다.

눈 깜빡할 순간에 벌어진 일.

"엇!"

"고수닷!"

여기저기서 경악성이 터져 나왔다.

뇌궁 궁도들이라면 절대 소리를 내지르지 않았으리라. 아침을 같이하면서 웃고 떠들던 자가 변고를 당했어도 절대 침묵했으리라. 상대가 자신보다 뛰어난 고수인지 아닌지는 느낌만으로도 알 수 있는 사람들이기에.

'이건 도살이군.'

마음이 정해지자 행동도 거침없었다.

앞선 두 사내 사이를 파고들었고, 다시 이 장이라는 거리를 단숨에 좁혀 버렸다. 대나무 낚싯대는 허공을 갈랐고, 가마 앞을 가로막았던 무인 네 명 중 두 명이 병기조차 뽑아보지 못한 채 꼬꾸라졌다. 한 명은 심장에, 또 한 명은 미간에 구멍이 뻥 뚫린 채.

"엇!"

"아……!"

경탄과 탄식이 버무려졌다.

독사는 탄식을 토해낸 무인을 쳐다보며 말했다.

"검을 뽑아라. 무인이라면 최소한 검은 뽑은 채 죽어야지."

탄식을 토해낸 무인은 혀를 내밀어 바싹 마른 입술만 축일 뿐 검을 뽑지 못했다.

그는 알아본 것이다, 독사가 자신들로서는 상대할 수 없는 가공할 고수라는 점을. 무인들이 흔히 말하는 초절정고수. 그들 중 한 명에 당당히 거론될 사람이라는 것을.

그뿐만이 아니다. 눈으로 본 광경이 머리 속에서 정리되고, 현실로 느껴져 몸을 부르르 떨기까지는 오랜 시간이 필요치 않았다.

이십육호리, 그들 중 살아남은 스물두 명은 야속하리만치 짧은 순간에 생과 사를 결정해야만 했다. 지독히 힘든 싸움이 될 것 같은데, 승산이 전혀 없는 것 같은데…… 그래도 싸워야 하는가.

'암습을 하면…… 열여덟 명이 숨어 있어. 그들이 제 몫만 해준다면…….'

한 번쯤 생각이 들지 않았다면 거짓말이다.

'그래도 안 돼. 이자가 펼치는 무공은 무공이 아냐. 아니, 무공은 무공인데 한 번도 본 적이 없는 무공이야. 초식을 분별하기는커녕 손속이 전개하는 것도 보이지 않았어.'

극심한 절망감에서 우러나온 생각이다.

상대가 아예 눈에 보이지 않을 정도로 빠른 무공을 구사한다면 나름대로 대책이라도 있으련만, 이자는 그것도 아니었다. 낚싯대가 흐느적거리는 모습을 두 눈으로 똑똑히 보았는데도 마치 거미줄에 걸린 날파리처럼 옴짝달싹 못하고 서 있다가 당했다. 아니다. 그것도 아니다. 낚싯대가 날아오는 것을 보고 피한다고 피했는데도 낚싯대는 정확하게 움직인 곳을 찍어냈다. 그곳으로 움직일 줄 알았다는 듯이.

'여기서 밀리면 끝장이야.'

무인은 엉뚱한 생각을 했다.

상대는 호의로 오지 않았다. 호의를 가진 자가 다짜고짜 사람을 죽일 리는 없다. 악의로 온 자…… 도대체 어떤 놈이 이런 고수를 끌어들였단 말인가.

이건 최악의 사태다.

죽음을 택할 것인가, 아니면 교가에서 누리던 신적인 권력을 포기할 것인가.

돌아서면 낭인이 될 뿐이다. 사천성 어느 곳에도 교가같이 알맹이가 꽉 찬 도읍에 무가가 없는 곳은 없다.

낭인……. 그 지긋지긋한 생활을 또 할 수는 없다. 안락함과 풍요로움을 몰랐을 때는 견딜 수 있었지만, 지금 다시 돌아간다면 하루도 버티지 못할 것 같다. 또 모르지 않는가, 상대도 인간인 이상 천운이 닿아 베어낼 수 있을지도.

스르릉……!

무인은 검을 뽑았다.

"무인이라면 최소한 검은 뽑은 채 죽어야 한다기에 뽑았소."

사사사삭……!

움직임은 다른 곳에서 일어났다.

어둠 속에 숨어 있던 자들은 무인의 발검(拔劍)이 신호라도 되는 양 일제히 암습을 가해왔다.

파라락……!

눈에 보이지도 않는 낚싯줄이 수풀 속에서 솟아오르는 자를 낚아채 멀찌감치 내동댕이쳤다.

쿵!

지축이 뒤흔들리는 소리. 그러나 그자는 땅에 누워 있지도 못했다. 대어를 낚은 듯 힘껏 낚아챈 힘에 이끌려 다시 허공으로 솟구쳐 훨훨 날았다.

빠악! 퍼억!

둔탁한 소리가 연이어 터졌다.

낚싯줄에 휘감긴 자는 골육으로 만든 흉기가 되어 누군지도 모를 자들을 네 명이나 후려쳤다.

피가 터져 나오고 뼈가 으깨졌다.

낚싯줄에 휘감긴 자는 벌써 절명했는지 소리조차 없었고, 그에게 두들겨 맞은 자들은 바윗덩어리에 깔린 듯 풀썩풀썩 무너졌다.

"차앗!"

누군가 거센 고함을 내지르며 신형을 튕겨냈다.

그의 검법은 쾌속했으며 날카로웠다. 적어도 정통무가에서 정심한 무공을 전수받은 솜씨다.

그는 낚싯줄을 잘라내려고 했다. 독사에게 다가오기는 너무 멀었고, 낚싯줄을 잘라내는 것만으로도 독사의 손에서 병기 하나 빼앗는 효과는 있기에.

낚싯줄에 걸린 자가 출렁 하더니 날개라도 달린 듯 비상했다.

써걱!

무인의 검은 낚싯줄에 걸린 자의 머리를 반쯤 갈라냈다. 하지만 뒤이어 밀어닥치는 몸뚱이는 미처 피하지 못했고, 얼굴에서 폭죽 터지는 소리를 흘려내고 말았다.

"타앗!"

가마를 호위하던 무인들이 사력을 다해 일검을 날려왔다.

그들은 이번이 마지막 기회라는 것을 알고 있다. 일검이 실패하는 순간, 그들의 영혼은 구천을 떠돌고 있을 게다.

그 생각이 맞았다.

낚싯대가 활처럼 휘어진다 싶더니 손잡이 부분이 용수철처럼 팅겨졌다.

퍼억!

누가 당했는지 파악할 틈도 없다. 다행이라면 상대의 손에 병기가 들려 있지 않다는 것.

쉬링! 쒜에엑⋯⋯!

합공한 사람은 네 명. 그중 한 명은 팅겨진 낚싯대에 낭심을 얻어맞고 나뒹굴었다. 검을 같이한 사람은 세 명. 그들은 정확히 상대를 보았고, 검을 쳐냈다.

'잡았어!'

일순 희열이 전신을 휘감았다.

인간이 아니라 마귀였다. 자신들도 잔인했지만 상대처럼 잔인한 자는 본 적이 없다.

그런 자를 잡았다.

하지만 검에 걸리는 것이 없이 스르륵 미끄러져 나갈 때, 그리고 상대의 몸이 실낱같은 차이로 검권을 벗어날 때, 등골에 소름이 쭉 끼칠 때…… 아픔이 올 것을 직감했다.

"아악!"

지독히도 아팠다. 혼(魂)이 화들짝 놀라 육신을 빠져나갈 만큼.

"죽일 테면 죽여랏! 난 하나도 무섭지 않아!"

독사는 아무 생각도 나지 않았다. 세상에!

"네가…… 어련주냐?"

"그럼 내가 어련주지 누가 어련주란 말이냐. 죽일 테면 빨리 죽이고, 죽이지 않을 거면 비켜랏!"

가마를 들추자 뜻밖에도 곱상하게 생긴 소동(小童)이 앉아 있었다. 기껏해야 열 살을 넘지 않았을 아이. 그것만 해도 기가 막힐 노릇인데 음성을 들어보니 계집아이이지 않은가.

소녀라고 부를 수도 없는 어린아이는 꽤나 당돌했다. 사방에 널브러진 시신들을 보고 바들바들 떨면서도 속으로는 용기를 내려고 꽤나 애쓰는 표정이 역력했다.

독사의 눈에 비친 소녀는 화초였다. 태어나면서부터 온갖 은총을 받으며 고귀하게만 자란.

"네가 정말 어련주라면 내 손에 죽어야 한다. 다시 한 번 묻겠다. 네가 어련주냐?"

소녀의 얼굴에 공포가 실렸다. 안색이 백지장처럼 하얗게 탈색되고 입술도 푸들푸들 떨렸다. 그러나 오기는 있는지 눈을 꼭 감고 목을 내밀었다.

"부모님은 어디 계시냐?"

"돌아가셨다!"

독사는 짚이는 것이 있었다.

교가 사람들은 어련주가 이런 어린아이라고는 꿈에도 생각지 못하고 있다. 음풍사장이 파악한 정보도 마찬가지다. 어련주는 마흔여섯의 중년인이다.

소녀는 교가 사람들이 알고 있는 어련주의 딸일 가능성이 높다. 어련주가 죽자 어련의 분란을 저어한 이십육호리가 어련주의 죽음을 알리지 않고 딸을 계승시킨 것이 아닐까? 이십육호리가 일을 주도했다면 파락호들이나 교가 사람들이 속아 넘어갔을 게다.

"마차에서 내려라."

"죽일 테면 여기서 죽여라!"

독사는 소녀의 머리에 알밤을 먹였다. 쿵! 하는 소리가 날 만큼 세게.

"아얏!"

"어른한테 반말을 한 벌이다."

소녀의 눈이 화등잔만하게 커졌다.

"내려."

"납치냐…… 에요?"

소녀는 습관처럼 말하다 독사의 매서운 눈매를 접하고는 대뜸 말을 높였다.

"따라와."

"안 죽여… 요?"

독사는 휘적휘적 걷기 시작했다.

어련주를 죽일 생각이었다. 어련주는 사람들의 신망을 받아 어련주가 되었으나, 근래에는 무력에 의존하여 그에게 의지해야 할 사람들을 핍박했다.

어련주가 저지른 악행은 한두 가지가 아니다.

교가 사람들이 어련주를 마왕보다도 두려워하는 데는 지독한 보복과 피가 깔려 있어서였다.

어련주가 보살에서 마왕으로 변한 시기…… 그때가 세상을 버렸을 때이리라. 어쩌면 이십육호리의 손에 암살을 당했는지도. 어련을 휘어잡으면 교가의 태반을 움켜쥔 것이나 다름없으니.

소녀가 겁에 질려 조심조심 따라왔다.

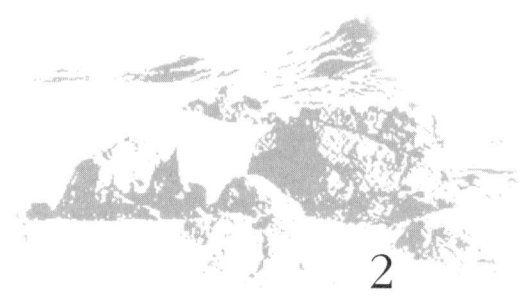

2

예정된 시작, 예정에 없던 시작

혜월이 남겨놓은 밀마 여섯 번째는 찾기 쉬웠다.

밀마 여섯 번째는 나무가 많은 산이나 숲에서 사용할 수 있는 것으로, 가장 큰 나무의 나뭇가지를 잘라내기만 하면 된다.

잘려진 나뭇가지가 향하고 있는 방향이 가고 있는 방향이다. 밀마는 십 장 간격으로 남겨놓게 되어 있고, 지시된 방향으로 십 장을 나아가 대여섯 그루의 나무들 중 가장 큰 나무만 골라서 살펴보면 된다.

산에는 나무가 지천에 널려 있다. 하지만 약속된 지점에 있는 나무는 채 열 그루를 넘지 않는다. 나뭇가지를 잘라내면 흔적이 한눈에 들어온다. 그것도 밀마를 알고 있는 사람에게나 적용되는 말이다. 밀마를 모른다면 나뭇가지를 잘라냈는지 어쨌는지 분간해 낼 수가 없다. 산 전체가 모두 같은 나무로만 보일 테니.

첫 번째 나무를 찾는 것이 가장 어려웠다.

엽수낭랑은 구음곡 입구로 추정되는 곳에서부터 나무란 나무는 죄다 훑으며 나아갔다.

"여긴 저도 조금 알아요. 제가 앞장설까요?"

백화금이 어떤 상황인지 알지도 못한 채 야릇한 흥분에 들떠서 말했다.

"독사가 그렇게 좋니?"

"네."

"왜?"

"엄마가 무지 좋아했거든요."

가슴이 서늘해졌다.

요빙은 정녕 죽지 않았는가. 아무리 아들이라 해도 아직 어린아이에 불과한데. 요빙이 죽을 무렵의 기억은 한 줌 그리움으로밖에 남아 있지 않을 텐데.

독사는 엄마가 연모했던 연인이 아니다. 그는… 백화금에게는 아버지가 되어버렸다. 그리고 그 사이에는 요빙이 엄연히 살아서 숨 쉬고 있다.

"너는? 너는 좋아하지 않았고?"

"솔직히 잘 기억이 나지 않아요, 무지하게 쌈을 잘했다는 것밖에는. 얼굴을 기억하려고 애썼는데 기억나지 않더라고요. 보면 기억날 거예요."

"그래, 보면 기억날 거야."

"아줌마와는 어떤 사이예요?"

"나?"

"부인이에요?"

"누구랑? 독사와?"

"예."

"아니."

"좋아는 하죠?"

"글쎄? 좋아하는 것 같아? 공자님, 그런 데 관심 갖기에는 너무 어리지 않나?"

"에이, 좋아하는데 뭘."

"점점."

"내 말이 맞죠? 히히! 눈칫밥을 몇 년이나 먹었는데 그런 것도 눈치 못 챌까."

백화금은 환하게 웃었다.

엽수낭랑도 희미하게 미소를 지었다.

백화금은 생각했던 것보다 훨씬 명랑하고 밝았다.

요빙이 살았을 적에는 기녀의 자식이었으니 놀림깨나 당했을 게다. 요빙이 죽은 후에는 일가붙이 하나 없는 천애 고아이니 설움도 많이 받았을 게다. 훈장 아낙의 무지막지함을 직접 눈으로도 보지 않았는가.

그럼에도 이렇게 밝음을 지닐 수 있다니…….

우연은 아니다. 천성이 착해서도 아니다. 모든 일에는 인과(因果)가 있는 법. 요빙에게서 듬뿍 받은 사랑이, 독사에게서 받은 사랑이 지금까지 살아서 숨 쉬는 것이다.

그들은 정녕 살아 있다.

이미 죽어버린 요빙도, 백화금 말대로 떠난 지 오래되어 기억도 희미해져 버린 독사도.

"힘들지 않아?"

"이제 얼마나 왔다고요. 이까짓 것 얼마든지 괜찮아요. 히히!"

괜찮지 않았다. 평지라도 치기 어린 꼬마가 무공을 익힌 무인과 걸음을 같이하기에는 버거울 게다. 하물며 구음곡 같은 험산에서야.

엽수낭랑은 백화금의 허리를 낚아채 옆구리에 끼고 신법을 펼쳤다.

"어떤 상황에서든 구사일생(九死一生)할 수 있는 독이나 암기……있으면 줄래?"

미리 도착해 있던 혜월은 엽수낭랑이 도착하기 무섭게 엉뚱한 이야기부터 꺼냈다.

"구사일생의 암기요? 그런 게 어디 있어요? 독이란 쓰는 사람에 따라서 효능이 천양지차로 달라지고, 암기도 마찬가지죠."

"결국은 당문의 암기와 독은 무공이란 말이군."

"무림에서는 그렇죠. 왜요? 그런 게 왜 필요한데요?"

"내 무공으로는 버거울 것 같아서."

"뭐가요?"

"……."

엽수낭랑은 불현듯 불길한 생각이 떠올랐다.

"혹시……?"

"……."

"안 돼요. 혼자서는 무리예요."

"호호호! 뭐가 안 되고 뭐가 무리야?"

"저들은 고수예요. 역으로 뒤를 밟으려는 것 같은데, 어림없어요. 그 정도는 알죠?"

혜월은 의미심장한 미소를 띠며 엽수낭랑을 바라봤다.

"뜻밖이네. 내가 없어져 주길 바랄 줄 알았는데?"

"무슨 말을 그렇게……."

"내가 없어져 주면 독사에게 좋은 것 아닌가? 난 화약고(火藥庫)잖아, 언제 터질지 모르는. 무림에 이런 말이 있지. 앞에서 날아오는 검은 피할 수 있어도 뒤에서 날아오는 화살은 피하기 어렵다. 내가 화살이란 걸 한시도 잊지 않고 있을 텐데. 그렇지 않아?"

"그래요."

엽수낭랑은 순순히 시인했다. 또한 그것이 사실이다. 혜월이 순수한 마음으로 뇌궁을 돕는다고는 생각할 수 없다. 삼척동자라도 혜월이 무엇을 모색하는지는 알 수 있다. 그렇기에 늘 그녀의 주위를 살폈다. 그녀가 일을 벌이고 있다면 쉽게 파악되지 않을 것이 뻔한데도 살필 수밖에 없었다. 엽수낭랑뿐만이 아니다. 집원주인 마천옥도, 호원주인 지천도도 혜월에게서 눈길을 떼지 않는다.

혜월은 뇌궁의 머리이나 뇌궁 문도로 인정하지 않는 묘한 상황인 것이다.

"솔직히 그래요. 언니가 무슨 일을 하면 늘 불안해요. 혹시 독사에게 해가 되는 일은 아닌지, 함정을 준비하는 것은 아닌지. 목숨을 걸고 뇌궁 일에 몰두한다는 것을 알면서도 순수하게 생각되지 않았어요."

"솔직한 줄은 알았지만 이건 너무 솔직한데?"

"전 이런 생각을 해봤어요."

"그만."

혜월은 또 그녀만이 알 수 있는 의미심장한 미소를 지었다.

"내 무공이 형편없다는 것은 알아. 너무 잘 알지. 뇌궁에서 가장 약한 사람이 나니까. 하지만 내가 약하다는 것을 알고 있기 때문에 난 강해. 누구에게 쉽게 당하지 않는단 말야."

"언니!"

"이번 기회가 아니면 현문을 알아낼 수 없어. 다음에는 이런 기회를 찾기 위해서 몇몇이 죽을지도 몰라. 단지 기회를 얻어내는 데 목숨을 걸어야 할지도. 최소한 지금 저들은 우릴 몰라. 우린 저들을 알고. 더 이상 고집 부리지 마. 지금이 최적의 기회야. 이건 집원의 머리로서 하는 말이야. 한청이 아니라 혜월이 하는 말. 알아들어?"

엽수낭랑은 고개를 끄덕였다.

혜월의 생각은 너무 확고해서 어떤 설득도 필요없어 보였다.

'이럴 줄 알았으면 화금이를 데려오지 않는 건데……'

때늦은 후회가 들었지만 말 그대로 이미 때는 늦었다. 백화금은 그녀를 따라왔고, 화금이를 데리고 현문 고수들의 뒤를 미행할 수는 없는 노릇이다.

구음곡으로 찾아들었을 때는 숨어 있을 요량이었다. 현문 고수들이라고 짐작되는 무인들이 주변을 샅샅이 뒤지고 갈 때까지 은밀한 곳에 몸을 숨기기에는 더없이 적당한 곳이니까.

그런데 혜월의 생각이 역추적으로 바뀌었으니, 엽수낭랑의 행동도 달라져야 한다.

이건 정말 예정에 없던 일이다.

꿈에서조차 생각할 수 없는 행동이다.

"동생은 고생 좀 해야겠어. 앞길은 막힌 셈이니, 산을 넘어서 돌아가야겠어."

험준한 구음곡, 이곳에서 태어나고 자란 영은촌 사람들도 길을 잃을까 봐 두려워 깊이 들어서지 않는다는 곳.

구음곡은 들어올 테면 들어오라는 듯이 시커먼 침묵 속에 고요히 웃었다. 꼭 그렇게 느껴졌다.

"나도 이곳에는 깊이 들어온 적이 없어. 아마도 구음곡 지리를 환히 꿰고 있는 사람은 중원 천지에 한 사람도 없을 거야. 비락봉 경험을 살려서 충고 한마디 해준다면 저 시커먼 산봉우리만 쳐다보고 올라가."

"제 걱정은 마세요. 당문 사람들은 산에서 굶어 죽는 법 없어요."

"호호호! 그걸 깜빡했네."

"정말 자신있어요?"

"난 혜월이야."

연약해 보이기만 한 혜월. 크고 맑은 눈망울은 초롱초롱하게 빛나지만 더불어서 겁이 무척 많을 것 같기도 한데.

비락봉을 보지 않았다면, 혜월이 그곳에서 와신상담(臥薪嘗膽)한 내용을 알지 못했다면 도저히 발길을 떼어놓을 수 없었을 게다.

"그럼 언니…… 저 먼저……."

"먼저 가."

혜월은 웃었다.

'전 이런 생각을 했어요.'

엽수낭랑이 한 말은 좀처럼 혜월의 귓가를 떠나지 않았다.

그녀가 무슨 말을 하려는지 짐작했다. 그래서 미리 차단했다. 혹, 그녀의 입에서 짐작된 말이 쏟아지기라도 하면 감당하기 어려울 것 같아서.

혜월은 극심한 혼란에 휘감겼다.

독사…… 도저히 미워할 수 없는 사내다. 불구대천의 원수이고, 반드시 복수를 해야 할 사내인데, 미워하는 감정이 생기지 않는다.

아니다. 그를 찾을 때만 해도 세상에서 가장 증오하는 자가 독사였다. 증오라고 해야 하나? 혈육을 죽인 자이니 증오라고 해도 좋을 것 같다. 비락봉에서 천형(天刑)이나 다름없는 고행을 이겨냈던 것도 복수를 하겠다는 일념이 있었기에 가능했던 것.

그러나 독사를 겪으면 겪을수록 복수라는 말은 퇴색되어 갔다. 그럴 때면 혜월 자신도 화들짝 놀라 다시금 복수를 맹세했다. 반드시 복수하고 말겠다고. 그러다가 뇌궁 일에 파묻히면 또다시 복수를 잊고…다시 맹세하고…….

'전 이런 생각을 했어요. 호호! 호호호!'

혜월은 마음속으로 웃었다.

뇌궁 문도의 운명은 크게 두 가지로 갈라진다. 하나는 끝도 보이지 않는 싸움 속에 평생을 뒤엉키다 죽어가는 것이요, 또 다른 하나는 어느 시점에서 한 명 두 명 은거를 하는 것이다.

뇌궁이란 문파는 멸절되어 사라지던가, 현 뇌궁 문도들이 모두 죽은 후에도 다른 사람에게 넘어가 존속하리라.

한마디로 어떤 일, 어떤 시점을 정해놓지 않으면 평생 뇌궁 울타리에 머물러야 한다.

엽수낭랑은 그걸 말하려던 거다.

마단에 이끌려 종말을 고하면 어쩔 수 없지만, 그렇지 않으면 끝나지 않을 싸움이니 평생을 같이할 수 있지 않겠냐고. 그런 생각을 해봤다고.

혜월의 복수에 대해서는 그녀가 상관할 입장이 아니다. 복수를 하지 말라고 종용할 수는 더 더욱 없다.

그러면서도 그런 생각을 말하려던 것은 혜월의 마음속에서 일어나는 미묘한 감정을 눈치 챘다는 의미이지 않을까.

'독사… 독사……'

독사의 체취는 강렬했다. 그는 강했다. 너무 강했다. 세상에서 가장 강한 자다.

그런 자를 이기는 방법은 오직 하나뿐이다. 죽이는 것. 그는 죽기 전에는 절대 물러서지 않는다. 상대가 되지 않아도, 오직 죽음밖에 보이지 않아도 악착같이 달려들 사내다. 외모와는 전혀 어울리지 않는 독사라는 별호가 괜히 붙은 것은 아닌 것을.

어쩌자고 이런 자와 싸움을 시작했는가.

오라버니는 독사가 어떤 자라는 것을 확실히 알고 싸움을 시작했을까? 몰랐다면 너무 미련했고, 알았다면 둘 중 한 명은 죽을 수밖에 없었다는 사실도 인지했을 게다.

세상에서 오직 죽음만이 의지를 꺾을 수 있는 사내.

복수라는 넓고 험한 강만 없었다면 방심(芳心)을 열기에 충분한 사내다. 열려고 해서 열리고, 닫고자 해서 닫히는 것이 사람 마음이 아니니, 어쩌면 지금쯤 연모의 정을 표현했을지도 모르겠다. 마음이 가는 대로 마음껏 풀어놓았다면. 그때,

사박!

뒤에서 불쑥 나타난 듯 느닷없이 들린 소리는 그녀의 상념을 일거에 몰아내 버렸다.

솜털까지 곤두서는 듯했다. 머리끝이 쭈뼛 서고 등줄기가 서늘해졌다.

상대가 안 될 줄은 짐작했지만, 지척에 이르도록 감지하지 못할 정도는 아니라고 생각했다. 이쪽은 기다리고 있고 저쪽은 아무것도 모른 채 다가서는 마당에.

잡념 때문이다. 한시도 경계를 늦추지 말아야 될 상황에서 어이없게도 눈을 뜨고 있으되 눈을 감았고, 귀를 열어놨으되 고막을 닫아걸었다.

사박! 사박!

풀잎 밟는 소리가 천둥처럼 크게 들렸다. 그리고 숨 한 번 들이킬 사이도 없이 검은 가죽신이 눈앞에 불쑥 나타났다.

방심하기는 상대도 마찬가지다.

다른 때 같았으면 충분히 주의를 기울일 그들이지만 엽수낭랑과 혜월을 상대로 여기지 않았는지, 아니면 그녀들의 종적을 뒤져 가는 중이라서인지 그들은 온 신경을 집중하지 않았다.

'천재일우. 하늘은 내 편이야.'

손 위로 개미가 기어올라 왔다. 손뿐만이 아니라 전신 곳곳으로 개미들이 비집고 들어섰다. 너구리가 살았음 직한 작은 토굴에 몸을 숨겼는데, 하필이면 개미굴인 듯싶다.

개미가 살금살금 기어가는 감촉은 무척 간지러웠다. 어떤 놈은 깨물기도 했는데, 그럴 때마다 꿈틀거리려는 신경을 억지로 잠재워야만 했다.

사박! 사박……!

풀잎 밟는 소리가 점점 멀어져 갔다.

혜월은 신경을 곤두세워 발걸음 소리가 완전히 멀어질 때까지, 소리라고는 전혀 들리지 않는 공동(空洞)에 빠졌다고 착각이 느껴질 때까지 숨죽이고 기다렸다.

엽수낭랑이 걱정이다. 구음곡 같은 험산을 어린아이까지 데리고 넘어서야 하니 고초가 여간 크지 않을 게다.

'잘해야 할 텐데……. 흔적을 남겨서는 안 돼. 저들이 뒤쫓아가게 만들어서는…….'

저들은 다시 돌아와야 한다. 엽수낭랑을 쫓아 산을 넘어간다면 뒤를 쫓을 수 없게 된다. 저들을 따라서 산을 넘어간다는 것은 꿈도 꾸지 못할 일이다.

"이곳에 숨으면 백만대군을 동원해도 찾을 수 없다더니 맞는 말이군. 깊은 곳이야."

"여기 숨었을까? 무리잖아? 그렇게 생각하는 건. 우리가 뒤쫓는 것도 모를 텐데."

"감쪽같이 사라졌으니 하는 말이지."

"닭 쫓던 개."

무인들은 경계도 하지 않았다. 마을을 산책이라도 하는 듯이 여유롭게 웃고 떠들며 산을 내려왔다.

'됐어. 들키지 않았어.'

괜한 걱정을 했다. 독사가 말하길, 엽수낭랑의 무공은 뇌궁에서 독사 다음으로 강하다고 했다. 무림에 그녀를 어찌할 사람은 흔치 않을 거라고.

그런데도 항시 물가에 내놓은 어린아이처럼 걱정이 되는 것은 왜일까? 어쩌면 엽수낭랑은 반대로 생각하고 있을지 모른다. 자신이 그녀를 걱정하는 것처럼, 그녀도 자신을 물가에 내놓은 어린아이로 생각하고 있을지도.

혜월은 사내들의 모습이 까마득히 멀어져 보이지 않을 무렵이 되어서야 굴에서 기어나왔다.

온몸이 흙투성이에 개미 천지였다. 그러나 남루한 몰골과는 반대로 혜월의 눈빛은 광채를 뿜어내기 시작했다.

지금까지 무인이라는 사람들과 겨뤄본 적이 없다.

수족을 놀려 싸워본 일은 한 번도 없고, 적으로 생각되는 사람에게 위협을 느껴본 적도 없다.

근래 들어서 무인들과 더불어 살았지만 그녀가 하는 일이란 머리를 쥐어짜 내는 일이거나 뇌궁 기반을 마련하는 정도였다.

처음이다, 무인과 겨뤄보는 것은. 그것이 비록 뒤를 쫓는 미행에 불과할지라도.

'다시 돌아갔어, 훈장에게.'

그녀가 가진 무기 중 가장 뛰어난 무기, 비시문주가 제자로 받아들이게끔 만든 머리는 상대의 행동을 보고 즉각 대응할 행동을 생각해 주었다.

혜월은 영은촌을 향해 신형을 띄웠다.

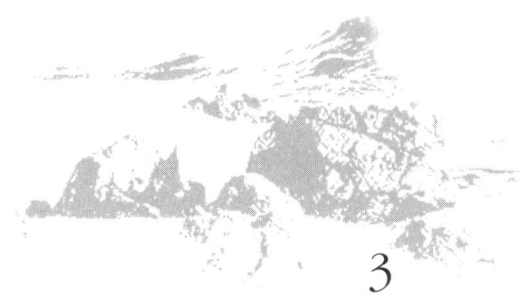

3

예정된 시작, 예정에 없던 시작

영은촌은 조용했다. 간간이 개 짖는 소리가 들릴 뿐, 캄캄한 어둠에 묻혀 화석처럼 움직이지 않았다. 오직 한 군데, 훈장 집에서 새어 나오는 유등 불빛만이 살아 있는 생명처럼 꿈틀거렸다.

혜월은 망설임없이 담을 타넘었다.

'생각이 맞다면……'

훈장이 기거하는 방문도 서슴없이 열어젖혔다.

예상했던 대로 방 안에는 아무도 없었다.

방 안에서는 방금까지 사람이 머물렀던 훈훈한 온기가 풍겨 나왔다. 방금 전까지 훈장이 읽었음 직한 책이 서탁(書卓)에 펼쳐져 있고, 찻잔에는 녹차가 반쯤 남아 향기를 뿜어냈다.

훈장 집을 샅샅이 뒤질 필요는 없었다.

'무척 다급하게 움직였어, 유등조차 끄지 않고 움직일 만큼. 움직이

는 게 사람들 눈에 띄어서는 안 된다는 말이 되겠지.'

어디로 움직였을까? 생각할 것도 없다. 현문이다. 왜 움직였을까? 이것 역시 생각이 필요치 않다. 현문 무인들이 데려간 게다.

자신과 엽수낭랑이 이들 무인과 마주친 것은 실로 우연이다.

자신들이 이곳에 오지 않았더라도 무인들은 왔을 것이고, 훈장 일행을 데려갔을 게다.

왜? 생각해 볼까? 그럴 필요가 있나? 왕각과 하정의 실종이면 모든 행동이 설명되지 않나?

이로써 한 가지는 확실해졌다. 십달통과 현문이 모종의 연관이 있다는 것.

'죽은 무석 스님, 그리고 왕각과 하정. 이 세 명을 제외하고 다른 십달통 모두가 움직이고 있겠지, 지금 이 순간에.'

혜월은 서둘지 않았다.

그녀가 판단한 바로는 훈장과 벙어리는 무공을 익힌 무인이지만, 훈장 부인은 평범한 시골 아낙에 불과하다. 그런 여인을 데리고 먼 길을 가려면 말이나 마차를 이용할 수밖에 없다.

'어디로 갔는지 알아내는 것은 시간문제야.'

날이 밝을 무렵 혜월은 서신 한 통을 받았다.

"이것이 간밤에 움직인 말과 마차의 현황입니다."

한가장 총관은 밤잠을 설쳤음에도 조금도 인상을 찡그리지 않았다. 언제나처럼 단정한 모습이었고, 눈빛도 맑았다.

"집에서 기르는 우마(牛馬)도 파악했나?"

한가장주는 금지옥엽이 무슨 일에 휘말렸는지 알지도 못하면서 거들었다.

"낱낱이 파악했습니다. 이 외에 움직인 우마는 없습니다."

혜월은 총관이 내민 서신을 펼쳤다.

딱히 눈길을 줄 만한 것이 없었다. 서신에 적힌 대로라면 간밤에 움직인 우마는 단 세 필뿐이다. 한 필은 중환에 걸린 노모를 약방(藥房)에 모시기 위해 움직였고, 다른 두 필은 외지에 나갔다가 밤이 깊어서야 들어온 마방(馬房)의 마필이었다.

'이럴 줄 알았어.'

자신이라도 그랬을 게다.

"원하는 걸 찾았냐?"

"아뇨. 없네요."

"후후후! 그럴 거야. 무인들이란 자들은 음흉하기가 너구리 뱃속보다도 더하지. 비밀리에 움직이면서 드러난 마필을 이용하지는 않았을 게다."

설명을 들을 필요도 없었다, 이 정도는 예측했으니까. 일실(一失)의 우(愚)를 범할까 봐 확인한 것에 지나지 않으니까.

"무가(武家)는 어때요?"

무천문을 일컫는 말.

"조용합니다. 그곳 역시 움직인 마필은 없습니다."

총관이 확언했다.

한가장과 무천문은 떼려야 뗄 수 없는 사이다. 한가장에 변고가 생기면 무천문이 나서듯, 한가장도 무천문에서 일어나는 사단을 파악하기 위해 사람을 파견해 놓고 있다. 무천문의 묵인 하에.

'후후! 이렇게 되면…… 남은 곳은 한 곳. 이제 쫓아가는 일만 남았나?

혜월은 몸을 일으켰다.

"왜? 가려고? 조반이나 뜨고 가지 그러니."

"아뇨. 나중에… 나중에 마음 편할 때 먹을게요. 무림을 돌아볼 필
요가 없을 때요."

한가장주는 묵묵히 고개만 끄덕였다.

한청이 무림에 뛰어든 심중을 읽고 있기 때문에. 만류하고 싶지만
들을 자식이 아니기 때문에. 이미 무림 여인이 되어버렸기 때문에.

혜월이 한가장을 은밀히 빠져나와 찾아간 곳은 쌍도교(雙桃橋)라 불
리는 다리 밑이었다.

다리 밑에서는 아침밥을 짓는지 연기가 모락모락 피어오르고, 구수
한 냄새가 상쾌한 아침 공기와 어우러져 허기진 배를 자극했다.

혜월은 몸을 숨긴 채 조금씩 이동했다.

불쌍한 거지들, 버림받은 노인들, 천대받는 병자들이 모여서 마을을
이루고 사는 곳.

사람들은 이곳을 쌍도교의 이름을 따서 쌍도촌(雙桃村)이라고들 불
렀다.

혜월도 쌍도촌에 종종 들르곤 했다.

그녀가 발걸음을 들여놓는 날은 쌍도촌에서 잔치가 벌어지는 날이
었다. 고기와 술을 먹을 수 있었고, 근 한 달 정도는 식량 걱정을 하지
않아도 될 만큼 양곡을 넉넉히 받기도 했다.

진심인지, 주는 자에게 베푸는 예의인지는 모르지만 쌍도촌에서 혜
월의 존재는 생불(生佛)이나 다름없었다.

'저기야!'

혜월은 눈에 익은 곳을 찾아냈다.

쌍도촌 사람들의 궂은일을 도맡아하던 비루먹은 망아지 한 필이 묶여 있던 곳이다.

지금은 없었다. 장소는 옛 장소 그대로이되 금방이라도 꼬꾸라질 듯 힘이 없던 말은 온데간데없었다.

'역시……'

십달통이 현문과 모종의 관계가 있다는 사실 외에 한 가지 사실이 더 확인되었다.

거지들, 노인들, 병자들… 세상에서 가장 불쌍한 사람들…… 하지만 결코 무시할 수 없는 사람들.

개방(丐幇)! 그들도 현문과 연관을 맺고 있다.

이렇게 되면 중원 전체가 현문과 밀약을 맺고 있다고 해나 하나?

'여기서 사람들 눈에 띄지 않고 빠져나가는 길은… 지리를 잘 아는 자가 추적해 온다고 가정해야겠지. 그럼……'

혜월의 눈길이 산기슭에 머물렀다.

논두렁과 산이 맞닿아 있는 곳에 길이라고 할 수도 없는 소로가 이어져 있다.

민가에서 멀리 떨어져 있는 길이라 눈에 쉽게 띄지도 않고, 그렇다고 지극히 은밀한 길도 아니다.

혜월은 웃었다.

'찾았어!'

다루(茶樓)에 앉아 한가롭게 차를 즐기던 그녀의 눈길에 한 번쯤 본 적이 있음 직한 사내가 걸려들었다.

사내는 상인(商人)이었다. 지게에 갖가지 잡동사니를 지고 심심산골을 찾아다니는 행상(行商)이다.

혜월은 검을 쉽게 찾아냈다.

모르는 사람이 보면 잡동사니 중 하나라고 생각하겠지만 혜월처럼 알고 찾으면 쉽게 찾을 수 있다. 검은 손을 등 뒤로 뻗기만 하면 언제든 잡을 위치에 헝겊으로 둘둘 말려 얹혀 있다.

혜월은 다른 곳으로 눈길을 돌렸다.

혹여 다른 사람들도 은밀하게 위장을 하고 숨어들었지 않았을까?

없었다. 행상 차림을 한 무인 외에는 훈장도 벙어리도 찾을 수 없었다.

차를 한 모금 들이켰다.

무인은 이곳저곳을 기웃거리며 농을 던지기도 하고 고함도 질러댔다. 고병(古甁)을 파는 곳에서는 진품 여부를 가리기도 했다.

안목도 뛰어나고 말솜씨도 능숙하여 영락없이 상인으로 볼 수밖에 없다.

혜월은 또 웃었다. 입가를 살짝 비트는 정도로 옅은 미소를 배어 물었다.

그녀는 사내들이 간 길을 따라가지 않았다. 길을 따라가면 나오는 곳이 어디쯤인지 유추해 냈고, 편안하게 마차를 타고 먼저 와서 기다렸다.

판단에 오차가 있을 법도 하건만 정작 그녀는 자신의 판단을 조금치도 의심하지 않았다.

인간인 이상 누구나 먹어야 산다. 먹기 위해서는 사람 사는 마을로 들어서야 한다. 목숨을 걸어야 할 정도로 위태로운 일이거나 독사처럼 쫓기는 몸이라면 한두 끼쯤 거르는 것이 당연하지만 이들은 그렇지 않다.

이들은 은밀히 행동하지만 급한 것이 없다. 사람들 이목을 피하라는 엄명을 받들고 있지만, 누가 쫓아와서 피하는 것은 아니다. 단순히 행동을 숨기는 행위일 뿐이다.

이런 사람들은 건포(乾脯)로 한 끼를 때우는 행동 같은 것은 하지 않는다.

사내는 몇 곳을 더 들르다가 선 채로 소면(素麵) 한 그릇을 비웠다. 그리고 또 몇 곳을 더 들렀다. 떡도 사고 고기도 사고…….

혜월은 조용히 눈길로만 쫓았다.

살 것을 다 산 사내는 휘적휘적 마을을 벗어나더니 점분(坫奔)으로 향하는 관도(官道)를 탔다.

거기까지만 쫓았다.

더 이상은 눈으로 쫓을 수도 없을뿐더러 쫓을 필요도 없다. 대신 생각할 것이 있었다. 저들이 어디서 요기를 할 것이며 식사 량은 어느 정도일지. 다음 식사는 저녁일 텐데 언제 어디서 먹게 될지. 이동 속도는 어느 정도이며, 잠자리는 어떤 형태를 취하게 될지.

혜월이 동원할 수 있는 것은 아무것도 없었다.

한가장의 힘을 이용하면 조금은 수월할 터이지만 한가장까지 혼란 속으로 끌어들일 생각은 추호도 없었다.

'거기에다 무공까지 상대가 안 되니 맞닥뜨리면 끝이고……. 불공정하군.'

찻잔을 마저 비우자 점소이가 한달음에 달려와 다시 채워 넣으려 했다.

혜월은 손을 저어 만류하며 말을 건넸다.

"이 길로 점분까지 가려는데 갈림길이 몇 군데나 나오죠?"

혜월은 준마를 타고 달려가 점소이가 일러준 첫 번째 갈림길에 도착했다.

"정말 이래도 되겠습니까?"

말 주인은 뜻밖의 횡재를 만나 입이 귀에 걸리면서도 다시 한 번 되짚어 물었다.

말을 겨우 사오 리 길 탔을 뿐인데 소녀가 건네준 돈은 무려 쌀 한 가마 값이었다.

"대신 약속 잊지 마세요."

"이게 무슨 홍두깨 짓인지……."

"반 시진 후. 알죠?"

"걱정 붙들어매쇼. 어젯밤 꿈에 어머니를 뵀는데 소저를 만나려고 그런 모양이오."

말 주인은 할 일이 급한 듯 부지런히 말고삐를 낚아채 바람처럼 왔던 길을 되돌아갔다.

혜월은 주변을 두리번거리다 사방을 환히 볼 수 있는 곳에 몸을 숨겼다.

'난관이군.'

추적은 첫 번째부터 수월치 않았다. 하기는 수월할 것이라고 생각해 본 적도 없지만.

사방이 환히 트인 광활한 평야. 관도는 일직선으로 뻗어오다가 점분으로 가는 길과 요명(眢冥) 가는 길로 갈라진다.

길 양쪽에는 몇십 필지인지 헤아리기조차 힘들 만큼 넓은 논이 펼쳐져 있다.

혜월은 말 한 필이 움직일 만한 소로를 눈짐작으로 찾아냈다.

그것도 힘들었다. 야산은 좌측에 있는데 까마득하게 멀어서 천리안(千里眼)을 지닌 부처님이라도 야산을 타고 도는 점 하나를 찾아내기는 힘들 듯싶었다. 더군다나 그들은 사람들 눈에 띄지 않으려고 산 중간 어림을 걸을 것이다.

우측은 광활하게 펼쳐진 논 너머에 좁은 강이 흐르고, 강을 건너면 또다시 논이 펼쳐진다. 멀리… 까마득하게 먼 곳에 검은 산 그림자가 보인다.

무인들이 우측으로 갈 가능성은 절반, 좌측으로 갈 가능성도 절반이다. 우측으로 간다면 피식 실소나 흘리고 교가로 돌아가야 한다.

눈을 들어 하늘을 쳐다봤다.

태양이 정오를 빗겨나 있다. 그러나 아직도 서산으로 넘어가려면 요원한 듯 강렬한 열기를 발산한다.

'너만 믿어.'

혜월은 모래사장에 떨어진 바늘 하나를 찾는 유희(遊戱)에 뛰어든 것이다.

반짝! 반짝!

저 멀리 까마득하게 먼 곳에서 주의 깊게 살펴보지 않으면 식별해내지 못할 작은 빛이 일렁거렸다.

'운이 내게 있군.'

상인이 짊어진 지게에는 쇠붙이가 많았다.

동경(銅鏡)과 같은 작은 물건들이지만 외곬 산골에서는 귀하기 이를 데 없는 것이라서 상인들이 애용하는 품목들이다.

혜월은 지게를 일견에 쓸어보는 것만으로 지금과 같은 계획을 세울 수 있었다. 만약 무인이 상인으로 둔갑하지 않고 지게도 짊어지지 않았다면 가능할지 불가능할지 모르지만 직접 뒤를 쫓는 방법을 택했을 게다.

새삼 귀주사괴의 능력이 존경스러웠다.

지금은 귀주사괴라는 별호를 버리고 마구오신이라는 별호를 사용하지만, 아직도 그들의 추적 능력은 천하제일일 것 같다. 그들이라면 저들쯤 추적하는 것은 문제가 되지 않으리라.

그런 생각을 하다 보니 새삼 독사를 다시 생각하게 된다.

당시 귀주사괴와 독사는 자신과 저들과의 관계와는 전혀 달랐다.

당시는 독사가 자신과 같은 처지였다, 맞닥뜨리면 죽을 수밖에 없는. 시골 촌 동네의 일개 파락호와 추적의 대가들과의 추격전. 눈길에 닿는 순간 죽을 수밖에 없는 운명.

독사는 살아남았다.

그때 어땠는가. 귀주사괴를 형편없는 자들로 치부하지 않았는가. 잔심마도와 귀주사괴를 무림의 쓰레기로 여기지 않았는가.

마구오신…… 그들이라면 저들을 추적할 수 있다. 발각되면 위험에 처하겠지만, 추적만은 분명히 해낼 수 있다.

그런데 당시 무공이라고 할 것도 없던 독사를 잡아내지 못했다니. 하하하!

'이런! 내가 또 독사 생각을……. 안 돼. 정신을 올곧이 저들에게 집중해야 돼.'

빛이 어디로 흘러가는가.

점분으로 가는가. 아니면 논을 가로질러 와 여명으로 가는가.

무인들은 이것도 저것도 아니었다.

빛의 일렁임이 점점 높아져 갔다.

'이런! 산을 넘어가고 있어!'

혜월은 황급히 빛이 터져 나오는 곳을 향해 신형을 솟구쳤다.

정확히 반 시진이 되어 말 대신 가마를 가져온 말 주인은 주위를 살살이 뒤졌지만 그에게 돈벼락을 안겨줄 어수룩한 소녀는 보이지 않았다.

"빌어먹을! 간밤에 노친네가 나타나 바가지를 긁더니만……."

그는 다 잡은 고기를 놓친 낚시꾼처럼 연신 투덜거렸다.

상인으로 변장한 무인이 지게를 짊어지고 있으니 곳곳에 흔적을 남길 터였다. 나무를 긁을 수도 있고 심하면 가지를 부러뜨릴 수도 있을 것이다.

훈장 부인이 조랑말을 타고 있다는 것은 좋은 추적의 실마리다. 말 발굽에 찍힌 곳, 말의 배설물…… 모든 것이 추적의 단서다.

이만한 자국들이 남아 있다면 추적하는 데는 어려움을 느끼지 못한다.

귀주사괴라면 웃으면서 추적하리라.

귀주사괴와 같은 능력은 없어도 추적에 일가견을 가진 잔심마도 역시 할 일 다하며 천천히 뒤를 쫓으리라. 십이추시는 어떤가? 추적의 달인들이 자신들의 경험을 바탕으로 흔적이란 흔적은 모두 지우며 달아났어도 눈 깜빡할 사이에 뒤쫓아오지 않았던가.

하지만 불행히도 혜월에게는 그런 능력이 없었다.

귀주사괴와 같은 능력도 없고 십이추시와 같은 공부(工夫)도 받지 못했다. 잔심마도처럼 축적시킬 만한 경험도 없다.

그녀의 수련은 탁자 앞에서만 빛나는 반쪽 수련이었다.

이제야 알겠다. 소용 가치가 전혀 없다고 판단되는 대물을 독사가 왜 그리 중요하게 여겼는지. 대물은 혜월이나 마천옥 같은 지자(智者)들이 보기에 단지 보통보다 조금 똑똑할 뿐이지만, 그가 지닌 지혜는 싸움 속에서 터득한 생존이었다.

'독사는 알고 있었어, 우리 못지않게 대물이 중히 쓰일 것이라는 사실을. 언제일지는 모르지만 반드시 크게 쓰일 때가 있을 거야.'

독사의 얼굴이 그려졌다.

쇳덩이처럼 강하고 무뚝뚝한 사람. 머리 속에 든 것이라고는 오로지 싸움밖에 없는 사람.

그가 어떤 사람이든 죽는 순간까지 절대 잊을 수 없는 사람인 것만은 분명했다.

혜월은 정신을 추슬렀다.

'이래서는 안 돼! 지금은 오로지 추적에만 신경을 집중해야 돼. 잡념은 금물!'

무인들은 어디로 사라졌을까? 산천초목, 자연의 섭리……. 알고 있는 온갖 지식을 동원해 봐도 무인들이 사라진 방향을 잡아낼 수는 없었다.

'참으로 지엽적인 지식이었다. 내가 알고 있다는 게 고작 이것이었던가. 인간이 움직이는 방향조차 짐작하지 못하면서 천하를 움직일 수 있다고 자부했던가.'

어디서부터인가 잘못되었다. 천하를 움직일 수 있는 지모를 가지고 있으나 활용치 못하고 있다. 천하를 움직일 수 있는데, 인간 몇 명의 행동조차 짐작하지 못한데서야.

'이들은 생각이 없다. 무조건 한 방향으로 움직이는 것뿐. 그래서 짐작하지 못하는 거야. 아니다. 생각하고 있어. 몸을 은신하는 것. 그게 생각하는 거야. 어디로 가는지는 이미 정해져 있으니 생각할 필요가 없겠지만, 사람들 눈에 띄지 않게 움직이려면 부단히 생각해야겠지. 생각하는 이상 승산은 내게 있어.'

혜월은 곧 잘못된 부분을 잡아냈다.

역시 독사 때문이다.

그에게서 풍기는 강한 인상이 자신도 모르게 무인을 닮아가게 만들었다. 그래서 지모를 전적으로 활용해야 하는 단계에서 무의식적으로 무공을 사용하려고 했던 게다.

그렇다. 마천옥이나 자신 같은 사람에게는 무공이 필요없다. 일 대 일로 맞닥뜨려 생과 사를 갈라야 하는 지경에서도 오로지 활용할 것은 지모다.

무공을 수련하는 게 아니었다. 독사처럼 불가사의하게 증진을 할 수 없는 바에야 비락봉 고행도 헛된 것이었다. 그 시간에 차라리 글 한 줄 더 읽는 것이 목적을 한시라도 빨리 달성하는 지름길인 것을.

비락봉 수련까지는 괜찮았다. 당시만 해도 독사를 상대로 무공을 사용할 생각은 없었다. 무공으로는 반반의 승패밖에 점칠 수 없는 것. 그런 승률을 믿고 일을 벌인다는 것은 도박이나 다름없다.

지자는 도박을 하지 않는다. 완벽한 승률, 치밀한 계획이 없으면 천년이 지나더라도 움직이지 않는 사람들이 지자다.

그렇게까지 기다릴 수도 없다. 움직일 수 없는 상황에서 움직이게 만드는 것도 지자의 몫이다. 세상일에 완벽한 것은 있을 수 없다. 반반의 승률을 칠 할, 팔 할로 끌어올리고 종내는 십 할로 끌어올려야 한다.

모든 게 무공이 아니라 지략이다.

비락봉 고행은 복수를 위한 다짐이었을 뿐 무공을 절정으로 끌어올리려는 의도는 없었다.

독사를 만난 후 달라졌다.

독사의 인생에서 싸움을 빼면 말할 게 없다.

그런 사람과 같이 지내는 동안 알게 모르게 동화되어 버린 것이다, 투지가.

'이제라도 나를 찾았으면 됐어.'

잘못된 부분을 찾아내니 마음이 홀가분해졌다.

혜월은 조급한 마음을 버리고 나무 그늘에 털썩 주저앉아 구름 한 점 없는 하늘을 쳐다봤다.

참으로 푸르다. 참으로 고요하고 풍요롭다. 끝을 알 수 없이 치솟은 하늘은 인간의 조그만 행동들을 비웃는 듯하다. 천하제일인? 하늘 아래 뭐다. 그들이 천 년 겁을 풀어낸다 해도 결국은 한 줌 부토로 돌아가는 것, 그들이 죽고 난 후에도 하늘은 여전히 푸르게 빛난다.

'숲을 보되 나무를 잊지 말고, 나무를 보되 숲을 느껴야 한다. 풋! 언제나 진리는 몸 가까이에 있는 것인데……'

"잠시 숨어야겠군."

무인 중 한 명이 중얼거렸다.

한두 번 있던 일도 아닌 만큼 일행은 조용히 은밀한 곳을 찾아 몸을 숨기기 시작했다.

이럴 때 가장 귀찮은 것이 말이었다.

덩치가 작고 비루먹은 조랑말인지라 그나마 다행이라면 다행일까?

무인은 익숙한 솜씨로 말을 눕히고 위에 나뭇가지를 쌓아 은폐시켰다. 그리고 자신도 말 위에 엎어져 조용히 산길을 쳐다봤다.

나무꾼일 때도 있었다. 나이가 들어서 앞도 분간하지 못할 것 같은 할망구가 지나갈 때도 있었다. 사람이 다니지 않는 길을 골라서 걸었건만 그래도 사람들이 나타나곤 했다.

그러나 지금까지 마주친 적은 한 번도 없었다. 무공을 모르는 사람이든 무인이든 한결같이 긴장한 채 지나가기를 기다렸다.

길을 걷는 동안 그 누구도 마주치지 말아야 한다는 것은 목숨을 걸만큼 중요한 행동 규약이다. '비밀'이란 말을 옷처럼 걸치고 다니는 사람들에게는 특히 그렇다. 튼튼한 제방도 개미구멍에서부터 무너지는 법이지 않는가.

그런데 사단은 다른 곳에서 벌어졌다.

"엇! 저 여자는 우리 집에 왔던 여자 아니우?"

훈장 부인이 엉겁결에 훈장에게 속삭이고 말았다.

지극히 작은 속삭임이었다. 그러나 조금이라도 무공을 익힌 무인이라면 경각심을 곤두세우기에 충분한 음성이었다.

아나나 다를까, 저벅저벅 산길을 걸어오던 여인이 고개를 확 돌려 쳐다보더니 쏜살같이 산을 치내려가기 시작했다.

무인들도 가만히 있지 않았다. 훈장 부인의 음성이 떨어지기 무섭게 신형을 솟구쳐 여인에게 덮쳐들었다.

쒜엑! 쒜에에엑!

어느 틈에 뽑아 든 병기에서는 매서운 삭풍이 새어 나갔다.

싸아아악······!

여인은 사오 장도 내려가지 못하고 길이 막혀 버렸다. 벌써 그녀의 앞을 가로막은 무인이 검을 쳐왔고, 간발의 차이로 눈앞을 스쳐 갔다. 그녀의 신법이 조금만 빨랐어도 머리가 반으로 갈라졌을 게다.

차앙!

여인은 그제야 검을 뽑았다.

무인들은 여유로웠다. 여인의 신법을 보고, 발검술(拔劍術)을 보고 무공 정도를 짐작해 냈으며, 자신들의 상대가 안 된다는 것을 알아챘다.

여인은 독안에 든 쥐였다.

"당신 집에 왔던 여자, 맞나?"

여인의 앞을 가로막은 무인은 검을 겨눈 채 훈장에게 물었다.

"혜월이라는 여자요."

훈장이 담담하게 말했다.

"혜월······ 동행이 있다고 들었는데?"

"다른 길로 갔다."

혜월의 음성은 매서웠다. 눈매도 매처럼 날카롭게 변했고, 두 눈에서는 살기가 물씬 풍겨 나왔다. 죽더라도 고이 죽지는 않겠다는 의지가 역력했다.

"안됐군. 그러잖아도 찾고 있었는데 제 발로 기어들어 왔어. 너도 억세게 운이 없는 편이군."

"네놈들은 누구냐?"

"알지도 못하면서 도망갔단 말인가?"

"쥐새끼처럼 숨어 있는 자들치고 좋은 자들은 없지."

"하하하! 우린 서로 같은 궁금증을 가지고 있군. 우린 너희를 모르고 너흰 우리를 모르니. 아니지, 모르는 척하는 것일 수도 있지. 어쨌든 넌 우리와 같이 가야겠다."

"흥! 누구 맘대로!"

"불곰의 행방을 알고 싶어하지 않았나?"

"그럼 너희들이……!"

"점점 더 궁금해지는군. 누구기에 불곰 행방을 캐고 다니는지. 왕각과 하정도 너희가 납치해 갔겠지?"

혜월은 무인이 말하는 틈을 타서 몸을 빼냈다. 모르는 사람이 보면 무인이 방심하고 있다고 여기기 딱 좋은 상황이었다. 팽팽하게 겨누던 검까지 느슨하게 떨어져 있었다.

휘이익! 쒜엑!

혜월의 신형은 재빨랐지만 무인의 검은 바람 같았다.

"헉!"

혜월은 다급하게 헛바람을 내질렀다.

전력을 다하지도 않았지만 전력을 다했다고 하더라도 결과는 같았을 것 같다.

무인들의 검은 그만큼 빨랐다. 어느새 짓쳐온 검 하나가 목젖을 겨누고 있고, 다른 검 두 개는 등 뒤 피부에 닿아 있다. 조금만 힘을 가한다면 산적처럼 꿰이고 말았으리라.

혜월은 새파랗게 질려 검을 떨어뜨리고 말았다.

검이 산길에 박혀 있는 조그만 돌에 부딪치며 철컹! 하고 맑은 검음을 토해냈다.

"잘 생각했어. 가면서 천천히 이야기를 나누자고. 가는 동안 할 이야기가 있으면 다 하는 것이 좋아. 어차피 말하게 되어 있으니까."

무인은 혜월의 마혈(痲穴)을 짚었다.

혜월은 훈장 부인과 함께 말 위에 태워졌다.

'이렇게 편하게 가는 길이 있었어.'

몸을 숨길 필요가 없었다. 힘들게 뒤를 쫓을 필요도 없었다. 적을 알고 싶고, 적의 본거지를 알고 싶다면 가장 편하면서도 쉬운 길이 있었다.

혜월은 흘깃 훈장을 쳐다봤다.

훈장은 아무 표정도 없이 담담하게 앞만 쳐다보며 걷고 있다.

'날 한청이라 부르지 않고 혜월이라고 불렀어. 그건 한가장을 연류시키지 않겠다는 뜻이겠지. 덕분에 한가장이 화를 피했어. 고마워해야 하나?'

의문은 또 있다.

이들은 엽수낭랑의 존재도 모른다. 엽수낭랑이 독사와 같이 있다는 것은 마단이나 현문 사람들이라면 모르는 사람이 없는 터다.

결론은 두 가지뿐이다. 이들이 자신이 생각했던 것처럼 현문 사람들이 아니거나, 아니면 훈장이 엽수낭랑의 존재를 밝히지 않았다는 것.

아무래도 후자일 가망이 높다.

왜 그랬을까? 이들을 따라간다는 것은 이들과 뗄 수 없는 관계가 있다는 것인데, 그런 사람들에게 왜 독사의 존재를 밝히지 않았을까. 한마디, 엽수낭랑이라는 한마디만 했으면 모든 상황이 명쾌하게 정리되었을 텐데.

'어떤 생각이었든 다행이야. 아직 교가가 드러나서는 안 돼. 마단을 피하지는 못했지만 현문에까지 드러나서는 안 돼. 적어도 현문이 적인지 아군인지 파악하기 전까지는.'

이것 역시 짐작되는 바가 있다.

마단이 적이듯 현문도 적이다. 마단이 백비로 사람들을 유인했다면, 현문은 사람들을 들이밀었다. 어떤 면에서는 마단과 현문이 한통속이다.

마단은 대충 파악했으니 현문을 파악해야 한다.

'촉을 세운다고 했지. 이제 현문까지 알게 되면 완벽한 촉을 세울 수 있을 거야. 내가 없더라도 마 사형과 대물이 알아서 세워줄 거야. 독사…… 우린 전생에 무슨 사이였기에 이런 악업이 쌓이는 거지?'

혜월은 사로잡힌 몸이었지만 날듯이 상쾌했다. 하지만 독사 생각을 하면 이상하게도 마음이 아렸다. 앞으로 두 번 다시 못 볼지도 모른다는 생각을 하자 더욱 쓸쓸했다.

'내가 왜 이러지? 내 손으로 복수를 못하게 되어서? 하기는…… 이렇게 목숨까지 걸고 적의 소굴로 들어갈 필요는 없었지. 조금씩 도와주면서 옆에 있다가 폭풍의 핵에서 벗어나는 순간 복수를 하면 그만이었는데…….'

오라버니는 싸움 대상을 잘못 선택했다.

요즘 들어서 부쩍 그런 생각이 든다. 오라버니의 죽음이 없었다면 독사도 만날 일이 없었겠지만. 지금쯤 한가장을 음으로 양으로 돕고 있겠지만.

오라버니는 왜 싸워서 독사를 만나게 했단 말인가.

'이번 일을 끝내고 혹여 살아난다면… 두 번 다시 이런 미련한 짓은 하지 않을 거야. 복수하는 순간만 노릴 거야. 꼭. 풋! 살아날 생각을 하다니 나도 참……'

어디선가 불어온 미풍이 머리칼을 스쳐 갔다.

第五十九章

현문 무인들을 쫓아서

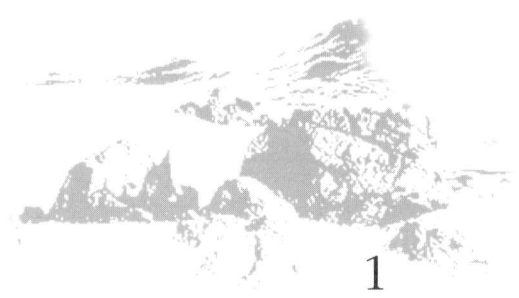

요즘 들어 교가에 부쩍 무인들이 늘어났다.

마단에서 파견한 무인으로 추측되는 자, 사천무림에서 파견한 자들……

그들은 각기 다른 형색으로 변복하고 있으나 교가의 터줏대감이었던 파락호들, 적묘 패거리와 수로를 장악한 어련의 눈길을 피해내지는 못했다.

"패거리들에게 무공을 전수하면 안 될까… 요? 아이구! 이놈의 입버릇이 쉽게 고쳐지지 않네. 이제 궁주님이니 옛날의 독사가 아닌데도 습관처럼 말이 나오네. 그놈들 말예요. 싸움으로 잔뼈가 굵은 놈들이라 무공 몇 수만 전수하면 대충 써먹을 수 있을 것 같은데……"

독사는 고개를 가로저었다.

"음풍사장, 난 너희를 수하로 생각해 본 적이 없어."

"그건 잘 알지… 요."

"너희를 싸움 도구로 생각해 본 적도 없다."

"……."

"적묘 패거리에게 무공을 가르치면 그들의 힘은 지금보다 세 배는 강해지겠지."

"내 말이 바로 그거라니까… 요. 그렇게 되면 무천문도 상대가 되지 않을걸. 앗차! 요."

"그게 문제야. 무천문 같은 무림문파는 호락호락한 문파가 아냐. 무공을 수련했으니 그 정도는 알 만도 할 텐데? 정작 싸움이 붙으면 적묘 패거리는 추풍낙엽처럼 떨어질 거야. 무공에 왕도는 없지. 자질이 뛰어난 사람을 선발해서 무공을 수련시켰다면 강약은 수련 기간과 수련 정도로 판가름나."

맞는 말이다. 무림문파치고 자질도 보지 않고 무공을 전수하는 문파는 없다. 그중에서도 단연 두각을 나타내는 무인들은 무공 천재라는 말로밖에는 설명할 길이 없다.

어느 문파에나 그런 무공 천재들은 있다.

그들을 일컬어 후기지수(後起之秀)라고 하나, 그들도 무림에서는 햇병아리에 지나지 않는다.

무림 초강자들……. 그들 역시 한때는 후기지수였고, 살아온 만큼 수련을 통해, 격전을 통해 무공의 강도를 높여왔기 때문이다.

지금 파락호들에게 무공을 전수시키는 것은 섶을 지고 불 속으로 뛰어드는 것과 진배없다.

"적묘 패거리를 관장하되 뇌궁과는 연관을 짓지 마. 우리가 교가에서 물러날 때도 그들은 남아야 될 사람들이니까."

"알았어, 알았다구… 요."

"……."

"안 물어? 요!"

"뭘?"

"새로 나타난 사람들이 있는지."

"있나?"

"끙! 어제 두 놈이 나타났는데 만월기루에 대해서 꼬치꼬치 묻고 다닌대. 요. 만월기루에 드나드는 사람들, 일하는 사람들, 수상한 점 등등. 뒷조사를 해봤는데, 아무래도 청성파 말코도사들 같아. 요."

"하하하! 그렇게 입에 붙지 않으면 편하게 말해."

"쩝! 나도 그러고 싶지만 그럼 마천옥 그 뼈다귀가 가만있지 않을걸요. 한주먹이면 나가떨어질 놈이 눈매는 왜 그리 사나운지. 뼈다귀가 쏘아보면 꼭 귀신과 드잡이질을 벌이는 꿈을 꾼다니까요."

"하하하!"

적묘 패거리는 아주 밝은 눈과 귀였다.

파락호들치고 외지에서 굴러온 파락호는 드물다. 그곳에서 태어나 자란 사람들이 대부분이다. 길을 나서면 만나는 사람들 대부분이 어렸을 적부터 보아온 사람들인 것이다.

그들은 간밤에 누가 싸웠는지, 어느 놈과 어느 년이 배가 맞았는지도 소상히 알고 있다. 좀 더 파고들면 옆집에 저금이 몇 개나 있는지까지 알아낼 수 있다.

그들 눈에 외지에서 온 사람들은 한눈에 드러났다.

더군다나 요즘 그들이 하는 일이란 교가를 싸돌아다니며 낯선 자들을 파악해 내는 일이니 더욱 빨리 찾아낼 수 있다.

돌주먹이 보고를 마치고 나가자 일수일살과 앙증맞게 생긴 소녀가 들어왔다.

어리지만 당돌한 소녀다.

이름이 뭐냐고 묻는 말에 '어련주' 라고 대답할 만큼 어련에 대한 애착이 강했다. 그만큼 조숙했다는 말도 되겠지만.

황림(黃琳), 나이는 십삼 세. 부모는 암살되었고, 그녀를 도와줄 만한 충복들도 어련주가 암살당할 당시 모조리 도륙당했다.

이십육호리의 손속은 잔인하기 이를 데 없어서 황림을 일가붙이 하나 없는 천애 고아로 만들어 버렸다.

황림은 모든 사실을 알고 있으면서도 이십육호리의 뜻에 따라 어련주가 되었다. 그리고 그들이 시키는 일을 자신의 명인 양 하달했다.

암중으로는 복수를 도모했다. 이십육호리를 제거할 수 있는 무인이 나타나면 남몰래 어련을 빠져나가 무인을 만나곤 했다. 어떤 무인은 꼬마의 당돌한 제안을 일소에 붙이기도 했고, 호통을 내지른 적도 있으며, 미친 꼬마 취급도 했지만…… 황림은 좌절하지 않았다.

그런 행동 모두가 이십육호리의 이목에 걸려 있다는 것을 생각하지 못하고.

황림에 대해서 파악하는 것은 일도 아니었다.

독사는 황림에 대해서 자신보다도 더욱 자세히 알게 되었지만, 내색하지 않았다.

"무공 사부를 다른 사람으로 바꿔줘요."

황림은 첫마디부터 거칠었다.

"사부를 바꿔줘?"

독사가 의아한 눈으로 일수일살을 보자 일수일살은 어깨만 으쓱거렸다.

"왜?"

"저 사람은 너무 사나워요. 절 잡아먹지 못해서 안달난 사람 같아요. 저…… 슬픈 눈을 가진 사람하고 바꿔주면 안 돼요?"

"슬… 픈 눈?"

"흐흐흐! 신검서생을 말하는 겁니다. 꼬마 계집이 뭘 안다고 신검서생에게 홀딱 빠진 모양입니다."

일수일살이 웃음을 억지로 참으며 말했다.

"누가 당신더러 이야기하랬어요! 그리고 빠지긴 누가 빠져요! 우린 서로 좋아하고 있단 말예요!"

"……."

독사도 할 말을 잃었다.

이런 경우에 대해서는 산전수전 다 겪은 독사도 입이 얼어붙었다.

"바꿔줘요, 예? 바꿔주기만 하면 열심히 무공 수련할게요. 음…… 어련을 반쯤 나눠줄 수도 있어요. 어때요? 제 제안에 솔깃하지 않아요? 뭐, 안 바꿔줘도 우리 사이는 갈라놓을 수 없을 테지만. 그러니 나중에 후회하지 말고 지금 좋은 조건으로 말할 때 바꿔줘요. 예?"

한참 만에 독사가 정신을 차린 듯 고개를 살래살래 흔들며 말했다.

"그것도 좋지만…… 어련주, 지금 신검서생은 어련 일 때문에 무공을 가르칠 시간이 없어. 그러니 이러면 어떨까? 어련주가 빨리 무공을 익혀서 어련을 다시 맡는 거야. 그럼 신검서생이 어련주를 도와줄 테고. 어때?"

"정말요?"

"그럼."

"나중에 신검서생을 다시 빼가는 건 아니죠?"

골치가 아파왔다.

"그래."

"약속했어요."

"그래."

"나중에 약속 어기면 제 검이 가만있지 않을 거예요."

독사는 목을 움켜잡는 시늉을 했다.

이런 시절이 없었다. 티없이 밝게 자란 시절이 없었다. 황림도 처한 상황으로 보면 자신과 같은 길을 걸을 팔자인데 전혀 다른 길을 걷고 있다. 남자와 여자의 차이일까? 아니면 환경의 차이일까? 그것도 아니면 생각 차이일까?

"언제 다시 어련을 내줄 건데요?"

"일수일살과 평수(平手)를 이룰 때."

"그래요? 히…… 그럼 일 년이면 되겠네."

일수일살과 독사는 서로를 쳐다봤다. 더 이상 웃음을 참을 수가 없었다.

"하하하!"

"하하하하!"

당문삼기가 뇌궁에서 하는 역할은 만월기루를 철옹성으로 변모시키는 일이었다. 음풍사장이 장악하고 있는 적묘 패거리와 신검서생이 맡고 있는 어련도 손보고 싶었지만 마천옥과 대물이 약속이라도 한 듯 일시에 반대했다.

적묘 패거리는 적묘 패거리대로, 어련은 어련대로 교가 사람들이 원해서, 혹은 교가를 구성하는 데 빈 구석이 생겨서 탄생한 집단들이다.

그들에게는 그들의 역할이 있고, 그들을 억지로 무림으로 끌어들여서는 안 된다는 입장이었다.

필요에 의해서 접수는 했으나 눈과 귀로 활용만 하는 것으로 만족하자.

일면 그 말이 맞기도 했다. 또한 뇌궁이 현문과 마단, 양쪽에서 공격을 받는다고 가정하면 뇌궁의 적은 인원으로는 어련과 적묘 패거리까지 돌볼 여력이 없었다.

작업은 주로 낮에 이루어졌다.

낮에는 깊은 잠에 빠졌다가 밤이 되어서야 활활 불타오르는 곳이 기루.

"이곳에 천뢰구(天雷球)를 설치하는 게 좋겠군. 담을 넘어오는 놈들 시체도 찾지 못하게."

"천뢰구는 너무 심한 것 아닙니까?"

당문삼기의 막내인 당호가 말했다.

"한때 무림인들은 당문도를 사갈시한 적이 있었지. 수법이 너무 악독해서 치가 떨린다고."

당한이 미소를 배어 물며 말했다. 하지만 그의 눈은 웃고 있지 않았다. 냉철하다기보다는 고요한 눈빛이었다. 너무 고요해서 무슨 생각을 하는지 알 수 없을 정도로.

"독이나 암기가 다 그렇죠."

"그것보다 무공에 자신이 없어서가 아닐까?"

"하하! 형님답지 않으신 말씀. 형님이 오직 삼십육 수리비망에 몰두한 까닭이 거기 있지 않습니까. 당문 무공도 천하제일공이 될 수 있다는 것을 보여주기 위해서요."

"무공에 자신이 없으니 일거에 끝내려는 거지. 만천화우(滿天花雨), 두 번은 없는 초식이지. 천망지폭(天網地爆)도 마찬가지야. 한번 출수하면 그것으로 끝이지. 다시 펼치고 싶어도 펼칠 암기가 없으니까. 성공하면 살고 실패하면 죽는 초식들이야."

"……."

"가만히 생각해 보니 당문 무공들이 거의 그래. 한꺼번에 전력을 다해 쏟아 붓고는 손 놓고 있어야 되지. 당문 절정 무공들이란 것치고 그렇지 않은 게 있던가?"

"하하하! 새삼스럽습니다."

"본성을 숨길 필요는 없겠지. 그런 무공의 토양에서 자란 우리들이니 천뢰구를 설치하면 어떻고 폭우이화정(暴雨梨花釘)을 설치하면 어떤가. 일격에 끝내는 것이 우리들이라면 그렇게 하는 거지."

"패(覇)… 도(道)가 느껴집니다."

"신중하기도 해."

당한과 당호는 부지런히 천뢰구를 매설했다.

화약이란 습기가 많은 날에는 심지에 불이 잘 붙지 않는다. 비라도 올 경우에는 매설한 화약 모두가 한낱 쓰레기에 지나지 않게 된다.

천뢰구는 그런 단점을 보완하여 철구(鐵球)로 겉을 감쌌다. 철구 안에는 강침이 무려 오백 개나 들어 있어서 주위 삼 장을 초토화시키는 파괴적인 암기다.

당한과 당호는 천뢰구를 일 장 간격으로 매설했다.

사람 사는 마을로 내려오니 이런 점이 좋다. 만들고 싶은 것을 마음껏 만들 수 있고, 구하고 싶은 것을 마음껏 구할 수 있으니까.

천뢰구 한 개를 막 매설하고 다음 장소로 이동하던 당호는 고개를 갸웃거렸다.

삐…… 삘리, 삘리삘리……!

차라리 귀를 틀어막고 싶도록 무지하게도 못 부는 피리 소리.

저런 소리에도 음률이 있다고 할 수 있을까?

당한도 피리 소리를 들었다.

눈과 눈이 마주쳤다. 눈빛에는 도저히 일어날 수 없는 일을 목도했을 때처럼 경악으로 물들었다.

쉭! 쉬익!

당한과 당호는 누가 먼저랄 것 없이 신형을 쏘아냈다.

당한, 당호, 당옥은 거의 동시에 도착했다.

당옥은 만월기루의 현판에 암기를 설치하던 중이었으나 결코 간과해서는 안 될 피리 소리를 듣고 달려온 것이다.

당문삼기의 눈과 눈이 또 마주쳤고, 그 눈길들은 자연스럽게 논둑에 앉아 피리를 불고 있는 탁발승에게로 향했다.

허리까지 늘어지는 장발에 거친 턱수염이 온통 얼굴을 덮고 있다. 승복은 어떤가? 해어질 대로 해어져 맨살이 드러나 보인다. 때에 절어 있는 모습도 보기에 썩 좋지 않다.

험상궂은 인상에 남루한 몰골은 탁발승을 불가의 자비와는 인연이 먼 사람으로 만들었다.

당옥과 당호는 좌우로 갈라져 사위를 감시했고, 당한은 탁발승에게 다가가 털썩 주저앉았다.

"오랜만입니다."

눈길은 탁발승을 보지 않고 논을 향했다.

"못난 놈들인지 잘난 놈들인지 분간이 가지 않는구나."

탁발승도 논을 쳐다보며 말했다.

"어쩐 일로 몸소 이곳까지……."

"영아가 당일비(唐一秘)를 남긴 모양이야."

"영아가 말입니까? 당일비를요?"

당한의 굵은 눈썹이 꿈틀거렸다. 신색은 태연함을 유지하고 있지만 주먹이 불끈 쥐어지는 것으로 봐서 태연하지만은 못한 모습이었다.

"여기 내가 온 것은 순전히 우연이야. 근처에 있었거든. 네놈한테 가는 당일비인 것을 알고 수천(水天)에서 여기까지 달려왔다. 낯짝이나 봐야지. 내가 직접 오지 않고 당일비를 이용했다면 오늘 아침에 도착했을 거야. 전갈부터 받아라."

탁발승은 밀랍에 싸인 밀지(密紙)를 내밀었다.

겉면에는 단지 교가 오두(烏頭)라고만 적혀 있었다.

당일비란 당문 제일 지급 전갈을 말한다. 사천에서 당문과 거래를 하거나 안면이 있는 사람들 모두를 동원하여, 말이든 전서(傳書)든 가장 빠른 수단을 총동원하여 소식을 비밀리에 가장 빨리 전달하는 특급 전달령이다.

당일비를 시험해 본 결과 사천 북쪽 끝에서 남쪽 끝까지 소식이 전달되는 데 사흘밖에 걸리지 않았다. 당문의 영향력이 얼마나 깊게 사천 곳곳에 박혀 있는지 알 수 있는 대목이다.

앞의 두 글자는 당일비가 전달될 장소를 말하며 뒤의 글자는 받는 사람을 지칭한다.

당연한 말이지만 당일비에는 별호나 이름을 적지 않는다. 당문에서만 통용되는, 당문 사람들만이 알 수 있는 호칭을 적어놓는다.

오두란 바곳의 모근으로 진통을 가라앉히거나 강심제로 쓰이는 약재이나 당일비가 전개되었을 때는 당한을 가리키게 된다.

당한은 밀랍을 뜯어내고 밀지를 펼쳤다.

―유월 십삼일 호은(昊圖)에서. 혜월이 현문 문도로 추측되는 자들을 뒤쫓는다. 위급(危急).

밀지 내용은 간단했다.

'혜월이?'

당한은 잠시 혼란스러웠다.

혜월과 엽수낭랑이 어떻게 현문 문도를 만날 수 있었을까? 추적도 둘이 같이 하지 않고 무공이 훨씬 강한 엽수낭랑은 왜 남겨졌을까.

밀지를 읽어보니 혜월이 몹시 위급한 것 같다. 아니, 위급하다. 혜월의 무공을 알고 있으니, 그런 무공으로 현문 문도를 뒤쫓는다는 것은 불나방이 스스로 불 속으로 뛰어드는 격이다.

그러나…… 아무리 그렇다고 당일비를 이용한단 말인가.

엄밀히 말하면 엽수낭랑이나 당문삼기나 당문에서 축출된 몸들이다. 자의든 타의든 당문과는 연관을 끊어야 한다. 당문의 존속을 위해서라도.

당문이 당일비에 협조한 것을 마단이 아는 날에는…… 아마도 그에 합당한 대가를 치러야 할 것이다.

사람들은 거칠게만 보이는 탁발승이 당문십독 중에 한 사람인 무유독군(撫柔毒君)이라고는 생각지도 못할 것이다. 부드럽고 예의가 발라서 군자(君子)의 칭호를 듣는.

무유독군이 탁발승으로 변복할 만큼 뇌궁은 화약고였다.

'후후후! 어쩌다 당문이 마단 같은 놈들 눈치나 살피는 처지로 전락했나. 이것이 유구한 역사를 자랑하는 당문의 모습인가. 마단이든 현문이든 반드시 무너뜨리고 말겠어!'

당한은 밀지를 와락 구겨 버렸다.

그만한 희생까지 감수한 당일비이니 위급해도 상당히 위급하다.

하지만 그뿐이다. 밀지에는 혜월이 향하는 곳, 추적하는 자들의 무공 정도, 인원 수 등 자세한 언급이 없다.

유월 십삼일이라면 그제다. 호은에서 보낸 서신이니 중원에 존재하는 연락망 중 가장 신속한 전갈이다. 엽수낭랑은 앞으로도 십여 일 정도 지난 다음에야 도착할 것이고, 자세한 사정은 그때에나 듣게 될 게다.

엽수낭랑은 좀 더 소상히 써도 될 것을 왜 내용 몇 자밖에 적지 않았을까?

'이 정도로도 충분하다고 생각했던 거야. 내 머리로는 판단해 낼 수 없지만 마 일지나 대물이라면 뭔가 알아낼지도……. 이건 한시라도 빨리 마 일지에게 갖다 줘야 해.'

"삼촌, 오랜만에 만났는데 술 한잔 대접해 드리지 못하겠군요."

"일없다. 술은 너한테 얻어먹지 않아도 먹을 곳 많아. 급한 모양이니 가봐라."

무유독군은 자리를 툴툴 털고 일어났다.

그도 무림에서 잔뼈가 굵은 사람, 돌아가는 상황을 눈치 채지 못할 사람이 아니다.

"미쳤네. 혼자서 그 사람들을 왜 쫓아가."

대물이 한 말이다.

"혜월이라면 반반의 승률을 칠 할까지는 끌어올릴 수 있겠지만 현문이 워낙 복마전(伏魔殿)이니……. 복마전을 파헤치는 일이야말로 우리가 가장 급하게 처리해야 할 일이지만, 아무래도 이건……."

마천옥은 조금 신중했다.

마천옥과 대물은 말만 하지 않았다. 지도를 펼쳐 놓고 영은촌과 호은을 일직선으로 연결시켰다.

"엽수낭랑이 호은에서 전갈을 보낸 건 모종의 신호가 아닐까요?"

"그렇겠지."

"그래도 난감하네요. 영은촌에서 호은까지 연결시키고 향후 진로를 추측해 낸다고 해도 중간에서 방향이 꺾일 수도 있는데……."

대물의 말처럼 난감했다. 엽수낭랑은 밀마를 남겨놓았을 터이지만, 그것 역시 중원 천지에서 점 하나 찾아내는 것과 다를 바 없다. 엽수낭랑이 올 때까지 기다려야 하나? 아니다. 그녀는 오지 않는다. 그녀의 성격상 혜월이 걱정되어서라도 혼자서 올 여인은 아니다. 지금쯤 암암리에 뒤를 쫓고 있으리라.

"자세한 사정을 기재하지 않은 것은 그만큼 중간에 변수가 많을 것이라는 예측 때문이겠지. 자하부주조차도 앞길을 예측할 수 없었던 거야. 그렇다면……."

뇌궁은 아무것도 적히지 않은 백지에 그림을 그려야 한다.

"사람이 사는 곳은 모두 지워."

지도에서 사람이 사는 곳은 검은 먹칠이 되었다.

"이삼백 명이 모여서 무공을 수련할 수 있는 곳, 사람 발길이 한 번도 닿지 않은 곳을 골라봐. 멸혼촌같이 우연이라도 찾을 수 없는 곳이어야겠지."

사천에는 험산이 많다. 깊은 골도 많다. 아무리 범위를 줄여도 지도 절반이 남아돈다.

"좀 더 좁힐 수 있어. 일단 영은촌에서 호은까지 길을 연결시키고… 그래, 좌우나 아래는 모두 지워 버려."

범위가 한결 좁혀졌지만 사천은 지도처럼 작지 않은 곳. 아직도 몇 년은 뒤져야 한다.

"한 군데 더 있어. 삼태의 현문. 삼태에서 사통팔달 길을 내봐. 영은촌, 호은에서 뻗은 길과 삼태에서 나온 길이 만나는 곳을 표시하고, 주변을 보자고."

마천옥과 대물은 현문에 대해 알고 있는 지식을 총동원하여 지도를 좁혀 나갔다.

마천옥과 대물이 머리를 맞대는 동안 다른 한쪽에서는 독사가 왕각과 하정을 불러 대화를 나눴다.

"두 여자가 훈장어른을 뵈러 갔습니다."

"허허! 그래? 소득은 있었나?"

"잃은 것만 많습니다."

"그건 또 무슨 소리야? 훈장이 뭘 빼앗을 사람은 아닌데?"

"한 가지만은 확실해졌습니다. 불곰이 살아 있군요."

"……."

"말씀을 안 하시니 더 더욱 궁금해집니다. 도대체 불곰은 어디서 뭘 하고 있는 겁니까? 물론 대답하지 않으시겠지만."

"그렇게 생각해 주니 한결 마음이 편하군."

"하나 더 파악한 것이 있습니다. 십달통과 현문. 모종의 관계가 있군요. 그동안 눈이 삐었습니다. 훈장어른과 벙어리. 평생 같이 살았는데도 무인이란 걸 몰랐다니 말입니다."

이건 짐작이었다. 훈장을 만나러 간 여인들이 느닷없이 현문 운운하는 것은 우연일까? 현문과 훈장이 아무런 상관도 없다면 현문도를 만날 리 없을 것 같았다.

"그것도 묻지 말아주게."

짐작을 '파악'이라는 말로 바꿔서 말했을 뿐인데 왕각이 사실로 확인시켜 줬다.

"그럼 이건 말해 주시겠습니까? 현문 총단이 어디 있습니까?"

"자네, 머리가 어떻게 된 것 아닌가? 현문 총단이야 삼태에 있다는 걸 모르는 사람이 어디 있나."

독사는 왕각과 하정을 쳐다봤다.

알고 있는 듯하나 아무 말도 하지 않는 사람들. 이들을 데려오느라 일수일살이 한 팔과 한 눈을 잃기까지 했는데, 고작 안부나 주고받기 위해서였단 말인가.

"두 분은 돌아가십시오."

차분히 가라앉은 음성이었다. 아니, 몸서리쳐질 만큼 차디찼다.

"현문…… 지금은 좋은 감정도 나쁜 감정도 없습니다. 하지만 저희들 중에는 현문에 빚을 받을 사람들이 꽤 있죠. 현문과 검을 맞대게 된다면… 그리고 두 분이 현문 쪽에 서 있다면 전 두 분을 벨 겁니다."

"그거야 자네 마음……."

"불곰이 현문에 서 있다면 불곰도 뱁니다. 훈장어른, 벙어리…… 현문이 적이 아니기만 기원하시는 것이 좋을 겁니다. 전 일가붙이는 살이 베이더라도 보살피지만, 해하려고 달려드는 자는 용서해 본 적이 없습니다."

"……."

왕각과 하정은 아무 소리도 하지 못했다.

독사의 말을 듣는 동안 등줄기에 소름이 오싹 돋았다. 세상에 존재하는 온갖 고문, 협박보다도 더욱 지독한 협박이었다.

독사는 그럴 사람이다. 정말 벨 사람이다, 적이라고 판단되면.

"자네 호언이 지나치군. 현문은 지금만으로도 뇌궁 정도는 상대할 수……."

그때였다. 지금까지 속삭이기도 하고 언성을 높이기도 했던 마천옥과 대물이 한 곳을 찾아낸 듯 들뜬 음성으로 말해 왔다.

"궁주님, 현문 비밀 총단의 위치를 파악해 냈습니다."

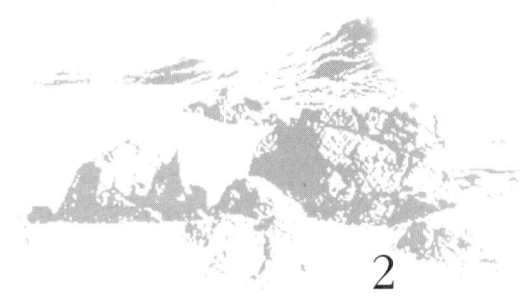

2

현문 무인들을 쫓아서

출행에 나선 사람은 모두 열한 명이었다.

독사와 지천도, 사시와 예광이 빠진 이화, 그리고 머리로는 대물이, 눈과 귀로는 광안과 통음이 뒤따랐다.

"대형. 아니지, 이젠 궁주님이지. 음풍사장만 뭐라고 했더니 나도 그러네. 궁주님, 정말 십달통이 현문 편에 서면 훈장어른도 벨 생각이에요?"

"......."

"그럴 수 있을까? 낳은 정 못지않게 기른 정도 깊다던데. 구박은 많이 당했지만, 솔직히 훈장어른이야 궁주님께 글도 가르쳐 주고 사람 되라고 야단친 것밖에 더 있소?"

"......."

"혹 그런 일이 벌어지더라도 다시 한 번 생각해 보는 것이······."

"조용히 해."

"아니, 그러니까 내 말은……."

"조용!'

대물은 입을 다물었다.

독사의 눈빛이 매섭게 빛나기 시작했다.

'나타났군.'

뒤늦게 사태를 파악한 대물이 완벽하게 숨어 있음에도 불구하고 몸을 움츠렸다.

몇 사람이 만났다.

두 사람은 왕각과 하정인데 다른 네 명은 생면부지의 무인들이다.

무공이 절륜한 무인들. 멀리 있지만 예기(銳氣)가 살을 저며온다.

"십달통 왕각과 하정인가?"

"뉘시오?"

"가지(假地)에서 온 사람들."

"아!'

"미행자는?'

"후후후! 실없는 농담은 하지 맙시다. 우리 앞에 나타났을 때는 이미 주변을 샅샅이 훑어본 것 아니오?"

"농담하는 것처럼 보이나?"

무인의 어조는 안하무인(眼下無人) 격이었다. 한참 새파란 젊은이가 자신보다 두세 배는 나이가 더 들었을 왕각에게 거침없이 쏘아붙였다.

"…취소하죠."

무인의 눈빛을 접한 왕각이 기가 죽어 대답했다. 독사나 뇌궁 궁도들을 보고도 태연하기만 하던 왕각이 아니었다. 그런 점은 하정도 마찬가지여서 통이 큰 여장부의 모습은 온데간데없이 사라져 버렸다.

왕각이 급히 부언했다.

"그러잖아도 지난 이틀간 길을 오면서 쭉 세심하게 살펴봤는데 미행자는 없었소."

"후후후! 세심하게 살펴봤다? 후후후! 당신들 눈에 띌 미행이라면 무인들이 다 얼어 죽은 거겠지."

다른 무인이 조롱조로 말했다.

그래도 왕각이나 하정은 대꾸를 하지 못했다.

처음 말을 건 무인이 왕각 앞으로 바짝 다가서며 속삭이는 음성으로 말했다.

"간단하게 묻자. 누가 너희를 납치했나?"

왕각은 생각할 필요도 없다는 듯 서슴없이 대답했다.

"뇌궁이라고 합디다."

"뇌궁?"

무인은 금시초문이라는 듯 동료 무인을 돌아봤다. 그러다 다시 왕각을 쳐다보며 물었다.

"사천에 뇌궁이라는 문파도 있었나?"

"아직 개파 선언(開派宣言)도 하지 않은 신생 문파인 듯합디다. 하지만 무공은 보통이 아닌 듯했소."

무인들의 입가에 다시 조롱의 빛이 어른거렸다. 너희 눈에 밑으로 보이는 무인이 있으랴 하는 의미를 담고.

"그들이 왜 너희를 납치했는데?"

"불곰의 생사를 묻습디다."

"……."

이 대목에서는 무인들도 인상을 찡그렸다.

하정은 그렇더라도 왕각은 현문에 있었다. 대담하게 현문에 잠입하여 사람을 납치해 간 자들. 현문에 사람이 없었던 탓도 있지만 사람이 있었어도 마찬가지 행동을 벌였을 게다.

신생 문파라고는 하지만 가볍게 볼 자들이 아니다.

"너희 대답은?"

"말해 무엇 하겠소. 불곰이 어디서 뭘 하는지도 모르는데."

"그래, 그런 게 좋지. 그럼 더욱 이상하군. 불곰의 생사를 물었는데 아무 조건도 없이 그냥 풀어줬다는 건가? 영은촌 훈장과 벙어리에게도 사람이 붙었다. 알고 있나?"

"그런 이야기들을 주고받습디다."

"그런데 꼬리가 안 붙었다?"

"직접 확인해 보지 않았소, 주위에 사람이 있는지 없는지. 그리고 지금 뇌궁 놈들 우리 뒤를 쫓을 여유가 없을 거요."

"그건 또 무슨 소린가?"

"듣기로는 현문 비밀 총단을 찾았다고 합디다."

"뭐?!"

"아, 뭐 그렇게 놀랄 일은 아니오. 낄낄! 당신들도 놀랄 때가 있구려. 무슨 정보라든가 그런 게 있어서 총단을 찾은 게 아니고 지도를 보면서 탁상공론깨나 하더니 느닷없이 현문 비밀 총단 운운하는 게…… 낄낄! 헛다리 짚은 거지. 아마도 지금쯤 비밀 총단으로 삐질삐질 땀 흘리며 쫓아가고 있을 거요. 생각해 보쇼, 지도만 보고 총단을 찾아낸다는 게 말이 되는가. 그런 재주가 있으면 차라리 하늘을 날지."

"그들이 현문 비밀 총단은 왜 찾는가? 현문에 총단이 따로 있다는 것은 어떻게 알고?"

"낸들 알겠소?"

무인은 잠시 생각하더니 침울한 음성으로 말했다.

"이건 가볍게 넘길 문제가 아니군. 급히 보고할 사안이야."

독사는 그들이 시야에서 완전히 벗어날 때까지 은신한 곳에서 나오지 않았다.

이윽고 독사가 나무 뒤에서 모습을 드러내자 대물과 광안, 통음이 재빨리 곁으로 다가섰다.

표면적으로 독사 일행은 이들 세 명이 전부다.

지천도를 비롯하여 사시와 이화는 골인의 형상을 한 까닭에 암중에 숨어 미행했다.

어쩌면 그것은 그들이 평생 동안 짊어지고 갈 업보인지도 모른다. 덕분에 잠행술은 원치 않아도 깨닫게 되었고, 지금에 와서는 각기 독보적인 경지에까지 이른 그들이다.

현문 무인들은 절대로 독사 일행의 미행을 감지해 낼 수 없다. 뇌궁 문도는 삼지를 제외하고는 개개인이 모두 절정고수 반열에 드는 강자들이다. 비락봉에서의 수련이 뇌궁 궁도들을 그렇게 만들었다. 더군다나 골인들은 신체적 결함을 은폐시키기 위해 잠행술, 은신법에 심혈을 기울였다.

오천검객 정도라면 모를까 다른 무인들은 솔직히 풋내기들로 여겨진다.

광안이 실눈을 좁히며 말했다.

"화양(華陽) 쪽으로 가네. 그곳은 늪지가 많은 곳인데?"

"흐흐흐! 그렇지. 늪이 많아서 한 발만 삐걱해도 깊은 수렁에 빠지기 십상이지. 은밀하게 행동하기에는 딱 좋은 곳이야."

통음이 즉시 맞장구쳤다.

독사는 그들의 말을 듣지 않았다. 그는 무인들이 떠난 빈자리를 쳐다보며 다른 생각에 몰두했다.

'나를 말하지 않았어.'

독사는 무인들이 떠난 빈자리를 쳐다봤다.

왕각과 하정은 절반은 진실을 말했고 절반은 말하지 않았다.

진실이란 지난 이틀 동안 미행자를 파악하기 위해 세심한 주의를 기울였다는 것이다. 만월기루를 나서는 순간부터 한시도 경계를 풀지 않았다.

거짓은 뇌궁에 대한 언급이다.

뇌궁이 멸혼촌에서 생존한 사람들의 집단이라는 사실을 말했다면, 현문의 대응은 급속도로 빨라질 것이다.

왕각과 하정은 무슨 연유에서인지 그들과 한편이라고 생각되는 무인들에게 뇌궁을 말하지 않았다.

'십달통…… 갈수록 궁금해지는군. 십달통은 뭘 하는 사람들인가?'

마천옥은 다방면으로 십달통에 대해 수소문했다.

어련을 통해서, 적묘 패거리를 통해서 십달통에 대한 소문이라면 티끌까지도 끌어 모았다.

결과는 놀랍게도 백지였다.

일반인들은 물론이고 무림인들까지도 십달통에 대해서 아는 사람은 없었다. 태반이 십달통이라는 별호조차 들어본 적이 없었고, 혹여 들어본 적이 있는 사람들도 '십달통'이라는 별호 외에는 아는 바가 전혀 없었다.

현문, 마단과 관계만 없다면 십달통이 하늘을 나는 신선일지라도 관심없지만, 그들은 현문과 관계가 있다. 직접 눈으로 확인하지 않았는가. 현문 무인들과 만났고, 동행하는 모습을.

십달통을 찾은 것은 단순히 불곰의 행방을 수소문하기 위해서였는데, 뜻밖에도 현문을 캐낼 수 있는 실마리를 잡은 셈이다. 왕각과 하정을 데려오기 위해 눈 하나와 팔 하나를 잃은 일수일살의 희생이 값어치없지는 않은 셈인가?

독사는 마천옥의 말을 상기했다.

"엽수낭랑 소저가 간단한 글월만 전해온 것은 뒤쫓는 자들에 대해서 전혀 모른다는 뜻입니다. 추적하면서 흔적을 남겨놓을 정신마저 없는 거죠. 그렇다고 대책이 없는 것도 아닙니다. 우리에게는 하정과 왕각이 있습니다. 그들도 십달통이죠."

엽수낭랑의 안위가 염려스러웠다. 무모하게 낯선 무인들의 뒤를 쫓고 있는 혜월도 염려스러웠다.

"대책이란?"

"왕각과 하정을 어쩔 생각이십니까?"

"……."

"그들에게서 불곰 생사를 알아내는 것은 어렵습니다."

"알아."

"돌려보내시죠. 그게 제 대책입니다. 왕각과 하정은 며칠 지나지 않아 현문 무인으로 추측되는 자들과 만날 겁니다. 그들 뒤만 쫓으면 혜월이 간 곳을 알 수 있을 겁니다. 엽수낭랑 소저도 만날 수 있을 것이고."

마천옥은 마치 이런 상황을 대비해서 미리 생각해 놓은 듯 말을 청산유수처럼 흘려냈다.

"간단하군."

"세상 문제의 대부분은 간단한 데에 해답이 있는 법입니다."

그것이 마천옥의 복안이었다. 알지 못하는 문파의 위치를 도상(圖上)에서 찾아내는 일은 애당초 불가능했다. 그것도 주워들은 몇 가지 소문과 일반적으로 널리 알려진 사실만 가지고서는.

마천옥은 엽수낭랑의 전서를 받는 순간 왕각과 하정이 십달통의 일인들임을 생각해 냈다. 현문의 눈이 사천 전 지역에 깔려 있다면 그들이 모습을 드러내는 즉시 나타나리라.

마천옥과 대물이 지도를 펴놓고 벌인 행동은 왕각과 하정을 속이기 위한 눈속임에 지나지 않았다.

마천옥의 예상은 맞았다.

이제 눈앞에 나타난 자들의 뒤만 조용히 쫓으면 된다.

만월기루를 나서기 전, 마천옥은 독사에게 넌지시 말을 건네왔다.

"한 가지만 확실하게 하겠습니다. 뇌궁을 이끄는 데는 저와 대물만으로도 충분합니다. 혜월이 반드시 필요합니까?"

되묻지 않을 수 없었다.

"그게 무슨 소린가?"

"혜월은 골칫덩이입니다. 반드시 후환이 될 겁니다. 혜월을 데려올 때부터 마음이 내키지 않았지만, 지금이라도……."

말을 자르고 한마디 해주었다.

"지자(智者)들은 다 그런가?"

"네?"

"동문을, 동문이 죽음 속으로 들어갔는데도 이해를 밝힐 만큼 냉정한가?"

"알겠습니다. 확실히 해두고 싶었습니다."

독사는 마천옥의 진심을 읽었기에 말을 잇지 않았다.

평소 같으면 나를 위해 사람을 버리는 족속들을 경멸하다시피 했지만, 그래서 용서하지 않았지만…… 마천옥의 진심은 그것이 아니었다. 그 역시 독사와 마찬가지로 후환이 될 것이 분명한데도 혜월을 버리고 싶지 않았다.

그러나 그는 뇌궁의 문도, 자신의 의중보다 독사의 의중을 먼저 살펴야 하는 독사의 수하다. 독사가 혜월을 버린다면 자신 또한 버려야 하는 입장이다.

'반드시 데리고 가지, 반드시.'

낯선 무인들과 왕각, 하정이 떠난 자리, 수풀이 무성한 곳에는 뙤약볕만 내리쬐었다.

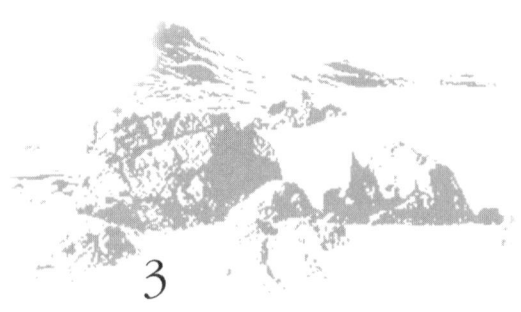

3
현문 무인들을 쫓아서

무인들은 용케도 길이 없는 곳을 찾아 걸었다.

길을 찾는 데 망설임 같은 것은 추호도 없었다. 수십 수백 번 산책한 후원을 거닐기라도 하듯 길이 없는 곳에서도 쉽게 방향을 잡아 나아갔다.

"이놈들, 보통이 아닌데. 엄청난 조직이 느껴져. 조직이 아니고서는 이런 길들을 만들어놓을 수 없지."

광안이 산길을 더듬어가며 중얼거렸다.

광안의 눈길은 조그만 흔적도 놓치지 않았다. 뉘어진 풀잎, 흔들리는 나뭇가지…… 범인(凡人)으로서는 도저히 찾을 수 없는 흔적들이지만 그는 너무나 쉽게 찾아냈다.

"약은 놈들이야. 이런 길이라면 추적자를 쉽게 발견해 낼 수 있지. 바짝 다가붙지 않으면 따라가기 힘드니까. 이 깊은 산중에 어디로 움직였는지 어떻게 알겠어? 아주 약은 놈들이야."

통음이 귀를 연신 움직이며 말했다.

통음도 추적에 단단히 한몫을 했다. 바람 소리, 물소리, 나뭇잎 흔들리는 소리, 산새소리…… 조용하면서도 온갖 소리가 버무려진 산속에서 그는 사람이 흘려내는 소리만 정확히 잡아냈다.

"사람도 아닌 것 같아. 천안통(天眼通), 천이통(天耳通)을 익힌 것도 아닌데……."

대물이 혀를 차며 감탄했다.

독사는 무인들의 뒤를 바짝 쫓을 필요가 없었다. 거리를 넉넉하게 벌려놔도 광안과 통음이 있기에 추적이 실패할 우려는 없었다.

'천운이었어, 이들을 따돌렸던 것은…….'

아주 먼, 까마득한 옛날처럼 생각되는 몇 년 전의 일을 돌이켜 보면 정말 천운이었다. 이들뿐만이 아니라 잔심마저 포함된 추적자들을 따돌렸던 일.

왕각, 하정, 그리고 무인들을 본 지는 꽤 됐다.

그동안 밤이 오고 날이 밝고, 또 하루가 지나고…… 몇 날 며칠을 그림자조차 보지 못하고 산길만 더듬어가고 있지만 그들의 뒤를 쫓고 있다는 확신만은 분명했다.

광안과 통음에게 의지할 필요도 없었다. 독사 자신이 받아들이는 주변의 기운 중에는 날카로운 무인의 예기(銳氣)가 포함되어 흘러들었다.

신령이 느끼는 신기(神氣)와 독사 자신이 느끼는 암기(暗氣)는 분명히 다르지만 맥은 같이했다.

예기만 따라가면 된다. 그리고 광안과 통음은 정확히 그 길을 더듬어갔다.

대물이 흘리는 잔잔한 음성이 귓전을 파고들었다.

"여긴 짐승들도 다니지 않는 길인데……."

대물은 숨이 턱에까지 닿았다.

파락호로 잔뼈가 굵은 그였지만 길이 없는 가파른 산길을, 나무를 헤치고 가시에 긁히며 나아가는 것은 쉽지 않았다. 더군다나 무인의 발걸음은 새처럼 가벼워 나아가는 속도가 평지와 다름없었으니.

"광안 말처럼 이런 길을 이 정도 속도로 나아갈 수 있다면, 분명히 길을 알고 있는 거야. 하루 이틀 사이에 파악한 것이 아니라 장구한 세월 동안 끊임없이 파악해 놓은 거지. 현문이 중원을 자유자재로 활보하면서도 중인(衆人)들의 눈에 띄지 않았고, 무인들의 촉감에도 걸려들지 않은 이유가 있었군. 저 사람들… 현문 무인들이 틀림없는 것 같아. 십달통은 현문과 불가분 관계가 있고. 현문이 아니라면 이런 일을 벌일 문파가 없어."

독사는 다른 생각까지 했다.

'현문뿐만이 아니라 마단도 마찬가지다. 마단도 이렇게 은밀한 길을 거미줄처럼 펼쳐 놓고 있을지도 모르겠군. 그렇다면 무림을 활보해도 무림은 전혀 모를 수밖에.'

독사는 엽수낭랑과 당문삼기를 떠올렸다.

그들이 자신들의 가문인 당문에 도착했을 때, 마단 무인들이 소리없이 포위해 왔다고 했다.

그들이 어디서 나타났을까? 새처럼 하늘을 나는 재주가 있는 것도 아니고, 땅에서 불쑥 솟구친 것도 아니고.

이런 길을 이용해서 이동했다. 사람들이 전혀 다니지 않는, 짐승들조차 다니지 않는 길을 이용해서. 마단과 현문 무인들은 이런 길을 이용해서 사천무림 어느 곳이든 갈 수 있다.

새삼 마단과 현문이 커 보였다.

'지금까지 파악한 마단, 지금까지 파악한 현문… 어쩌면 빙산의 일 각인지도……'

독사는 마음이 무거워지는 것을 느끼고 깊게 심호흡했다.

산속의 맑은 공기가 폐 깊숙이 빨려들었다.

"멈췄군. 우리도 이슬 피할 곳을 마련해야 될 것 같은데."

쫑긋거리던 통음의 귀가 차분히 가라앉았다.

산속의 모기는 유난히 크고 매웠다. 몸 주위에서 '왱!' 하는 소리가 들리고 난 후에는 어김없이 살이 퉁퉁 부어올랐다. 간지럽기는 왜 또 그렇게 간지러운지, 긁지 않고는 견디기 힘들다. 사람 사는 마을에서 물린 것과는 질적으로 달랐다.

왱! 찰싹!

대물이 신경질적으로 손바닥을 들어 목뒤를 쳤다.

세게 치지도 못했다.

깊은 산, 정적으로 물든 밤. 작은 소리도 천 리에 다다를 만큼 고요 한 밤이다. 이런 밤이면 삼십 장 밖에서 풀잎 밟는 소리도 무인들에게 는 천둥 소리처럼 크게 들릴 터이다.

무인들과 거리를 두고 따라간다고는 하지만 안심할 수 없다.

혹여 추적이 발각이라도 되는 날에는 저들은 당장 행동을 변경할 것 이다.

무공으로 제압하는 행동은 아무런 가치도 없다.

현문의 비밀 총단을 절대로 노출시키지 않겠다는 의지를 꺾을 수 있는 것은 세상에 존재치 않으리라.

대물은 무의식 중에 뒷목을 쳐놓고 본인 스스로 깜짝 놀라 주위를 두리번거렸다.

우엉! 우엉……!

부엉이 소리인지 이름 모를 산새소리인지 모골을 송연하게 만드는 괴음이 검은 산속을 뒤흔들 뿐, 세상은 조용하기만 했다.

지천도와 사시, 이화는 그림자조차 보지 못한 무인들처럼 형체를 드러내지 않았다. 하지만 분명히 주위 어딘가에서 촉각을 곤두세우고 있을 것이다.

광안과 통음은 교대로 번을 섰다.

무인들이 기척을 감지하고 다가오는 것을 염려해서 번을 서는 것은 아니다. 무인들이 먼저 떠날 것을 염려한 것도 아니다. 한두 시간 상관이라면 얼마든지 추적할 수 있는 사람들이니까.

단지 습관 때문이다.

무림에서 살아남기 위해서는 촌각의 방심도 금물이라는 사실을 뼈저리게 통감하고 있어서 습관적으로 번을 서는 것뿐이다. 더군다나 지금은 무인들의 움직임을 감시할 수 있으니 더욱 좋고.

'무인으로 사는 것은 파락호로 사는 것보다 더 고되군. 배부르고 등 따숩기를 원하는 사람은 결코 발을 들여놓을 데가 아냐.'

대물이 독사에게 불려온 후부터 지금까지 무인들과 생활하며 체득한 것이 있다면 오직 이것 하나뿐이었다.

대물은 눈으로 독사를 찾았다.

독사는 개울가에 누워 흐르는 물소리를 듣는지, 아니면 잠이 들었는지…….

그의 등이 커다란 바위처럼 듬직해 보였다.

'나도 잠을 청해야겠군, 내일도 부지런히 움직여야 될 테니.'

대물은 귓전에서 왱왱거리는 모기 소리에 좀처럼 잠을 이루지 못했다.

모기는 독사라고 사정을 봐주지 않았다. 하지만 독사가 들은 소리는 대물이 들은 것과는 전혀 다른 소리였다.

'날갯짓…… 날개가 공기와 부딪치며 내는 소리. 옷자락 소리도, 바람 소리도 모두 공기와 부딪치며 소리를 낸다.'

모기 소리가 신경 쓰이는 것은 아니다. 새삼스럽게 소리에 대한 고찰을 하는 것도 아니다. 암혼사… 암혼사의 진결(眞訣) 중 한 구절이 떠올랐기 때문이다.

—…권출역연(拳朮亦然). 기점(起点), 종평상지자연지도역전(從平常之自然之道逆轉), 기케유정이동(其机由靜而動), 재유동이정(再由動而靜), 성위삼체식(成爲三體式)…….

'무공을 전개하는 기점은 자연의 이치를 좇다가 변화를 일으킬 때…… 고요히 있으나 움직임이 있으며, 움직이고 있으나 사실은 고요함에 머문다. 삼체가 하나로 이루어져 초식을 전개하고…….'

움직이지 않으면 소리가 나지 않는다. 손가락 하나라도 움직이는 순간 소리가 일어난다. 움직인다는 것은 나 자신의 의지에 국한된 것만은 아니다. 소리가 전혀 나지 않는 완벽한 정(靜)을 유지하려면 천지자연과 하나가 되어야 한다. 물과 바람과 공기까지도 하나가 되어 정지해 있어야 한다.

움직임도 마찬가지다. 단지 육체를 움직인다고 움직이는 것이 아니다. 완벽한 움직임이란 주변의 움직임, 자연의 움직임까지 받아들여 한 몸이 되어야 한다.

받아들인다는 것은 미숙한 경지다. 완숙한 경지에 이르면 자연이 그렇듯이 느낌도 없는 상태에서 하나가 되어 있어야 한다.

독사는 경련을 일으켰다.

열병에 걸린 병자처럼 손과 발이 부들부들 떨리고 전신에서는 식은땀이 흘러내렸다.

―……심중요허공(心中要虛空), **지정무물**(至靜無物), **일호지혈기불**(一毫之血氣不)…….

'마음은 허공에… 고요함에 이르니 물체가 없다. 세상이 없다. 털한 자락만한 혈기도 없는 상태에서…….'

너무 높은 경지다. 면벽(面壁) 수련(修練)이 일 갑자(一甲子)에 이르는 고승(高僧) 정도나 깨달을 경지다.

삼체(三體)란 몸속에서 찾는 정기신(精氣身)의 합일(合一)이 아니다. 지금까지는 그렇게 생각해 왔고 수련했지만 그게 아니다. 진정한 삼체란 정신과 육체와 자연이 합일되는 경지다.

득도(得道).

'이건 무공이 아냐!'

독사는 경련이 지나쳐 호흡까지 막혀왔다.

숨을 쉴 수가 없었다. 지금까지 수련해 온 무공이 한낱 버러지의 몸

부림에 지나지 않았다는 것을 깨닫는 순간 한없는 절망감이 육신을 짓눌렀다.

"커억!"

급기야 천 길 지저(地底)에 억눌려 있던 울분이 목젖을 타고 흘러나왔다.

눈물도 쏟아졌다. 어떤 의미에서의 눈물인지는 독사 자신도 알지 못했다. 진정 알 수 없는, 표현할 수 없는 감정이 북받치며 한없이… 한없이 눈물이 쏟아졌다.

"독……!"

독사의 뜻밖의 행동에 대물은 깜짝 놀라 일어섰다. 하지만 그의 행동은 타의에 의해 즉시 멈춰졌다. 대물의 머리 뒤에서 깡마른 손이 불쑥 튀어나오더니 입을 막아버렸으니까.

"읍, 읍……!"

대물은 손의 임자를 짐작해 냈다. 그래서 더욱더 다급하게 독사를 손가락으로 가리켰다.

독사의 행동은 정상이 아니었다. 독사라는 별호 대신 다른 별호를 붙이라면 '바위'라고 붙여야 옳을 정도로 묵직한 그였지 않은가. 한데 지금은?

광자(狂者)가 따로 없다. 지금 이 상태로 사람 사는 마을로 들어선다면 미친놈이 왔다고 돌팔매질당하기 십상이다.

부들부들 떨기도 하고, 울기도 하고, 키득키득 웃어 젖히기도 하고…… 두 손으로 쥐어뜯은 머리카락은 산발할 대로 산발해서 미친놈이 아니라 미친년처럼 보인다.

"조용히 해라. 조용히 하지 않으면 목뼈를 부러뜨릴 테니까."

지천도의 음성은 평소의 그답지 않게 비정했다. 음성이 너무 차갑고 살기에 물들어 있어서 일시에 전신 기력이 쑥 빠져나갔다.

"사시, 이화! 주변을 경계해라. 다가서는 자는 그 누구를 막론하고 즉살하라."

역시 사시와 이화는 주위에 숨어 있었다.

보이지는 않지만 어둠 속에서 무엇인가가 움직인다는 느낌은 분명히 들었다.

"조용히 해라. 알겠나?"

다시 한 번 다짐하는 소리에 고개를 끄덕였다.

그제야 깡마른 손이 떨어져 나갔다. 그리고 예상했던 지천도의 모습이 시야에 들어왔다.

대물 옆으로 다가선 지천도는 대물에게는 한마디도 하지 않고 독사만 뚫어지게 응시했다. 손에는 한 번도 꺼낸 적이 없는 그의 애병 반도(半刀)까지 쥐고서.

광안과 통음의 행동도 대물에게는 이해되지 않았다.

독사의 비정상적인 행동을 본 사람이라면 누구나 즉시 달려가서 맥이라도 짚어봐야 정상이거늘, 그들의 행동도 비정상이었다.

그들은 독사에게는 눈길도 주지 않고 사위만 경계했다. 원래 번을 서고 있던 광안은 두 눈을 크게 뜨고 왼쪽을 더듬었다. 잠에서 금방 깬 통음도 독사를 힐끔 쳐다본 후 가타부타 한마디 없이, 그렇게 잘하던 농담 한마디 던지지 않고 귀를 활짝 열었다.

생사대적(生死大敵)과 대면한 듯 전신진기를 가득 끌어올려 언제라도 창을 전개할 수 있도록 만반의 태세를 갖추면서.

"한 마디도, 단 한 마디도 하지 마라. 숨소리도 크게 내지 마라."

지천도의 음성 역시 긴장으로 가득 차 있었다.

대물은 어찌 된 상황인지 종잡을 수가 없었다. 하지만 지천도의 행동으로 미루어 독사에게 중대한 위험이 닥쳤다는 것은 직감했다. 그리고 그 위험은 외부에서 다가온 것이 아니라 독사 자신이 만들어냈다는 것도.

'이것이 말로만 듣던 주화입마(走火入魔)인가?'

생각이 주화입마에 미치자 마음이 더욱 조급해졌다.

'주화입마는 본인 스스로 다스려야 한다고 들었는데. 그렇지 않으면 내력이 독사보다 배는 강한 사람이 도와주어야…….'

독사보다 내력이 배는 강한 사람…… 뇌궁에는 없다.

또한 독사처럼 일정 경지에 이른 무인들은 내력의 정도를 저울로 달 듯이 측량할 수 없다. 그런 정도는 무공에 관심이 없는 대물도 알고 있다.

'일어나. 빨리 일어나! 일어나서 운공조식(運功調息)해!'

그의 간절한 바람을 들었을까? 독사가 부스스 일어서더니 가부좌를 틀고 앉았다.

"휴우!"

대물은 지천도의 입에서 새어 나오는 가는 한숨 소리를 들었다. 그 역시 대물과 같은 종류의 고함을 내지르고 있었던 거다. 밖으로 새어 나올 수 없는 내면의 소리로.

빙굴에서 특이한 경험을 한 적이 있다.

암혼사의 오의를 체득하는 순간 세상이 밝은 빛으로 휩싸인 듯했다.

그 빛은 너무 밝아서 세상에 존재하는 빛이 아니라 서광(瑞光)이라고 표현해야 옳을 듯싶었다.

머리 속에 달달 외우고 있던 진결을 다시 한 번 깨달아 깊이를 더한 것뿐인데.

그러나 그 차이는 상당했다.

독사 스스로 지금까지 쌓아왔던 성취도를 일성(一成)으로 폄하시켜 버릴 만큼 새로운 깨달음은 차원이 다른 무공이었다.

내공 수련만 놓고 봐도 그렇다. 빙굴에서 깨달음을 얻기 전까지는 몸속의 진기를 크게 키우는 것만 생각했다. 깨달음을 얻고 외부의 진기와 융합하는 과정을 알게 되면서 내단으로 생각되던 진기가 폭발해 버렸다. 그리고 몸속 구석구석까지 흘러들었다.

이성(二成)의 경지다.

독사가 할 일은 많아졌다. 그릇 하나에 물을 가득 채우면 된다고 생각했는데, 단전이라는 그릇이 없어지고 몸이라는 방이 생겨났기 때문이다.

단전(丹田)은 단지 수많은 혈도 중 하나일 뿐이다. 혈도의 중심일 뿐이다.

단전을 진기로 가득 채운 무인들은 상단전과 중단전으로 눈길을 돌린다.

삼단전의 합일.

독사도 그랬다. 지금 생각하면 웃음이 나올 일이지만 당시는 그것이 최고의 수련인 줄만 알았다.

상단전과 중단전도 하단전과 마찬가지로 혈도의 하나에 불과하다. 혈도의 중심이 조금 더 넓혀졌다는 의미밖에는 없다.

몸 전체에 진기를 채워 넣어야 한다.

그것은 단지 숨 쉬고 움직이는 것만으로도 진기 수련이 되는 암혼사라고 해도 요원한 일일 수밖에 없었다.

　진기를 끌어올릴 필요가 없는 경지다. 언제나, 잠을 잘 때도 식사를 할 때도 마치 진기를 끌어올린 것처럼 전신이 진기에 충만해 있는 상태다. 가볍게 손을 뻗어내기만 해도 상대는 전신진기가 일점에 집중된 것과 같은 타격을 받게 될 게다.

　그런 상태에 올라서야만 삼성(三成)을 바라볼 수 있다.

　삼성의 경지에는 무엇이 있을까?

　허공(虛空)이다.

　천지자연의 기운을 받아들여 몸속에 갈무리할 필요가 없다.

　모든 혈맥을 개방한다. 진기를 쌓으려는 노력 또한 놓아버린다. 바람이 불어와 몸에 부딪치면 막을 생각을 하지 않고 놓아버리는 거다. 몸을 관통해 지나가도록.

　무엇도 막지 않는다. 그 무엇도 정체되도록 쌓아놓지 않는다.

　몸이 허공이 되고, 마음이 허공이 된다. 물살에 떠밀려 가는 나뭇잎처럼, 바람에 흩날리는 가랑잎처럼 허허롭게, 아무것도 가지지 않은 빈 몸이 된다.

　세상에 존재하는 천지자연의 기운이 곧 나의 진기이기에.

　종평상지자연지도역전(從平常之自然之道逆轉).

　자연지도를 좇다가 변화를 일으킬 때가 무공을 전개하는 시점이다.

　'후후후! 최고의 무공이란 굴신(屈伸)이 자유로운 건강한 몸이었어. 그것뿐이었어.'

　독사는 눈을 떴다.

　긴 밤이 지나고 새벽이 밝아오는 중이다. 미처 채 물러가지 않은 어둠과 유유하게 밀고 들어오는 밝음이 교차해서 반은 어둡고 반은 밝은 세상이다.

'상쾌하군.'

좋다. 상쾌하다는 느낌밖에 없었다. 몸이 날아갈 듯이 가볍고, 개미 기어가는 소리도 들을 수 있을 만큼 감각이 영민해졌다는 데는 관심도 가지 않았다.

몸이 상쾌하고 정신이 맑으니 좋았다.

이성에 이르렀을 때처럼 서광도 보이지 않았다. 성취감도 느껴지지 않았다.

하지만 분명한 것은 있다.

뜻밖의 곳에서, 전혀 예상치 못한 일이 나타나 은덕을 받으면 기연(奇緣)을 얻었다고 한다.

기연을 얻었다.

첫 번째 기연을 얻은 멸혼촌 빙굴은 세상에서 단 하나밖에 없는 특별한 장소이니 기연이 나타날 만하다지만, 이번에 기연을 얻은 곳은 동네 어귀에서도 찾아볼 수 있는 흔하디흔한 개울가였다. 물소리, 모기 소리…… 어디서나 들을 수 있는 소리가 기연을 안겨다 주었다.

그의 눈에 간밤을 꼬박 뜬눈으로 새운 식솔들의 모습이 비쳤다.

"피곤해 보이는군요."

독사에게 무슨 일이 있었나? 그의 태연한 모습은 아직도 긴장을 풀지 못하고 있던 지천도, 광안, 통음, 대물, 그리고 어디엔가 숨어 있는 사시와 이화에게는 참으로 반가운 모습이었다.

"괜찮을 줄 알았다니까."

통음이 창을 거두며 말했다.

"깜짝 놀랐네. 궁주님이 꼴까닥 하는 줄 알았지 뭐유."

대물도 창을 거뒀다.

모두들 대물과 같은 생각을 한 듯하다. 차이가 있다면 그들은 무인이기에 독사의 상태를 좀 더 자세히 알아차렸고, 대물은 짐작을 했다는 정도지만.

"괜찮습니까?"

지천도가 반도를 등 뒤로 돌리며 말했다.

"아주 기분 좋군요."

"진기 순환은 자유롭습니까?"

여전히 뒷짐을 진 채였다. 반도가 그의 등 뒤에서 세워졌으나 독사의 눈에는 보이지 않았다.

'삼지법! 저게 말로만 듣던 지천도의 삼지법!'

도를 엄지와 검지, 중지로만 가볍게 잡는 삼지법이다.

대물은 지천도의 뒤에 있었던 관계로 지천도의 등 뒤에서 일어나는 변화를 똑똑히 보았다.

'지천도가 왜? 앗! 이건 공격이야!'

대물의 생각이 끝나기도 전, 지천도가 행동을 개시했다.

순간적으로 날아갔다고밖에 설명할 수 없는 쾌속한 신법, 그리고 무수하게 그려지는 도광(刀光).

쒜에엑……!

반도에서 뿜어져 나오는 살기가 천지를 에워쌌다.

독사는 바람 앞의 등불처럼 위태로웠다. 도광이라는 격랑에 휩쓸린 가랑잎처럼 이리저리 휘말려 떠다녔다.

쒜에엑! 쒜에엑……!

도법이 급변했다. 전신진기가 실린 반도는 일도양단(一刀兩斷)의 기세로 육신을 저며갔다.

지천도는 교가에 나와서 아주 조그만 욕심을 부렸다.

자신만의 독특한 병기를 만든 것이다.

병기 제조라면 중원제일이랄 수 있는 당문삼기가 있지만, 지천도는 자신이 직접 쇠를 녹이고 풀무질, 담금질을 해서 반도를 만들었다.

도첨(刀尖)이 날카롭게 솟구친 쌍수도(雙手刀)의 형태이지만 쌍수도라고 할 수는 없었다. 우선 길이가 삼 푼 정도 짧았다. 폭도 쌍수도보다는 훨씬 좁아서 편(鞭)과 엇비슷할 정도로 가늘었다.

중강의 도림에서 사용하는 도보다도 훨씬 가늘고 적은 도.

'반도'라는 말의 유례는 일수일살이 만들었다. 그가 지천도의 도를 보고 '반쪽짜리 도'라고 말했고, 그 후부터 반도로 불렸으니까.

지천도는 반도를 만들기만 했을 뿐 꺼낸 적은 없다. 병기를 만들었으면 하다못해 시험 삼아서 무공 수련이라도 한번 해봄 직한데 지천도는 그마저도 하지 않았다.

그는 애장품이나 소장품 다루듯이 허리에 차는 것으로 만족했다. 아니, 그렇게 보였다. 그렇기에 그 누구도 반도의 위력을 짐작할 수 없었다.

이제 몇 사람 앞에서 선보인 지천도의 도법. 그 위력은 송곳으로 찌르듯 날카로우면서도 나비처럼 부드러웠고, 다람쥐처럼 영활하고 가벼웠다.

쒜엑! 쒜에엑······!

지천도는 눈 깜짝할 사이에 십여 초를 전개해 냈다.

쾌검을 지닌 일수일살, 냉설과 비교해도 전혀 뒤지지 않는 무서운 쾌도였다.

그러나…… 지천도는 세 번의 도약, 십구 초의 공격을 마지막으로 훌쩍 물러서야만 했다.

"헉헉! 후웁! 헉……!"

탈진 상태에 이른 지천도는 숨을 고르려고 무진 애를 썼지만, 급격하게 거칠어진 숨은 여간해서 돌아오지 않았다.

대물은 고개를 갸웃거렸다. 통음과 광안은 서로를 마주 보며 이해할 수 없다는 표정을 지었다. 모습을 드러내지는 않았지만 어디선가 지켜보고 있을 사시와 이화도 같은 표정이리라.

지천도 같은 고수가 겨우 이십여 초를 공격하고 탈진 상태에 이른다면 말이 되는가. 그것도 일방적인 공격이었을 뿐인데. 독사는 전혀 반격하지 못하고 물러서기만 했는데.

한참 만에야 혈색이 제대로 돌아온 지천도가 반도를 거두며 쓰게 웃었다.

"무서운 무공입니다."

"그렇습니까?"

"진기를 거둘 수가 없었습니다. 거두는 순간……."

"그렇게 느꼈습니까?"

"허허허! 내력이 심후한들 초식 수만 조금 연장될 뿐이니……. 궁주님을 제압하려면 숨 한 모금에 끝내야겠군요. 수련 성취를 경하드립니다."

"그것도 하나의 방법이겠군요. 하하하!"

독사는 태연하게 웃은 후, 개울로 다가가서 얼굴을 씻었다.

지천도는 얼굴만 빤히 바라보는 광안과 통음을 보고 한마디 하지 않을 수 없었다.

"알지 못할 힘에 빨려든 것 같았네. 숨을 토해내는 순간이 반격을 당하는 순간이라고 느꼈지. 할 수 없이 끌어올린 진기만으로 공격을 할 수밖에 없었고. 허허허! 결과는 봤지 않은가."

"심마(心魔)에 걸린 것 아닙니까?"

"심마······. 허허허! 무공이란 것을 익힌 지가 오십 년이 넘었네. 결전에 임해서 심마에 빠질 시기는 지났지. 목숨에 애착이 있는 것도 아니고."

"······."

"궁주님은 움직이지 않으면서 움직였고, 움직이면서 움직이지 않았네. 정중동(靜中動), 동중정(動中靜). 내 초식을 빤히 바라보고 있는데, 초식을 뻗어내면 물러서고 거둘라 치면 따라오는데 어떻게 멈출 수 있겠나. 끌어올려진 진기로 몰아칠 수밖에. 그러다 보니 진기가 끊어지는 순간······ 그렇게 된 거지."

"그럼 궁주님의 무공이 신(神)처럼 높아졌단 말이오? 하룻밤 새에? 그러면··· 이제 최고 경지에 이르신 건가?"

광안의 중얼거림은 독사의 한마디에 가로막혔다.

"이제 삼성에 들어섰을 뿐인데 너무 치켜세우는 것 아닙니까?"

"사, 삼성!"

"삼성? 고작 삼성? 그게 삼성?"

독사의 말에는 지천도조차도 할 말을 잃고 말았다.

第六十章

전초전(前哨戰)

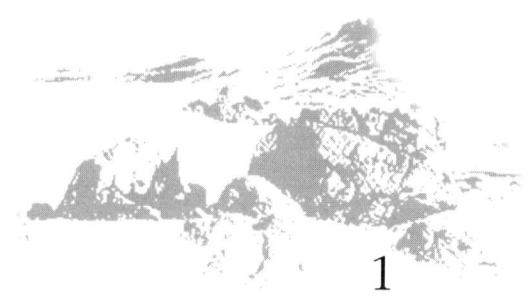

1

전초전(前哨戰)

교가를 떠난 지 보름이 되어갈 무렵, 왕각과 하정을 동반한 현문 무인들은 현문 총단이 있는 동천주(潼川州) 삼태(三台)에 당도했다.

독사로서는 실로 오랜만에 들른 곳이지만, 광안과 통음은 얼마 전에 들른 곳이다. 모두들 한 가지쯤 돌이켜 볼 과거가 있는 곳. 그러나 정작 감회에 젖은 사람은 따로 있었다.

지천도.

사문 도림이 있는 중강(中江)은 아니지만 삼태에서는 그야말로 지척지간으로 엎드리면 코 닿을 곳에 위치해 있지 않은가.

삼태도 낯설지 않은 곳이다.

한참 혈기가 들끓어 오를 무렵, 삼태에 들른 적이 있다. 현문의 무공이 어느 정도인지 알고 싶어서, 사천오주에 끼지도 못한 군소문파가 사천오주와 어깨를 나란히 하는 이유가 무엇인지 파악해 내려고.

모두 까마득히 먼 옛날이야기다. 기억조차 가물거리는 몇십 년 전 이야기다.

삼태는 많이 변했다. 못 보던 길도 생기고, 도읍도 훨씬 번창해졌다. 새로 지은 집들도 많아서 옛날 모습을 찾기는 무척 어렵다.

한데 지천도에게는 옛날이나 지금이나 똑같은 풍경으로 다가왔다.

십 년이면 강산이 변한다는데, 삼태는 여전했다. 눈에 보이는 곳곳이 정겹고 반갑다. 나무뿌리 하나, 돌 조각 하나까지도 혈기방장했을 무렵의 추억이 담겨 있는 듯하다.

삼태가 이런데 하물며 중강에 가면…….

'내가 무슨 생각을…….'

지천도는 산 아래 굽어 보이는 삼태의 휘황찬란한 모습에서 눈길을 돌렸다.

현재의 그가 머물 곳은 어디에도 없었다.

삼태의 현문은 적인지 아군인지조차 불분명하다. 중강에도 갈 수 없다. 엽수낭랑, 당문삼기의 예를 보아서도, 냉설의 경우를 보아서도 도림이 그를 어떻게 대할지는 자명하다.

실종되었다가 나타난 선배라면 당연히 반가워해야 마땅하거늘 사천무림은 그들을 내치는 것으로도 모자라 죽이려고까지 한다. 내치는 쪽은 당문이었고, 죽이려던 쪽은 청성파였다.

물론 그 사이에는 마단이 있다.

골인의 모습을 본 사람은 누구든 죽는다. 멸혼촌에 대한 이야기를 들은 사람도 죽는다. 마단이 하고자 하는 일이며, 그들의 결정은 염라대왕의 살생부와도 같다.

현 사천무림에서는 마단과 싸워서 승세를 점할 수 있는 문파가 없다. 있다손 치더라도 재기불능(再起不能)의 막대한 타격을 입을 것이 뻔하다.

그런 점을 알기에 엽수낭랑과 당문삼기가 물러섰고, 냉설은 동문이 살검을 뽑으리라고 예측했으면서도 함구했다.

지천도도 마찬가지다. 단순한 회포(懷抱) 정도를 풀겠다고 사문을 위험에 빠뜨릴 만큼 경솔하지 않다. 사문에 있었다면 원로 대우를 받을 배분이니 더욱더 행동에 신중을 기해서 사문에 위해가 끼치지 않도록 해야 한다.

지상에서 마단이 사라지거나 뇌궁 문도가 몰살하거나 양단간에 결정이 지어져야만 사문을 찾아 회포를 풀던가 말던가 할 것이다.

"이놈들, 오늘 점심은 완전히 포식했네. 쩝!"

광안이 땅에서 닭 뼈다귀를 집어 들며 말했다.

무인들은 비록 산에서 산으로 험로(險路)를 걷고 있지만 먹고 자는 것은 편했다. 그들이 발길을 멈추는 곳에는 반드시라고 해도 좋을 만큼 편안히 몸을 뉠 만한 공간이 나타났다. 또 그곳에는 먹을 것도 넉넉하게 준비되어 있었다.

고달픈 사람은 뒤쫓는 독사 패거리였다.

교가를 떠날 때 준비해 왔던 건포(乾脯)는 동난 지 오래였다. 잠자리도 밤이슬을 고스란히 맞았다. 하지만 그들은 멸혼촌 사람들이다. 산에만 들여놓는다면 알몸으로 내동댕이쳐져도 너끈하게 살아날 사람들이다. 시중 사람들이 배부르게 포식하고 편안한 침상에 눕는 정도의 포만감을 만끽하는 것은 일도 아니다.

광안이 주워 든 닭 뼈다귀에는 아직도 기름기가 묻어 있어서 방금 전에 버려졌음이 여실했다.

"흐흐흐! 이렇게 대놓고 방심하면 곤란하지. 이래서야 우리들 진가를 드러낼 틈이 없잖아."

광안은 사방을 두리번거리다 한곳을 주시했다. 무인들이 갔음 직한 곳이다.

독사가 통음을 쳐다보았다.

통음은 고개를 끄덕여 광안의 생각에 동조했다. 광안이 쳐다보는 곳에서 평범한 사람의 귀에는 도저히 들리지 않는 미세한 소리가 울린다.

삭! 사아악……! 휘이익……!

미풍(微風)이 불어올 때처럼 미약한 소리지만, 그것도 통음만이 들을 수 있는 소리지만 인간이 흘려내는 소리다.

"속도가 빨라졌는데? 행동은 더욱 은밀해지면서 속도는 빨라졌어. 놈들… 목적지에 다 왔군. 이건 뜻밖인데? 현문 비밀 총단이 삼태에서 이렇게 가까운 곳에 있다니."

정말로 예상치 못했던 일이다. 삼태에서도 며칠을 더 가야 될 줄 알았는데, 삼태가 환히 내려다보이는 산봉 근처에서 이런 행동이 일어난다는 것은…….

현문 비밀 총단은 삼태에서 아주 가까운 곳에 있다. 아침을 먹고 출발하면 점심 무렵이면 닿을 곳에.

"다 왔군. 빨리 가지."

지천도는 착잡한 마음을 떨쳐 버릴 수 있는 기회라도 잡은 듯 서둘렀다.

독사는 움직이지 않았다.

지금껏 보지 못했던 행동이다. 광안이 갈 길을 지적하고 통음이 확인한 후 독사 패거리가 할 일이란 지적한 길을 따라가는 것뿐이었다.

여기에는 독사도 이의를 달지 않았고 묵묵히 따라왔는데.

독사는 걸음을 떼어놓는 대신 대물을 쳐다봤다.

대물은 광안이 금방 버린 닭 뼈다귀를 집어 들고 유심히 살펴보는 중이었다.

"왜? 이상한 점이라도 있나?"

광안이 전과 다른 대물의 행동에 의아해했다.

대물은 엉뚱한 말로 대답을 대신했다.

"저들의 무공이 어느 정도라고 생각해요?"

"어느 정도라니? 물론 뛰어나지, 우리보다는 한 수 아래지만."

"싸우게 되면 몇 초 만에 제압할 수 있겠어요?"

"그걸 말로 할 수 있나. 싸워봐야 알지. 일 초 만에 제압할 수도 있고, 길어지면 몇십 초도 가겠지."

그것도 일 년 남짓한 기간 동안 지옥 같은 수련을 했기에 말할 수 있는 이야기다. 예전의 귀주사괴였다면 도망가기에 급급할 터이다.

"이긴다는 확신은 있습니까?"

"대물, 우릴 뭘로 보고 하는 말이지? 저깟 놈들에게 당한 데서야 마구오신이 아니지. 귀주사괴라면 모를까. 흐흐흐!"

"제 생각에는 그 말을 증명하실 요량이 아니라면 여기서 좀 더 머물렀다 가야할 듯싶은데요?"

"뭐라고!"

대물이 닭 뼈를 놓고 일어섰다. 그리고 독사를 쳐다봤다.

독사는 광안이 지목한 길을 쳐다보며 담담하게 말했다.

"발각된 것 같지는 않은데?"

대물의 생각에 동조한다는 뜻이다. 독사 패거리는 독사의 말이 떨어진 다음에야 이상한 기미를 눈치 챘다. 그리고 산전수전(山戰水戰) 다 겪은 강호(江湖) 노괴(老怪)들답게 이내 선후를 파악해 냈다.

지천도가 혀를 끌끌 차며 말했다.

"허! 치밀한 놈들이군. 하마터면 당할 뻔했어. 단순히 방심한다 생각했는데. 허허!"

닭 뼈를 흘린 것은 방심이 빚어낸 행동이 아니었다. 그것은 비밀 총단으로 들어서기 전의 마지막 점검이었다. 추적 여부를 가려내기 위한 함정이라고나 할까?

무작정 뒤를 쫓았다가는 숨어 있는 자에게 발각당하고 말았으리라.

독사가 말했다.

"광안, 반나절 간격을 벌리고 쫓아갈 수 있습니까?"

광안이 고개를 살래살래 흔들며 말했다.

"그건……. 세상은 항상 움직이고 있죠. 반나절이라면 쫓아가기 힘듭니다."

광안이 그럴진대 통음은 물어볼 것도 없었다.

독사가 엷게 웃으며 말했다.

"나도 마찬가지죠. 반나절 간격을 벌린다면 뒤를 쫓지 못합니다. 어쩔 수 없군요, 부딪칠 수밖에. 움직이는 사람들은 모두 네 명. 그렇다면 숨어 있는 자들은 마중 나온 자들이거나 상시 잠복해 있는 자들일 겁니다. 저들의 목적은 추적 여부만 파악하는 것이니 두 가지를 고려하여 움직여야겠습니다. 제압과 전서(傳書) 차단(遮斷)."

대물이 즉각 독사의 말을 받았다.

"전서 차단은 눈, 귀가 밝은 마구오신. 제압은 음탑(音塔). 호원주(護院主)께서는 궁주님과 담소나 나누시죠."

광안과 통음은 아주 천천히 움직였다. 바람에 흔들리는 나뭇가지, 산새들의 날갯짓 소리도 놓치지 않으려고 주의를 기울이며.

표면적으로 움직이는 사람은 그들 두 사람뿐이었다. 사시와 이화는 그늘 속에 숨어 그림자처럼 따라붙었지만 통음이나 광안조차도 종적을 파악해 내기 힘들 만큼 은밀했다.

적들은 더 은밀했다.

분명 어디선가 보고 있을 터인데, 광안의 밝은 눈으로도 통음의 예민한 귀로도 잡아낼 수 없었다.

"길을 알고 가는 거야? 난 아무리 봐도 지름길 같지 않아."

"거참, 의심 하고는. 아, 내가 이 길로 한두 번 가본 줄 아나? 아무리 못해도 반나절은 빠를 테니까 안심하고 따라오기나 혀."

"내가 또 속았지. 평지도 아니고 첩첩산중을 헤매면서 빨리 가길 바라는 내가 미친놈이지."

"그럼 돌아갈까?"

"복창 터뜨리지 말고 길이나 잘 잡아!"

광안과 통음은 짐짓 너스레를 떨었다.

누구나 들을 수 있을 만큼 큰 음성, 숨어 있는 자의 움직임을 끌어내는 방법이다.

방법이라고 해야 서로 농담을 주고받는 정도에 지나지 않으니 특별하다고는 할 수 없다. 하지만 효과는 아주 뛰어나서 다른 방법을 고려해 볼 필요가 없었다.

상대에게 생각을 하게만 만들면 된다.

사랑, 분노, 의문, 고민……. 어떤 생각이든 상관없다. 인간이 빠져

나올 수 없는 오욕칠정(五慾七情)과 연관된 것이면 생각의 폭이 더욱 깊어지겠지만, 가볍게 머리 속을 스쳐 지나가는 생각도 괜찮다.

지금과 같은 경우, 무인들은 어떤 생각을 할까?

순진하게 지름길을 찾아 헤매는 촌로(村老)들로 생각하지는 않을 것이다. 그렇게 생각한다면 숨어 있을 자격도 없다.

추적해 온 자들인가? 누굴까? 별호는? 목적은? 총단에 전서를 보낼 사안인가?

지금쯤 숨은 자들의 머리 속은 개미굴처럼 번잡할 게다.

그것이면 족하다.

생각은 인간을 움직이게 만든다. 호흡을 변화시키고, 눈동자를 움직이게 만들고, 머리를 갸웃거리게 만들기도 한다. 손가락이라도 꼼지락거리게 만들면 대성공이다.

과연 변화가 일어났다. 통음은 부드러운 바람 소리에 섞여 있는 색다른 소리를 잡아냈다.

사악……! 휘익!

통음조차도 바람 소리인지 구분이 되지 않을 만큼 미세한 소리였지만 확신을 가졌다.

'옷자락 펄럭이는 소리닷!'

우측 산비탈 위, 거리는 십여 장.

통음은 즉시 약속된 뇌궁만의 밀마를 토해냈다.

"나도 이제 나이를 먹었나 보이. 마음은 아직도 새파란 청춘인데. 오십견인지 뭔지…… 날이라도 굳으면 오른쪽 어깨가 뻐근해지는 게 팔을 제대로 사용할 수 없다니까."

"약이라도 몇 채 지어 먹지 그래."

광안이 밀마를 알아듣고 보충을 요구해 왔다.

"약까지 먹을 게 뭐 있나. 그저 오십견에는 침이 최고지. 침 잘 놓는 놈 있으면 그저 한 십여 방 뚝딱 맞아치우면 그만인데."

통음의 중얼거림은 곧바로 사시와 이화에게 전달되었다.

'오른쪽…… 십여 방. 십 장.'

철시는 양팔을 좌우로 쫙 벌렸다. 그에 따라 삼시와 이화의 행동도 돌변했다. 삼시는 오른쪽으로, 이화는 왼쪽으로 갈라져 뱀이 기어가듯 소리없이 미끄러져 갔다.

철시는 삼시의 뒤를 좇았다.

사시는 뭉치면 살고 흩어지면 죽는 관계다.

유심동에 있을 적만 해도 이런 관계는 아니었다. 각자 빼어난 무공을 지녀서 유심동주를 탄탄하게 받쳐 주었다. 내력을 잃은 상태였지만 사활근맥단의 효력을 빌어 멸혼촌 누구와도 상대할 수 있을 정도는 되었다.

비락봉에서 수련한 일 년 남짓한 기간은 사시와 삼화를 환골탈태(換骨奪胎)시켰다.

유심동주조차도 어쩌지 못한 마녀, 요지성녀를 곤궁에 몰아넣을 만큼 급성장했다.

꿈도 꿔보지 못한 일이었지만…… 해냈다.

그러나 지금도 사시와 삼화는 자신들의 무공에 대해 확신을 갖지 못했다. 살기가 함빡 묻어나는 무공을 수련했지만, 무림에서도 통할지에 대해서.

자신들의 무공이 어느 정도인지 가늠하지 못하니 매사에 가장 강한 무공을 전개할 수 있는 방법을 모색해야 한다. 그리고 그러기 위해서는 사시는 사시대로 삼화는 삼화대로 함께 움직여야 한다.

통음은 우측 십 장에 적이 있다고 말해 주었다. 하지만 사시와 이화가 십 장 가까이 다가가도록 적은 보이지 않았다. 적이 있을 만한 은밀한 곳도 발견할 수 없었다.

그곳에는 깊은 산 어느 곳에서나 볼 수 있는 숲 한 부분에 지나지 않았다. 울창한 나무가 우거져 있고 잡초가 자라고, 하다못해 큰 바위라도 있으면 주위라도 기울여 보련만 그나마도 없는 평평한 숲이었다.

'나무 위, 땅 속.'

적이 숨어 있다면 몸을 숨길 곳은 두 군데.

결단이 필요한 순간이다. 이 한 번의 결단이 삶과 죽음을 가르는 순간일지도 모른다.

입 안이 바짝 타 들어갔다. 눈에 보이는 적이라면 이토록 긴장을 하지는 않으련만……

철시는 마음을 다잡기 위해 진기를 운용시켰다.

단전에서 뻗어 나온 진기가 전신 사지백해로 스며들자 날아갈 듯 상쾌해졌다.

그녀를 지켜보는 눈은 열 개. 그 밖에 몇 개의 눈이 더 지켜보고 있을지 모르지만, 그녀가 확인할 수 있는 눈은 열 개다.

철시는 그중 네 개의 눈에게 눈으로 말했다.

'땅을 뒤져!'

눈동자 네 개의 주인인 이화는 잔뜩 긴장한 표정으로 고개를 끄덕인 후 거목과 거목 사이를 누볐다.

철시는 이화가 몸을 움직이는 것과 동시에 곧바로 나무를 타고 기어

올라 갔다.

다른 삼시의 움직임도 민첩했다. 특별히 따로 명을 주지 않았음에도 그녀들은 철시를 따라 나무를 탔다.

나무 위로 몸을 숨긴 사시는 이화의 움직임을 예의 주시했다.

철시가 선택한 장소는 땅이었던 것이다. 이화는 일종의 미끼, 이화를 보고 무인들이 반응해 오기를 기다렸다.

일 장이라는 거리는 지극히 짧다.

이화는 순식간에 일 장이라는 거리를 벗어나 이 장에 들어섰다.

'반응하지 않고 있어. 통음이 잘못 들었을 리는 없고… 이놈들은 산에다 불을 질러도 움직이지 않을 놈들이야.'

숨어 있는 무인들의 임무는 추적 유무를 탐지해 내는 것이다.

그들은 탐지해 냈다. 그것도 광안이나 통음 같은 평범한 모습을 한 인간이 아니라 귀신의 형상을 한 이화를 보았으니, 어쩌면 그들이 땅속에 숨어 있던 이래로 가장 획기적인 탐지를 해냈는지도 모른다.

철시는 생각했다.

'이제 놈들이 취할 행동은 하나겠지. 전서를 날리는 것.'

십 장에 이르는 곳을 샅샅이 뒤지고, 십일 장 범위도 꼼꼼히 뒤진 이화는 십이 장으로 나아갔다.

거긴 아니다. 통음이 잘못 들었을 리 없으니 적은 십 장쯤 되는 곳에 숨어 있다. 움직이지 않고 있을 뿐.

한 명인가, 여러 명인가?

철시는 이화가 십이 장을 넘어서 십삼 장에 이르도록 진득하게 기다렸지만 전서구는커녕 산새 한 마리 날아오르지 않았다.

'이놈들, 밀마 방식이 독특해. 전서구를 이용한 방식은 아냐. 전갈은

벌써 띄웠을 테고. 계속 숨어 있겠다 이거지. 그러면 끄집어내야지.'

철시는 머리를 아래로 하여 은밀히 나무를 내려오면서 허리춤에 꽂
아놨던 옥적을 꽂아 들었다.

뒤따르던 삼시의 눈빛에 신광이 감돌았다.

철시의 행동은 무엇을 의미하는가?

화음진(花音陣) 발동(發動)!

삐이익……! 삐익! 삑! 뿌우욱……!

아무리 좋게 평가해도 감미로운 옥적음과는 상당히 거리가 먼, 음률
을 알지 못하는 사람이 들어도 귀를 막고 싶을 만큼 형편없는 옥적 소
리가 조용하던 숲을 일깨웠다.

십삼 장까지 거리를 벌려갔던 이화가 날듯이 다가와 하늘하늘 춤을
추었다.

그녀들의 춤은 나비가 날갯짓을 하는 듯 부드럽고 우아했다. 골인이
아니라 평범한 여자였다면 용모가 박색이라고 해도 넋을 잃고 쳐다볼
만큼 뛰어난 춤이다.

하지만 그토록 뛰어난 춤도 골인이 추니 완전히 다른 춤이 되었다.
형편없으면서도 주위를 침울하게 만드는 옥적 소리와 딱 맞는 춤. 등
골에 소름이 돋게 하는 귀기스러운 춤. 무덤 속에서 해골이 벌떡 일어
나 흐느적거리는 형상.

"후…… 웁!"

격동하는 심장을 꽉 억누르는 호흡 소리가 들렸다. 가늘고 길게 내
뿜고 들이쉬는 숨소리에는 자제와 극기가 묻어났으나, 소리를 흘렸다
는 자체가 극기심이 무너졌다는 뜻이다.

적은 역시 땅속에 숨어 있었다.

사시와 이화는 서둘지 않았다. 진을 펼침에 있어서 서두름이란 만사를 휴의(休意)로 돌리는 큰 적이다. 경험도 뼈저리게 했다. 약간 서두른 대가로 요지성녀의 무혈검에 피와 살을 내줘야 했으니까.

삑! 삐익! 삐이이익……! 사락! 사락!

이화는 하늘하늘 춤을 추며 원을 따라 맴돌았고, 동서남북 사방을 점하고 앉은 사시는 옥적에 심혈을 기울였다.

연분홍 독분(毒粉)이 주위에 퍼져 나갔다.

붉은 두꺼비에서 추출했다고 해서 홍섬(泓蟾). 인간에게는 치명적인 해(害)를 끼치는 절대독이라고 해서 마독(魔毒)이라고 불리는 홍섬마독이다.

홍섬마독은 중독된 후 일 다경 만에 즉사하는 절대독이기는 하지만 해독(解毒)이 불가능한 것은 아니다.

해독제는 역시 붉은 두꺼비에서 추출해 내며, 해독제를 복용시키면 이틀 동안 혼수상태에 빠진 후 해독된다는 것이 일반에 알려진 상식이다.

당문은 세상에 존재하는 거의 모든 독을 연구했고, 홍섬마독도 그중 하나였다.

그 결과, 홍섬마독은 실독(實毒)으로 분류되었다.

당문의 독 분류는 세 가지밖에 없다.

금독(禁毒), 실독(實毒), 상독(常毒).

금독은 절대 사용 금지다. 해약(解藥)이 전혀 없어서 죽음밖에 남지 않는 독이다. 실독은 해약이 존재한다. 하지만 워낙 치명적인 독인지라 오직 당문십비만이 사용할 수 있다. 상독은 당문도 모두가 사용할 수 있는 독으로 싸움에서뿐만이 아니라 의술에도 활용할 수 있는 독을 일컫는다.

당문삼기 당호는 옥적 안에 실독인 홍섬마독을 응축시켜 놓았고, 그 것이 서서히 풀려 허공에 흩날렸다.

홍섬마독의 특징은 무색(無色), 무미(無味), 무취(無臭). 하지만 홍섬 마독에 면역된 사시와 이화에게는 아름다운 연분홍빛으로 보였다.

연녹색도 운무(雲霧)도 보였다.

옥화(玉花)에서 흘러나온 운무다.

일명 녹석사독(綠石死毒).

녹석사독은 엄밀히 말하면 돌 가루다. 녹석이라고 부르는 푸른 돌을 가루 낸 것에 불과하지만, 독성이 아주 강해서 미세한 양만 들이켜도 즉사한다는 맹독(猛毒).

여기까지가 세인들이 알고 있는 녹석사독이다.

당문은 녹석사독을 솥에 넣고 쪄서 증기로 뽑아내 전혀 새로운 녹석 사독을 만들어냈다.

역시 무색, 무미, 무취. 실독으로 분류된 독이며, 해독제는 중독 경과 시간에 따라 달라지는 난해한 독이다.

"허억!"

"흡!"

참아내려고 무진 애를 쓰는, 그러나 도저히 참지 못하고 흘려 버리 고야만 숨소리.

전신이 바늘로 찌른 듯 따가울 거다. 눈이 뻑뻑해지고, 뒷목에서 극 심한 통증이 일어날 게다. 심장은 천 리 길을 달려온 것처럼 가빠지고, 사지는 들어 올릴 힘조차도 상실된 무력감에 빠질 게다.

숨어 있는 곳에서 기어나와야 한다. 조금 더 시간이 경과하면 대라 신선이라도 살릴 수 없게 된다. 버티려 한다면 산 채로 생매장된 사람들처럼 숨이 막혀 죽을 뿐이다.

삑! 삐익!

옥적 소리는 강도를 더해갔다.

이화의 춤도 막바지에 다다랐다. 그녀들은 춤만 추는 것이 아니라 노래도 불렀다.

"아아…… 아아아…… 악! 아아…… 캬……."

의미를 알 수 없는 기성(奇聲).

옥적 소리는 고막을 틀어막고 싶다는 충동을 일으킨다. 이화의 기성은 한술 더 떠서 죽여 버리고 싶다는 살인 욕구를 불러온다.

세상에 존재하는 소리들 중 가장 듣기 싫은 소리이리라.

이화는 춤과 노래만 부르는 게 아니었다. 춤을 추며 그려내는 원의 반경이 점점 좁혀졌다. 목표를 향해 거리를 좁혀 나가는 중이다. 그럼에도 땅속 무인들은 이화가 다가오고 있다는 사실조차 감지하지 못했다.

아니다. 감지했을 수도 있다. 위험을 느끼고 반격해야 한다는 심정이 마음 가득히 자리 잡았을 수도 있다.

감지했든 하지 않았든 상관없다.

실제로 화음진은 땅속에 숨은 자들을 상대하기 위한 진법이 아니라 마주 서 있는 적을 상대하기 위한 진이다. 두 눈을 부릅뜨고 병기를 꼬나 들고 있는 적을.

상대가 위험을 느꼈을 때는 이미 늦는다.

독에 중독당하고, 귀기스런 기망(氣罔)에 압도당해 일말의 인정만 남겨주기를 바라는 처지가 되어버린다.

독을 이겨내고 골인들의 모습을 태연히 쳐다보는 강자가 존재해도 화음진은 지속된다. 요지성녀의 경우처럼.

무공이다.

화음진의 정수(精髓)는 독이나 기망으로 이목(耳目)을 옭아매는 따위에 있지 않다. 독으로 중독되면 다행이고 안 되도 어쩔 수 없고, 기망이 통하면 좋고 안 되면 또 그런 것이고.

화음진이 전초전(前哨戰)에서 기대하는 것은 약간의 흔들림일 뿐이다. 상대가 흔들렸다 싶은 순간 전개되는 삼재(三才), 사상(四象)의 합격진(合擊陣)이야말로 화음진의 요체다.

이 요체는 환술(幻術)에 근간(根幹)을 둔 사진(邪陣)이다.

파시(破屍)는 미완성의 삼진사퇴합격진(三進四退合擊陣)을 내놨고, 오랜 세월 동안 유심동주와 사시가 머리를 맞대고 연구한 끝에 창안된 진법이 화음진이다.

어쨌든 상대가 삼진사퇴합격진과 마주치기 위해서는 독의 관문을 벗어나고 기망을 뚫어내야 한다. 그리고 눈앞에 서 있어야 한다.

이번 무인들은 아무것도 하지 못했다.

독도 뚫지 못했고 기망에서도 벗어나지 못했다. 화음진의 요체인 삼진사퇴합격진을 발동시킬 필요도 없다.

사라락……!

이화의 손에 들린 옥화가 활짝 벌어지며 꽃잎이 흩날렸다. 저미한 신음이 흘러나온 땅속을 향해.

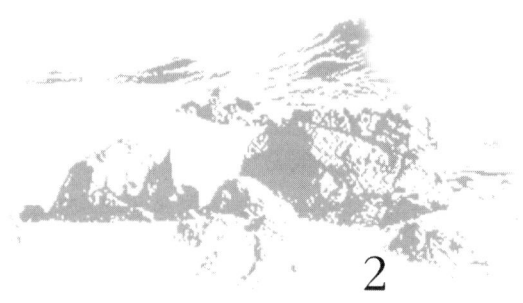

2

전초전(前哨戰)

광안은 하늘을 뚫어지게 응시했다.

양손에 들고 있는 유엽도(柳葉刀)가 금방이라도 하늘을 날듯 날카로운 광망을 토해냈다.

통음은 땅을 살폈다. 두 귀가 쫑긋 세워져 숲에서 들려오는 모든 소리를 잡아냈다.

그는 병기를 들고 있지 않았다. 단지 언제든지 신형을 날릴 수 있게끔 준비만 갖춰놨을 뿐이다.

광안과 통음의 귀에 역겨운 음률이 들려왔다.

사시가 불어대는 옥적 소리는 신묘한 효과가 있다. 언제 들어도 뱃속에 든 것을 게워내게 해주니까.

특히 인간의 능력을 벗어난 통음에게 사시의 옥적 소리는 고문이나 다름없었다. 그래서 그는 옥적 소리가 들릴 때마다 두 귀를 틀어막고 고통스러워했다.

사시와 삼화를 원망할 수도 없었다. 화음진을 완성시킨 장본인이 통음 자신이었으니까.

비락봉에서만 해도 화음진은 완성된 상태가 아니었다. 요지성녀를 어렵게 만들기는 했지만 화음진은 조금 더 세심하게 가다듬어야 하는 거친 단계였다.

독을 전개하는 것은 당호를 따라가지 못했고, 귀성(鬼聲)을 발출하는 것도 흉내만 낼 뿐이었다.

사시와 삼화가 능숙한 경지에 이른 것은 삼진사퇴합격진뿐이었다.

당호는 비락봉을 벗어나서도 꾸준히 하독(下毒)을 전수했다.

옥화는 손을 움직이는 것이니 그런대로 쉽게 따라 할 수 있었지만, 옥적을 바탕으로 하는 사시와 하독은 맹렬한 수련을 요구했다.

비락봉 수련으로 일류고수의 눈도 속일 정도가 되었지만, 당호가 요구하는 수준은 독사나 마단주조차도 속여 넘길 정도로 완벽한 하독이었다.

그러나 그것만으로는 화음진이 완성되지 못했다.

근본적으로 사시와 삼화는 귀성에 대한 이해가 부족했다.

통음은 소리에 대한 고저장단(高低長短)을 전수했다.

인간이 가장 큰 공포를 느낄 때의 음폭(音幅)과 음의 성질을 숙달시킨 것이다.

통음에게는 어려운 일이 아니었다. 인간 중 가장 밝은 귀를 지녔다는 그이지 않은가. 밝은 귀를 지녔다는 것은 세상의 소리를 명확히 구분해 낸다는 의미와도 상통한다.

자신이 듣기에 가장 역겹고 고통스러우며 공포가 치미는 소리는 무엇인가!

사시가 발하는 소리를 체감하고 상상의 소리와 비교하여, 조금 더 역겹고 공포가 치밀도록 음의 고저를 조절하여 주면 되었다.

그 결과 통음은 잠을 자다가도 식은땀을 흘리며 벌떡 깨어나는 일이 반복되었다.

전부 다 사서 자초한 고생이다.

이번에는 귀를 틀어막지 않았다. 미간을 찡그리기는 했지만 '저놈의 미친 소리 때문에 빨리 죽던가 해야지' 하고 툭 내뱉던 농담도 하지 않았다.

옥적 소리가 강도를 더해가더니 급기야 이화의 귀성까지 들려왔다.

그래도 광안과 통음은 움직이지 않았다. 광안이 들고 있는 유엽도는 여전히 손에서 떠나지 못했고, 통음도 신형을 날리지 못했다.

"벌써 빠져나간 것 같지 않아?"

광안이 좁은 눈을 하늘에 고정시킨 채 말했다.

통음은 청력의 집중도를 높이기 위해 눈까지 감았다. 그래도 소리는 들려오지 않았다. 아니다. 들리기는 했다. 숲에는 많은 곤충과 짐승들이 살고 있어서 온갖 소리가 버무려져 들려왔다. 하지만 그중에서 전서로 생각될 만한 소리는 전혀 잡히지 않았다.

새를 이용하거나, 화살을 쏘거나, 사람이 움직이지는 않았다.

여태까지 밀마를 전하지 않았을 리는 없고, 무인들의 밀마 전달 방식이 상식을 뒤엎는 색다른 방법이리라.

기어이 통음의 입에서도 침울한 소리가 새어 나왔다.

"빌어먹을! 도대체 어떤 방법을 쓴 거야!"

독사는 가부좌를 틀고 앉아 사시와 이화의 귀적(鬼笛), 귀성(鬼聲)을 음미했다.

독사의 표정은 편안했다. 귀적음이 강도를 더해가도, 귀성이 소름 끼치도록 날카롭게 피부를 저며와도 통음처럼 인상을 찡그리는 일은 없었다.

그는 아름다운 음률을 듣듯이 귀신의 울음소리를 감상했다.

"듣기 좋을 리는 없을 텐데…… 편안해 보입니다."

지천도가 인상을 찡그린 채 말했다.

사시와 삼화의 화음진은 누구에게나 고통이었다.

"편안해 보입니까?"

"교가를 떠날 때부터 쭉 그랬죠."

"그렇습니까?"

"뭐랄까… 멸혼촌에 있을 때도 그렇고, 비락봉에서 지옥 수련을 시킬 때도 그렇고 궁주님께서는 늘 여유가 있었죠. 하지만 그 여유는 마음에서 우러난 진정한 여유가 아니라 억지로 쥐어짜 낸 여유였습니다."

"그랬군요."

"때때로 늙은이의 눈은 독수리보다도 날카로운 법이죠. 그랬습니다."

"……."

"하지만 지금은 진정한 여유가 느껴집니다. 그런데 이상한 것이… 이해하지 못할 게 하나 있죠."

독사가 고개를 돌려 지천도를 바라봤다.

독사 옆에 가지런히 앉아 있는 지천도는 먼 허공에 눈길을 두고 있었다.

"그 여유란 것이 말입니다, 그게 이상해요. 궁주님께서 진정한 여유를 얻었다고 생각했을 때가 교가를 떠날 무렵이었죠. 그때는 심득(心得)을 얻지도 못했고 당 소저와 혜월 문제 때문에 고민이 깊었을 때 아닙니까? 그런 상황에서 진정한 여유를 얻을 수 있었다는 게…… 하하! 이 우둔한 늙은이에게는 이해가 되지 않습니다."

지천도가 할아버지의 마음, 자애가 깃든 미소를 띠고 독사를 쳐다봤다.

"……."

독사는 대답하지 못하고 고개를 돌려 버렸다.

진정한 여유, 무엇이 진정한 여유인가.

보는 사람에 따라서 쥐어짜 낸 여유로 보일 수도 있고, 지천도가 말하는 진정한 여유처럼 보일 수도 있지 않은가.

독사 자신은 변한 것이 없었다. 멸혼촌, 비락봉, 그리고 교가에서도 항상 같은 모습이었다.

아니다. 다른 모습이었다. 본인 스스로는 같은 모습이었다고 생각했을지언정 보는 사람은 달리 봤을 수도 있다.

인간의 기도(氣道)란 시시각각으로 변한다. 환경에 따라서 같은 사람일지라도 멋있어 보이기도 하고 초라해 보이기도 한다. 기도가 환경의 영향을 받아 변하기 때문에. 마음이 강해질 수도 있고, 약해질 수도 있는 것처럼.

개울가에서 심득을 얻은 것은 우연이 아니었다. 그전부터… 지천도의 말을 빌리면 교가를 떠날 무렵부터 독사의 몸속을 휘도는 진기가 영향을 미치고 있었던 게다.

심득은 하루아침에 깨달아진 것이 아니라 일찍부터 예고를 해왔던 셈이다.

지천도에게 그런 과정을 설명할 필요는 느끼지 못했다.

지천도가 모르고 한 말이 아니라 독사가 깨우치지 못하고 넘어가는 부분을 마음 상하지 않게 돌려서 말한 것이니까. 그것이 심득에 아무 영향을 미치지 않는 단순한 사실에 불과하더라도, 그런 것이 쌓여서 후일 또 다른 심득을 불러올 수도 있으니까.

"그렇군요. 교가를 떠날 때부터 여유가 있었군요. 진정한 여유. 아마도 그건 무공 때문만은 아닐 겁니다. 사람들, 사람들 때문이겠죠."

'황림 때문이야. 황림의 철부지 행동이 날 옛날의 독사로 돌아가게 만들었어. 무림이라는 장막을 걷고 세상을 보게 된 거야.'

어련주 황림.

꼬마 계집아이는 독사에게 보호 본능을 일깨워 주었다. 그것은 옛날 요빙에게서 느꼈던 감정과도 상통하는 것이었다.

황림은 독사에게 무림에 몸을 담기 전의 그, 세상과 부딪치며 살았던 그를 다시 찾아준 것이다. 그리고 그것이 지천도가 본 독사의 여유로운 모습이었다.

모순이지 않은가. 무인으로서는 가장 약했던 때의 모습이 가장 여유 있었다는 것이.

독사는 가부좌를 풀고 일어섰다.

"호원주께서 해주실 일이 있습니다."

"허허! 뭐든 말씀하시오."

"생쥐 한 마리를 잡아주셔야겠습니다."

"생쥐라…… 허허허! 그럼 음탑(音塔)은 헛고생만 했구려. 생쥐를 어디서 잡아와야 하오이까?"

한마디면 열 마디를 알아들을 수 있는 사이. 생쥐가 숨어 있었다는 게 놀랍지만 마냥 놀라고만 있을 수는 없다.

"길 따라 이십 장쯤 가다 보면 알게 될 겁니다."

"이십 장……. 허허! 궁주님의 눈썰미는 점점 예리해지는군요. 마구 오신이 울다 가겠습니다."

지천도가 일어섰다. 그의 손에는 어느새 뽑은 반도가 들려 있었다.

독사는 길 따라 가라고 했지만 애당초 길이란 존재하지 않았다. 무인들은 길이 없는 곳을 찾아내는 재주라도 지닌 듯 용케도 길 없는 곳만 골라서 갔다.

지천도는 무인들이 갔음 직한 곳, 지금까지 뒤따라온 경험상 산 정산에 못 미치는 팔부 능선을 따라 걸어갔다.

몇 걸음 걷지 않아 광안과 통음을 보았다.

석상처럼 꼼짝 않고 전신 감각을 모두 일깨우고 있는 모습이 아직도 밀마를 잡아채지 못한 게 분명하다.

'이들도 느끼지 못한 것을……. 광안의 안공(眼功)은 천안통(天眼通)에 버금가고, 통음의 청력은 천이통(天耳通)에 버금가거늘. 천골(天骨)은 존재하는가…….'

천골 존재 유무는 모든 무인의 관심사다. 그리고 무공을 갓 배우기 시작할 무렵에는 자신이 천골이라는 생각을 가진다.

하나 시간이 흐르다 보면 천골이란 존재하지 않는다는 쪽으로 생각이 굳어진다. 생각이 바뀌지기까지는 오랜 시간이 필요치 않다. 일일백련(一日百練)하여 천일수련(千日修練)한 후 병기를 잡을 무렵이 되면 세상에 천골이란 존재하지 않는다는 진실을 깨우치게 된다.

얼마나 깊게 생각하고, 얼마나 집중하여 수련하느냐에 따라서 천골과 범인으로 갈라지게 된다.

하지만 간혹 독사 같은 무인을 만나는 경우가 있고, 그럴 때는 천골이 존재하는 게 아닌가 하는 의구심을 떨쳐 버릴 수 없다.

평생을 수련해도 미치지 못한 경지를 젊은 나이에 단숨에 성취할 수 있는 힘은 어디서 나오는 것일까?

이해가 되지 않는다. 천골이라는 모호한 말을 들춰내는 수밖에는.

지천도는 평생을 살아오면서 독사와 같은 사람을 세 사람 봤다.

한 사람은 사형이자 도림을 맡고 있는 림주이며, 또 한 사람은 독사, 그리고 마지막 한 사람은 엽수낭랑이다.

그녀의 무공은 평범했다. 뛰어난 무공이기는 하지만 초절정고수들 사이에서는 평범하다고 볼 수밖에 없다.

그런 여인이 하루아침에 절정고수 반열에 올라섰다. 하루아침은 아니다. 시일이 얼마나 걸렸는지는 모르지만 분명히 일수일살과는 상대가 되지 않던 여인이 어느 틈엔가 뇌궁 이인자가 되고 말았다. 무공으로만.

그녀는 독사의 지도를 받았다. 무공도 전수받은 것으로 안다.

그렇다면 무공에 우열(優劣)이 존재한다는 말인데…… 그것도 승복할 수 없다.

세상이 존재하는 모든 무공은 수련하는 자의 깊이에 따라서 우열이 정해진다. 소림사의 무공이 가장 강한 것이 아니다. 소림사 무공을 익힌 승려 중에 강한 자가 존재하는 것뿐이다.

그러나 이런 모든 상식이 독사와 엽수낭랑을 보면 설명이 되지 않는다.

'천골은 존재하지 않는데… 무공에 우열이란 있을 수 없는데……'

생각을 거듭하는 중에도 발걸음은 한 걸음씩 떼어졌고, 독사가 말한 이십 장 거리에 들어섰다.

'다다르면 자연히 알게 될 것이다.'

알게 되었다. 주위를 쓸어보니 생쥐가 숨어 있을 만한 곳이 딱 눈에 띈다.

오른쪽에 수북이 쌓인 가시덩굴.

'저곳이군.'

독사가 말하지 않았다면 무심히 지나쳤을 곳이다. 가시덩굴에서는 어떠한 기도도, 느낌도 흘러나오지 않았다.

'이토록 존재를 숨길 수 있는 방법은 오직 한 가지. 귀식공(龜息功). 상당한 수련을 쌓은 자군.'

크게 염려는 되지 않았다. 손속을 부딪칠 일도 없을 게다.

생쥐가 귀식공을 펼치고 있는 것이라면 독사 말대로 진짜 찍찍거리는 생쥐에 불과하다.

귀식공은 전신의 감각을 죽여 버리는 무공이다. 이와 비슷한 무공으로 시마공(屍魔功)이 있지만 그건 사파 무인들이나 수련하는 것이고, 이들은 사도인으로 보이지 않으니 귀식공을 전개하고 있으리라.

귀식공이나 시마공이나 존재를 하늘 아래서 숨겨 버리는 것은 같다.

다른 점이 있다면, 귀식공은 인체에 미치는 영향을 고려하여 서서히 깨어나는 방법을 취하고, 시마공은 잠자리에서 벌떡 일어나듯 급격하게 깨어난다는 것이다.

귀식공을 풀고 온전히 무공을 전개하기 위해서는 무려 일 다경(一茶頃)이란 시간이 필요하다.

숨어 있는 자가 초절정고수라도 일 다경 안에는 생쥐다. 기력을 잃고 자리에 누운 병자나 다름없다.

손에 든 반도로 가시덩굴을 헤쳐 내자 조금 달라 보이는 곳이 한눈에 들어왔다. 다른 곳은 잡초가 우거져 있는데, 오직 한 곳만 풀이 말라 있다.

지천도는 서둘지 않고 흙을 파헤쳤다. 그리고 그 속에서 산송장처럼 누워 있는 무인 한 명을 발견해 냈다.

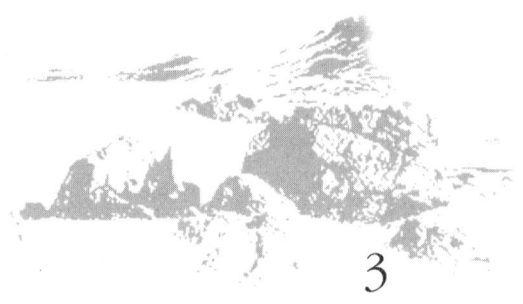

3

전초전(前哨戰)

'화금…… 요빙의 아들…… 독사가 사랑하는 요빙이 낳은 아들……. 잘 갔을까?'

문득문득 백화금의 삐뚤어진 모습이 생각났다.

백화금은 교가까지 무사히 갔을 게다.

삼지가 제일 먼저 교가 파락호들을 장악하고, 그 다음으로 어련을 장악해야 한다고 했을 때 쓸데없는 일을 하는 것은 아닌가 하고 회의를 느끼기도 했지만 효과는 바로 증명되었다.

어련은 교가에만 있는 것이 아니다. 수로(水路)란 수로는 모두 교가 어련과 연관되어 있다고 해도 과언이 아니다. 어련 사람들이 직접 움직이는 곳도 있지만, 그렇지 않은 곳도 어련을 무시하지는 않았다.

하다못해 어련과 연락이라도 취할 수 있으니 그만하면 전 수로에 깔려 있다고 봐도 무방하지 않은가.

독사는 어련을 완벽히 장악했다.

백화금을 어련 사람에게 맡길 적에 군말없이 떠맡은 것만 봐도 알 수 있다.

백화금은 교가에 무사히 당도했을 게다.

앞으로 백화금에게 신경을 많이 써줘야 한다.

아이 스스로는 아무렇지도 않은 듯이 행동하지만, 어려서 어미를 잃은 아픔은 반항이라는 행동으로 여실히 드러났다.

백화금과 같이 동행하는 동안 하루에도 몇 번씩 느꼈다, 성격이 거칠다는 것을.

하지만 지금은 백화금을 생각할 겨를이 없다.

중강(中江).

엽수낭랑은 중강에서 추적의 끈을 놓쳐 버리고 말았다.

삼태를 지나 중강을 따라 내려오기는 했는데, 지금까지 잘 이어져 오던 밀마가 뚝 끊어져 버렸다.

'혜월이 느껴지지 않아.'

엽수낭랑은 다급해졌다.

눈에 보이는 것이라고는 유유히 흐르는 강과 강을 끼고 드넓게 펼쳐진 논들뿐이었다.

혜월의 존재는 땅속으로 꺼져 버린 양 증발해 버렸다. 혜월뿐만이 아니라 무인들도, 훈장과 훈장 부인도 감쪽같이 사라져 버렸다.

'어디로 갔을까? 어디로…….'

사방을 휘휘 둘러보았지만 무인들이 갈 만한 곳은 아무 데도 없었다.

논, 논, 논…… 강, 강, 강…….

논을 가로질러 저쪽 끝에 닿으려면 한 시진은 족히 걸릴 것 같다. 강을 건너 반대쪽으로 간다고 해도 그쪽 역시 논이 펼쳐져 있어서 몸을 숨길 곳이 없다.

이쪽으로 오지 않았거나, 서로 간의 거리가 논을 가로질러 저쪽 끝에 닿을 시간인 한 시진 이상으로 벌어졌다.

'찾아야 돼. 어딘가 반드시 흔적이 남겨져 있을 거야.'

무인들은 조랑말을 가지고 있다. 조랑말 발자국이라도 남아 있어야 한다.

엽수낭랑은 주변을 샅샅이 뒤지기 시작했다.

없었다. 사람 발자국은 고사하고 조랑말 발자국조차 남아 있지 않았다. 강가에서부터 논까지 이 잡듯 뒤져 봤지만 사람이 움직였다는 흔적은 어디서도 찾을 수 없었다.

'여기로 오지 않았다는 말인데…… 여기로 왔다면 발자국이 남아 있지 않을 리 없어. 내가 잘못 느꼈나? 아냐, 그럴 리 없어. 분명히 이쪽으로 왔어.'

엽수낭랑이 혜월의 뒤를 좇을 생각을 하게 된 것은 그녀에게 암혼사가 있기 때문이었다.

암혼사는 멀리 떨어진 혜월을 손에 잡힐 듯이 가깝게 느끼도록 만들어주었다.

그녀 혼자 움직이는 것도 아니다. 무인들도 있고 십달통도 있다. 엽수낭랑이 느낄 수 있는 인기(人氣)가 그토록 많은데 잘못 느꼈을 리 없다. 지금까지 느낌대로 따라왔어도 아무 이상이 없었지 않은가.

뇌궁에는 완벽하게 제압당했을 때도 밀마를 남기는 방법이 있다.

사로잡혔을 때 밀마를 남기는 방법.

손발이 묶이고 마혈까지 제압당한 상태에서 밀마를 남기는 방법.

침을 뱉거나 흘리는 것이다.

첫 번째 침은 적게, 방향을 가리키는 시작이다. 두 번째 침은 많이, 끝을 가리킨다. 두 침의 간격은 일 척(一尺)에서 이 척(二尺) 사이. 첫 번째 침과 두 번째 침을 일직선으로 그으면 나아가는 방향이 된다.

미당환(味糖丸)이 있기에 가능한 방법이다.

사로잡히기 전 미당환을 복용하면 진기를 운용하지 않아도 인체의 당분을 끌어 모아준다.

그렇게 해서 뱉어낸 침은 단맛이 아주 강하여 개미 같은 작은 벌레들이 들끓게 된다.

밀마를 찾아내기는 쉽다. 하지만 이러한 밀마 방식은 인체의 균형을 심각하게 무너뜨리기 때문에 침을 뱉어내면 뱉어낼수록 극심한 현기증에 시달리게 된다. 그러다 종내에는 혼절까지 하게 되고, 심하면 죽을 수도 있다.

그야말로 완벽하게 제압당한 상태가 아니면 피해야 할 방법이다.

혜월은 그런 밀마조차도 남기지 않았다.

손발을 움직일 수 없을뿐더러 침까지 함부로 뱉을 수 없는 상황인 것이다. 아니면 그녀 스스로 밀마를 남기지 않았거나, 엽수낭랑이 뒤를 밟고 있다는 사실을 모르고 있을 수도 있고.

아니다. 보통 똑똑하지 않고서는 비시문 근처에 얼씬도 하지 못한다. 그녀는 비시문에서도 수위를 다투는 현자(賢者) 아닌가. 엽수낭랑이 뒤를 밟고 있다는 것 정도는 짐작하고 있을 터이고, 무인들이 두 눈을 시퍼렇게 뜨고 있어도 침을 뱉을 요량이었으면 얼마든지 뱉을 수 있다.

미당환의 악효(惡效)를 두려워할 리도 없다. 그 정도에 겁먹는 여인이라면 단신으로 무인들을 쫓아가지도 않았으리라.

결론은 하나다. 그녀 스스로 밀마를 남기지 않은 것이다.

'도대체 그놈의 총단은 어디 있는 거야! 밀마는 왜 사용하지 않는 거야! 무슨 생각으로!'

엽수낭랑의 마음은 개미굴처럼 번잡해졌다. 급할수록 마음을 고요히 가라앉혀야 한다는 것은 알고 있지만 혜월을 생각하면 몸에서 불이 붙는 것 같았다.

그러다 안절부절못하던 마음이 얼음이라도 얹힌 듯 차갑게 가라앉았다.

'강하다!'

누군가 다가오고 있다.

암혼사에 걸려든 진기는 소름 끼치도록 냉정하다.

허리를 꼿꼿이 세운 엽수낭랑은 천천히 뒤로 돌아섰다.

삼십여 장쯤 되는 곳에서 무인 한 명이 태산도 단숨에 무너뜨릴 듯 막강한 패도(覇道)를 줄기줄기 뿜어내며 걸어왔다. 천천히, 느긋하게 뒷짐을 지고.

'이런 사람이!'

사내의 첫인상은 한마디로 경이였다.

키가 큰 사내는 많이 봐왔다. 하지만 사내는 너무 컸다. 흔히들 키 큰 사내를 칠척장신(七尺長身)이라고 하는데, 사내는 말뿐이 아니라 정말 칠 척 장신이었다. 웬만한 사내들은 가슴에 닿을 만큼 컸으니.

몸집이 큰 사내도 많이 봤다. 그러나 사내는 그녀가 봤던 누구보다도 컸다.

허리 둘레만 해도 보통 사내의 두 배는 되는 것 같다. 가슴은 더욱 발달해서 작은 바위 두 개를 붙여놓은 것 같다. 주먹만 해도 그렇다. 이거야 원, 주먹 하나가 보통 사람들 얼굴만하지 않은가.

대체로 몸집이 큰 사내는 뚱뚱한 편인데, 사내는 그런 몸집과는 질이 달랐다.

근육으로 뭉쳐진 거대한 체구.

사내는 움직이는 바윗덩어리다.

그러면서도 전체적인 윤곽이 잘 짜여져 폭발적인 힘이 물씬 풍겨 나온다.

엽수낭랑은 사내와 마주 서자 마치 어린아이가 된 듯한 느낌이 들었다.

입이 무거운 사내.

두 번째 인상이 그렇다. 발걸음 하나하나에 묵직함이 실려 있다. 얼굴 윤곽이 굵직굵직해서 성품도 시원할 것 같다. 필요없는 행동은 하지 않고, 몸을 움직일 때는 반드시 목적한 바를 달성할 것 같다.

사내의 얼굴은 반이나 털로 뒤덮여 있지만 보기 흉하지는 않았다. 다른 사람들 같으면 수염이라고 말해야 하지만, 사내에게는 털이라고 말해야 할 듯싶다. 송곳처럼 굵고 날카로워서 몹시 거친 느낌이 든다. 하지만 또 그것이 매력인 것을.

인상만으로는 정도인(正道人) 중에서도 성품이 아주 강직한 정도인으로 생각되는 사내.

사내가 먼저 입을 열었다.

"여자와 다투기 싫다. 돌아가라."

사내는 조용하게 말했으나 천지가 웅웅 울리는 듯했다.

'아주 강한 자야. 얕볼 수 없어.'

엽수낭랑은 태연함을 되찾았다.

강렬한 패기를 느끼는 순간부터, 마음이 얼음장처럼 차갑게 가라앉는 순간부터 그녀의 마음은 고요했다.

"무슨 말씀인지 잘 모르겠네요."

모르긴 왜 모르랴.

사내는 추적하던 무인들과 한 부류. 추적을 눈치 채고 마중 나온 것을.

'들켰어!'

은밀히 추적한다고 했는데도 들키고 말았다.

어디서 잘못된 것일까? 언제쯤 발각된 것일까?

궁금함이 하나 가득 솟구쳤지만 지금은 그런 데 신경을 쏟을 겨를이 없었다. 다른 생각들은 모두 안으로 숨고 오직 하나, 혜월이 몹시 위험하게 되었으며, 그녀를 두고 물러날 수는 없다는 생각만 들었다.

사내는 엽수낭랑쯤은 안중에도 없다는 듯 시선을 강으로 돌렸다.

해가 지고 있다. 불그스름한 석양이 강을 물들여 물감을 뿌려놓은 듯하다.

"서로 알고 있는 이야기, 길게 늘어놓지 말자. 돌아가라."

엽수낭랑은 변명하지 않았다. 사내 말마따나 실없는 말도 하지 않았다. 가벼운 걸음걸이로 사뿐사뿐 걸어가 사내 옆에 서서 황혼에 물든 강을 쳐다보았다. 사내처럼.

"납치한 여자는 어떻게 할 건가요?"

"혜월 말인가?"

'알고… 있어. 어디까지 알아냈을까?'

혜월이 순순히 입을 열 여자는 아니다. 그렇다면 입을 열 수밖에 없
는 상황이었다는 말인데……. 힘들다. 역시 단신으로 무인들의 뒤를
쫓는 게 아니었다.

"그… 래요."

담담하던 마음에 동요가 일었다. 차분히 말하려고 했지만 음성이 갈
라져 나왔다.

"주제넘군. 지금은 혜월이란 여자보다 내 손아귀에서 어떻게 빠져나
갈 수 있을까 하는 고민을 할 때가 아닌가? 네 몸이나 건사하면 다행이
지. 내가 받은 명은 널 잡아오라는 것이다. 생사(生死)에 대한 부연 설
명은 없었다. 난 죽여도 좋다는 뜻으로 받아들였고."

뱃속에서부터 우러 나오는 듯한 음성이 뇌리에 틀어박혔다.

진실로 손을 쓸 것이라는 느낌이 육신을 짓눌렀다. 담담히 토해내는
말이 상당한 무게로 다가왔다.

'손을 쓰게 되면 평범한 수법은 전개하지 않을 거야. 죽이지 않으면
죽는 싸움이 되겠네.'

엽수낭랑은 결단을 내렸다.

사내가 돌아가라는 말을 했으니 발길만 돌리면 무사히 빠져나갈 수
있으리라. 하나 그럴 수 없다. 혜월이 적의 수중에 들어간 이상 어떻게
든 구해내야 한다. 그녀를 죽게 내버려 둘 수는 없다. 독사에게도 기별
을 넣어놨으니 달려오는 중이겠지만, 독사가 도착할 때쯤이면 늦을 수
도 있다.

'힘들겠지만 이자를 제압해야 돼. 현문 내에서도 보통 위치가 아닌
듯하니… 제압하기만 하면 혜월을 구해낼 방도가 생길지도.'

스르릉……!

엽수낭랑은 대답 대신 도를 뽑아 앞으로 쭉 내밀었다.

도신에서 발산되는 차디찬 한광(寒光)과 황혼의 포근한 빛이 무심하게 어울렸다.

사내가 고개를 돌려 도를 바라봤다.

"좋은 안시도(雁翅刀)군. 뛰어난 명도(名刀)야."

사내의 눈빛이 감탄으로 일렁거렸다.

오라비는 당대 제일의 장인(匠人)으로 불려도 손색이 없다. 당문 사람들은 자신의 병기를 손수 만들어 쓸 정도로 솜씨들이 뛰어나지만, 그 중에서도 당옥의 솜씨는 단연 으뜸이다.

사내가 도에서 시선을 거두며 말했다.

"난 세 번 이상 말하지 않는다. 마지막이다. 돌아가라."

"왜죠?"

"……."

"혜월은 잡아가면서 전 왜 돌아가라는 건가요?"

"혜월을 잡은 건 내가 아니다. 난 여자와 드잡이질을 하고 싶지 않을 뿐이야."

"원래 여자는 그렇게 무시하나요?"

"후후후! 무시라……. 솔직히 말하면 난 강호 여걸들이란 여자들에게는 관심없다. 아주 매력없는 여자들이지. 대단한 미모를 지녔는데, 검 대신 바늘을 쥘 수는 없었나?"

괴상한 분위기였다. 생사결(生死決)을 앞둔 사람들이 서로 마주 보지도 않고 어깨를 나란히 한 채 강을 보며 말하고 있다. 두 사람에게서는 아무런 기도도 뿜어 나오지 않았다. 살기, 패기, 적을 거꾸러뜨려야 한다는 각오조차 비치지 않았다.

엽수낭랑은 도를 뽑았지만 장인(匠人)이 갓 만든 도를 살펴보는 것처럼 도신에 물든 황혼 빛을 감상했다. 사내도 엽수낭랑이 든 도를 감상했다. 둘 사이의 삭막한 대화만 아니었다면 농익은 연인들처럼 보일 수도 있는 광경이었다.

"이 도가 당신을 향한다면 어쩌겠어요?"

"죽여야겠지. 무공이란 것을 배운 후, 맞상대한 자들 중 살려둔 자가 없으니까."

"그렇겠죠."

사내를 보는 것만으로도 그의 무공을 미뤄 짐작할 수 있다. 사내는 초일류고수. 그와 맞상대할 자는 손꼽을 정도에 불과하리라.

엽수낭랑은 몸을 틀어 사내의 옆모습을 정면으로 바라봤다. 그녀의 손에 들린 도는 자연스럽게 사내를 향했다.

"죽기로 작정했군."

"죽을 수도 있겠지만…… 혜월을 두고 갈 수는 없잖아요?"

"할 수 없지."

사내는 표정없는 얼굴로 고개를 끄덕였다. 그리고 허리춤에서 어디서나 흔히 볼 수 있는 삼 척 장검을 뽑아 들었다.

第六十一章

요명산(嶢冥山), 공동묘지

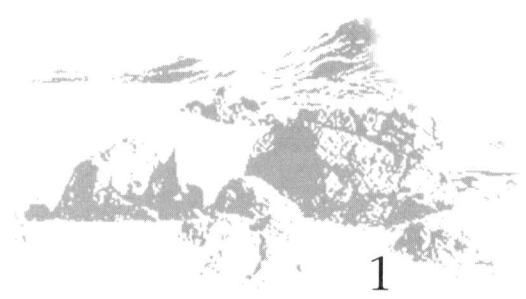

1

요명산(嶢冥山), 공동묘지

두 사람은 서로 얼굴을 대면하는 순간부터 싸움이 일어날 것을 예견했다.

엽수낭랑은 어쩔 수 없는 선택이었고, 사내는 잠깐에 불과한 만남에서 엽수낭랑의 성품을 읽어냈다. 아름답기만 한 여자는 아니다. 현명하기도 하고 결단도 있다. 이런 상황에서는 무림제일고수가 가로막아도 뚫고 갈 여자다.

'교검(巧劍)일 거야. 힘을 바탕으로 한 교검.'

교검이란 정교한 검법을 말한다. 정밀한 검법, 정확한 검법과도 상통한다. 파리나 모기를 절반으로 가를 수 있는 검법이다. 열 번을 가격해도 한 치의 오차도 없이 정확하게 한 부분만을 가격할 수 있는 검이다.

사내와 같이 선천적으로 장사인 무인들은 병기도 도끼나 철추 같은 중병(重兵)을 선택한다. 검도(劍刀) 중에서는 도를 택하곤 한다.

사내가 검을, 그것도 평범하기 이를 데 없는 삼 척 장검을 병기로 택했다는 것은 역(力)에 바탕을 둔 무공이 아니라 초식이 정교한 무공을 수련했다는 뜻이 된다.

또 하나, 사내는 그의 말처럼 여자를 얕보지 않는다.

여자와 손속을 맞대기 싫다는 말은 사실일 것이다. 그러나 싸움에 임해서는 조금도 방심하지 않는다. 엽수낭랑이 검을 겨누자 즉각 검을 뽑은 모습만 봐도 알 수 있다.

덩치가 산만한 사내는 검을 들고, 허리가 개미허리처럼 가느다란 엽수낭랑은 도를 들고 싸우는 싸움.

"선공(先攻)을 양보하지."

"그럴 필요 없을 것 같은데요."

엽수낭랑은 방위나이를 펼쳤다.

팔괘에 따라 생문(生門)과 사문(死門)이 정해지고, 사내 앞으로는 휴문(休門)을 놓았다.

사내가 보기에는 충분히 치고 들어올 수 있는 허점으로 보이리라. 그러나 무작정 밀고 들어왔다가는 보법 한 번 밟는 것만으로 휴문이 사문으로 변한다. 상대의 검이 이동하는 휴문, 허점을 쫓아가는 사이에 암암리에 준비한 사문이 치명적인 요혈을 파고든다.

"방위나이군."

사내는 한눈에 알아봤다.

'헛! 마단 고수들도 알아보지 못했는데!'

엽수낭랑은 깜짝 놀랐다.

신법이나 보법, 진법이란 상대가 모르는 데서 운용의 효(效)가 나온다. 어디로 이동할지 빤히 알고 있다면 움직이고 싶어도 움직일 수 없는 게다.

"자신할 만하군. 방위나이를 펼칠 정도라면 선공을 양보하지 않아도 되겠어. 먼저 말했지만 난 납치나 포로 같은 것은 취미없어. 최선을 다해야 할 거야, 죽지 않으려면. 그럼."

쉬이익!

사내가 비조(飛鳥)처럼 날아올랐다.

예측한 대로다. 움직이지 않을 때는 바위처럼 요지부동(搖之不動)이더니 움직이기 시작하자 멋들어진 제비의 움직임을 보여준다.

쉭쉭쉭!

검이 창날처럼 날카롭게 뻗쳐 나왔다. 사내는 단지 검을 몇 번 움직였을 뿐인데, 엽수낭랑은 송곳으로 찔리는 느낌을 받았다.

뿐만이 아니었다. 사내의 검공은 완벽한 수비 신법인 방위나이를 거침없이 무너뜨렸다. 그의 앞에 펼쳐 놓은 휴문이 종잇장처럼 찢겨 나갔다. 휴문에서 사문으로 돌리려고 했지만 사내는 그럴 여유를 주지 않았다. 맥(脈)을 정확히 짚은 검공은 엽수낭랑으로 하여금 도를 들어 맞부딪치게끔 강요했다.

"헛!"

엽수낭랑은 다급하게 헛바람을 내지르며 뒤로 물러섰다.

쾌공이라면 누구에게도 뒤지지 않을 자신이 있다. 뇌궁제일 쾌검수인 일수일살마저도 그녀에게 무너진 적이 있다. 한데……

쐐에에엑!

사내의 검에서 경쾌한 검풍이 일어나며 뒤로 물러서는 엽수낭랑을 압박해 들어왔다.

사내의 몸놀림은 엽수낭랑보다 빨랐다. 사내의 검은 자로 잰 듯 정확했다. 사내의 기도는 단단하기가 철벽 같아서 암혼사의 영력(靈力)조차도 뚫고 들어가지 못했다.

엽수낭랑은 사내의 생각을 읽어내지 못했다. 사내의 신법은 물론 검공의 변화도 감지하지 못했다. 반면에 사내는 엽수낭랑의 움직임을 샅샅이 파악해 냈다.

'어떻게 이런 일이…… 이건 불가능해!'

한쪽은 다른 쪽의 움직임을 꿰뚫어 보고, 다른 쪽은 상황마다 임기응변으로 대처할 수밖에 없는 싸움이라면 결과는 장님이라도 알 수 있다.

쒜에엑! 창창창……!

엽수낭랑은 반사적으로 도를 쳐냈다. 상대를 공격하는 도가 아니라 쳐오는 검을 막아내기 급급한 도다.

그녀의 도에는 막강한 진력(眞力)이 스며 있어서 명도(名刀)의 날카로움을 빌리지 않아도 철강장검쯤은 단번에 두 동강 벨 수 있었다.

권심시내기(拳心是內氣)의 묘리(妙理)로 장심에 모아진 진기가 도신(刀身)을 타고 흐르는 까닭이다.

하지만 사내의 장검에는 속수무책이었다. 전신의 모든 진기를 한 점에 모을 수 있는 권심시내기로도 동전 몇 닢이면 살 수 있는 삼 척 장검을 부러뜨리지 못했다.

사내의 검은 마치 도끼 같았다. 한 번씩 내려칠 때마다 바윗덩어리가 굴러 떨어지는 느낌이었다.

"헉!"

기어이 엽수낭랑의 입에서 헛바람이 새어 나왔다.

진기 순환이 제대로 이어지지 않는다는 증거다. 진기가 격탕을 일으키고, 그 영향으로 호흡이 헝클어졌다는 반증이다.

암혼사의 진기는 몸속에 숨어사는 완벽한 생명체다. 육신이나 정신과는 상관없이 자기 스스로 꿈틀거리며 돌아다닌다. 암혼사의 진기가 목적하는 것은 오직 하나, 맥을 따라 돌아다니며 정기신(精氣神)을 북돋아주는 것이다. 부족한 부분은 보충해 주고, 원만하면 더욱 증진시켜 주고……

암혼사가 존재하는 한 천 리를 달려도 진기가 고갈되는 일은 없다.

그런데 단 몇 합 만에 호흡이 흐트러졌다. 막강한 생명력을 가진 암혼사가 뿌리째 흔들릴 만큼 충격이 컸다는 소리다.

사내가 어떤 초식을 구사하는지 살펴볼 겨를도 없었다.

그녀가 할 수 있는 일이란 사방을 가득 메우며 달려드는 검의 그림자에서 벗어나는 것만이 유일했다.

'이대로는 당한다!'

엽수낭랑은 최대의 위기감을 느꼈다. 그녀가 무림에 출도한 후 정녕코 처음으로 맞이하는 위기였다. 백비에서 납치를 당했을 때도 위기였지만 지금처럼 절박하게 생사를 위협당하지는 않았다.

사실 그녀는 무림인이나 무림인으로 살지 않았다. 누구와 싸울 일도 없었고, 싸우지도 않았다. 유심동, 멸혼촌, 그리고 마단 고수들과의 싸움이 이어졌지만 그녀가 직접 무공을 펼칠 일은 없었다.

우습게도 그녀가 가장 심하게 무공을 펼친 것은 대화산 무생곡에서 있었던 독사와의 일전이다.

사내와의 싸움은 엽수낭랑으로서는 사실상 첫 번째 싸움이다. 그리고 첫 싸움에서 너무 강한 상대와 부딪쳤다.

까앙!

다시 한 번 검과 도가 부딪쳤을 때, 엽수낭랑은 손목이 얼얼해지는 충격과 함께 도를 놓쳐 버렸다.

주인 잃은 도는 잠시 허공을 푸드덕거리더니 멀찌감치 날아가 나뒹굴었다.

싸움은 끝났다.

일방적인 수세 끝에 병기를 놓쳐 버렸으니 싸울 의미가 사라졌다.

사내가 검을 단 한 번만 더 펼쳐 낸다면 추풍낙엽처럼 떨어져 나갈 목숨이다.

엽수낭랑은 손목의 충격이 큰지 왼손으로 오른손을 움켜잡고 주춤주춤 물러섰다.

사내는 엽수낭랑이 물러서는 거리만큼 천천히 다가섰다.

"싸움이 서툴군."

사내의 눈에 이채가 일렁거렸다.

"도를 통해서 전달된 진력, 방위나이 같은 절정의 신법. 순간순간 날카롭게 독아(毒牙)를 드러내던 도(刀). 초절정고수로서 손색이 없는데 희한하게 싸움에는 약하군. 흔히 말하는 실전 경험 부족인가?"

사내는 검을 전개하지 않았다. 그렇다고 놓아줄 생각도 없는 듯했다. 검을 전개하면 반드시 살검(殺劍). 사내의 눈가에 머물고 있는 무심함만으로도 충분히 짐작할 수 있다.

그렇다. 사내는 지금 승자의 여유를 즐기고 있는 게다.

실전 경험이 부족하기는 사내도 마찬가지다. 싸움에서는 한순간도 방심해서는 안 되는 것을. 기회가 다가왔을 때 부서져라 꽉 움켜잡아야 하는 것을. 상대가 손가락조차 움직이지 못하는 전신 불구라 할지라도 말이다.

엽수낭랑은 사내가 생각하는 것처럼 큰 충격을 받지 않았다.

단지 손목이 얼얼한 정도에 불과. 살아 있는 생명체, 암혼사는 들끓는 혈기를 단숨에 진정시켰고, 고동치는 심장도 제자리에 돌려놓았다.

찰나 만에 모든 게 정상으로 돌아왔다.

진기가 제자리를 잡으니 의기소침하던 마음도 사라지고 투지가 팽팽하게 곤두섰다.

진기는 육신에만 영향을 미치는 것이 아니다. 인간의 정신도 진기와 어깨를 나란히 하고 같은 길을 걷는 것이다.

"안타깝군. 그대처럼 아름다운 여인이 검을 잡았다니. 그대에 대한 호의로 깨끗한 죽음을 주지. 그나마 다행으로 알 것이, 만약 요부(妖婦) 기질이 조금이라도 엿보였다면 상당히 고통스럽게 죽었을 거야. 여자, 그것도 그대 같은 미인을 죽이는 내 심정도 언짢다는 것만 알아두길."

"말이 없는 사내인 줄 알았는데, 말이 많군요."

"……."

"이 싸움은 제가 이긴 것 같은데요?"

"……?"

"이제 말해 줘야겠어요. 현문 무인인가요?"

"하하하!"

사내는 어처구니없다는 듯 앙천광소(仰天狂笑)를 터뜨렸다. 하지만 그의 얼굴은 삽시간에 일그러졌다.

"독……?"

"현문이 맞나요?"

"독을 쓰다니. 방심했군."

사내의 얼굴에 핏줄이 불거져 나왔다. 피부 색도 홍시처럼 발갛게 달궈졌다.

"대답하지 않는군요. 상관없겠죠. 당신이 온 길… 추적의 실마리는 찾았으니까."

"언제 하독했나? 하독 솜씨가 상당하군. 무림에서 이 정도라면……당문, 당문인가?"

사내의 신형이 술 취한 사람처럼 비틀거렸다. 연약한 어린애가 손가락만 갖다 대도 뒤로 벌렁 나뒹굴 것 같았다.

"후후후! 이제 알겠어. 당문에서 축출당한 기녀(妓女)가 한 명 있지. 엽수낭랑 당안령. 그렇군. 역시 멸혼촌 골인들은 몰살당하지 않았어. 마단이… 마단이 놓아주었군. 놓아주었어, 놓아주지 않고서야 살아 나올 수 없지. 없어."

사내의 마지막 말은 자조(自嘲)에 가까웠다.

엽수낭랑도 사내의 말을 듣고 한 가지 사실을 확인했다. 역시 현문 무인이라는 것.

사내가 검을 떨어뜨렸다. 의지는 꼭 쥐고 싶으나 덜덜 떨리는 손에는 힘이 남아 있지 않았다.

'끝났어. 검까지 놓쳤다면…….'

엽수낭랑은 등을 돌렸다.

사내는 끝났다. 돌아볼 여지도 없이, 그는 죽는다.

빙굴의 이끼, 음경지의로 만든 독에 중독당해서 살아날 사람은 없다. 독을 만들기는 했지만 해독약은 만들지 못한 독, 절체절명의 위기가 아니었다면 결코 하독하지 않았을 독이다.

사내가 지금까지 버티고 있는 것은 그의 내력이 상상을 초월할 만큼 심후하기 때문이리라.

저벅! 저벅!

엽수낭랑이 두어 걸음 떼어놓았을 때,

파파팟! 쒜에엑! 꽈지직……!

등 뒤에서 들소가 달려오는 듯한 소리가 들려왔다. 또한 도끼로 종잇장을 찢는 듯한 소리도.

'마지막 공격. 엄청난 내력이군. 아직도 이런 공격을 할 힘이 남아 있다니.'

엽수낭랑은 방위나이를 펼쳐 옆으로 두 걸음 비켜섰다.

사내는 단 한 번 공격할 내력밖에 남아 있지 않다. 그가 내력을 일으키는 순간, 음경지의 독은 진기를 따라 급속하게 퍼질 것이다. 진기를 일 주천시키면 독도 일 주천한다. 진기는 혈맥을 보호하지만, 독은 혈맥을 파괴시킨다. 진기가 독을 이겨낸다면 체외로 배출시키는 것도 가능하지만, 음경지의 독은 끈끈이처럼 달라붙어 떨어지지 않는다.

일격을 펼친 후, 사내는 죽는다.

그러나 세상일은 엽수낭랑의 생각처럼 순조롭게 돌아가지 않았다.

페에엑……!

날카로운 경풍이 곧장 그녀를 향해 짓쳐 왔다. 두 걸음 옆에서 멈췄어야 할 경풍이 계속 따라붙었다. 그것도 그녀가 신법을 전개하는 것보다 더욱 빠른 속도로.

경고!

암혼사가 위험을 알려왔다. 무의식적으로 느낀 위험은 즉각 전신진기를 끌어올리는 행동으로 이어졌다. 말로 표현할 수 없을 만큼 짧은 순간에 이루어진 반응이다.

하지만 상대는 빨라도 너무 빨랐다. 아니다. 독을 너무 과신한 나머지 해서는 안 될 행동, 방심을 해버린 탓에 기회를 놓쳐 버린 것이다. 방심한 사내를 중독시키기까지 했으면서.

　상대의 공격이 일수일살 정도만 되었어도 피할 수 있었을지 모르지만, 사내의 이번 공격은 엽수낭랑이 겪어본 것 중에서 가장 빨랐다. 방금 전 사내와 싸울 때 겪어보았던 검초는 상대가 되지 않을 만큼.

　그야말로 최선을 다한 일격이다.

　퍼억!

　둔탁한 소리와 함께 엽수낭랑은 실 끊어진 연처럼 나가떨어졌다.

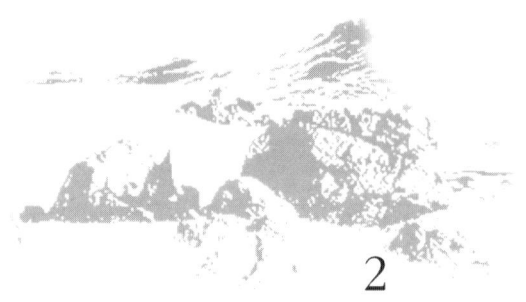

2

요명산(嶢冥山), 공동묘지

사시와 이화가 잡아온 무인이 세 명, 지천도가 어깨에 들쳐 메고 데려온 무인이 한 명.

무인들은 마혈(痲穴)을 짚힌 채 혹은 혼절한 채 널브러졌다.

"요놈들 정말 기가 막힌 방법을 쓰네. 이건 우리도 배워야겠는걸."

광안이 가져온 것은 흙이 잔뜩 묻은 소나무 껍질이었다.

사시에게 제압된 무인들이 숨어 있던 땅속에서 찾은 무인들의 밀마다. 껍질은 삭아 있고, 흙이 잔뜩 묻어 있는 것으로 보아 땅속에 묻혀 있었던 것처럼 보인다.

"난 아무리 찾아도 보이지 않더만."

통음이 헤벌쭉 웃으며 말했다.

광안은 통음은 쳐다보지도 않고 독사에게 껍질을 내밀었다.

껍질 겉면에는 아무런 표식도 없었다. 하지만 안쪽으로 뒤집어보자

다급히 갈겨쓴 글자 몇 자가 보였다.

가장 위쪽에는 '이(二)' 라는 글자를 썼다가 가운데를 횡으로 줄을 그었고, 그 아래에는 '팔(八)' 이라는 글자를 썼다가 또 지웠다. 가장 밑에 적힌 글자는 '미상(未詳)' 이었다.

이들의 임무는 싸우는 것이 아니었다. 예측했던 대로 추적자가 있는지 없는지만 파악하는 것이 주임무였다. 귀식공까지 펼치며 따로 숨어 있던 무인은 만일을 대비한 복병. 숨어 있던 자들이 제압당하거나 살상당할 경우, 상황이 종료된 후에야 귀식공을 풀고 나온 무인이 밀마를 전달하게 된다.

사람이 직접 움직이는 것으로 전혀 급하지 않은 밀마 전달 방식이다. 그러면서도 추적을 당하는 자들보다 빠르게 밀마를 전달해야 하니……

"길을 돌아가고 있군요. 이자들은 지름길로 달려갈 테고. 귀식공을 풀고 달려가려면 두어 시진쯤 필요할 테니, 지름길과 돌아가는 길은 아마…… 반나절쯤 차이가 날 것 같네요."

대물이 쓰러져 있는 무인들을 보며 말했다.

"그 말은 현문 비밀 총단이 반나절 거리에 있다는 말인가?"

통음이 물었다.

"아니죠. 반나절 만에 도착할지 하루가 걸릴지 이틀이 걸릴지 모르지만 이들이 도착하는 것과 앞선 무인들이 도착하는 게 반나절 차이가 난다는 말이죠."

"쩝! 난 또…… 다 온 줄 알았네."

대물과 통음이 말을 주고받는 동안 독사는 잡아온 무인들만 뚫어지게 바라봤다.

모두들 독사가 무슨 생각을 하고 있는지 짐작하지 못했다.

무인들을 고문이라도 해서 그들이 정말 현문도인지 알아보려는 것일까? 아니면 현문 총단을 이들 입에서 알아내려는 것은 아닌지.

아닐 것이다. 무인들은 죽을지언정 입을 열지는 않는다. 경험상 이런 자들의 입에서 무엇인가를 얻어내려면 상당한 시간과 독심(毒心)이 필요하다. 그런 노력을 기울여도 알아내지 못할 경우가 다반사다.

한마디로 이들에게서 무엇인가를 알아내려는 노력은 공연한 시간 낭비에 불과하다.

얻어낼 것이 없고, 의식이 있어서도 안 된다면 결론은 하나로 귀결된다.

죽이고 가야 한다.

묶어놓는다거나 하는 방법으로 제압해 놓고 가는 방법은 위험천만하다. 그럴 바에는 차라리 건드리지 않는 것만도 못하다. 건드리지나 않았으면 단지 인원 수만 밝혀지는 것으로 끝나겠지만, 지금은 무공 수준까지 드러났다.

억울한 죽음이라고는 할 수 없다. 현문도가 아닐 수도 있다는 우려도 배제된다. 이들이 혜월을 납치한 순간부터 서로 죽고 죽여야 하는 적이 되었다.

뇌궁을 건드린 자, 모두 적이다.

사시와 이화, 지천도가 무인들을 잡아올 때부터 무인들의 운명은 결정지어져 있었다.

독사가 생각에 잠긴 채 명을 내리지 않자 답답해진 광안이 입을 열었다.

"저… 궁주님, 지금도 많이 늦었는데 더 늦으면 아무리 눈깔이 밝은 저로서도……."

그래도 독사는 명을 내리지 않았다.

보다 못해 통음이 지천도에게 눈짓을 했다.

뇌궁이란 무인 집단을 만들고, 서로 존중해 주는 사이에서 상하간으로 바뀌었지만, 그래도 독사는 여전히 연장자를 존중했다. 적어도 지금까지는 독단적으로 어떤 사안을 결정한 적이 없었다.

지천도가 말을 꺼낸다면 독사도 움직여 주리라.

그러나 지천도는 통음의 눈짓을 못 본 척 먼 산만 바라봤다.

통음은 대물을 쳐다봤다. 지천도 다음으로 결단을 촉구해 줄 사람은 대물이다. 그는 독사의 깨벅쟁이 벗이자 두뇌로 뇌궁을 움직이는 삼지 중 한 명이니까.

이들을 빨리 죽이고 부지런히 뒤를 쫓아야 하는데 무슨 생각을 그리 깊이 하고 있단 말인가.

통음은 대물과 눈을 맞추지 못했다. 대물은 고개를 수그려 땅만 쳐다본 채 발길로 작은 돌들을 툭툭 차댔다.

'생각을 충분히 해. 그리고 결단을 내려. 우린 기다리지. 궁주님의 명에 죽고 살잖아.'

대물은 마치 그렇게 말하는 듯 보였다.

"무슨 문제가 있나?"

통음이 광안을 보고 물었다.

광안은 어깨만 으쓱할 뿐 대답하지 못했다. 모르기는 그도 마찬가지였으니까.

일 다경이라는 시간은 지극히 짧다.

사람을 만나 이야기를 나누다 보면 눈 깜짝할 사이에 흘러가 버릴 시간이다.

하나 조용하기만 한 산중에서, 하릴없이 입을 꾹 다물고 일 다경이라는 시간을 흘려보내는 것은 무척 지루하다. 더군다나 한시라도 급히 뒤를 쫓아야 하는 입장에서는 마음속이 개미굴처럼 번잡해진다.

'이러면 놓치고 말지. 포기했나?'

통음과 광안이 같은 생각을 떠올리며 포기 쪽으로 마음의 가닥을 잡을 때, 독사가 움직였다.

"호원주께서는 어떻게 생각하십니까?"

아닌 밤중에 홍두깨라더니 딱 그 짝이다. 뭘 어떻게 생각한단 말인가. 한데 지천도는 말을 알아들었는지 촌각도 망설이지 않고 즉시 대답했다.

"허허! 의외로 결정의 시간이 빨리 왔군요. 아니, 늦었는지도 모르겠고. 늦었다는 게 맞을 겁니다. 뇌궁을 발족할 때 결정했어야 할 사안인데."

"……."

"결정이 서셨습니까?"

"쉽지 않군요."

"허허! 그럴 겁니다. 이 늙은이도 세상에 욕심이 남은 것은 아니지만 잃어버린 세월이 너무 많아서 결정이 쉽지 않군요. 대물, 자네 생각은 어떤가?"

화살이 대물에게 돌려졌다.

"쉽게 생각해야죠."

"쉽게라…… 그게 어떤 생각인고?"

"대형, 아니지. 궁주님. 궁주님도 호원주 어른처럼 힘든 세월이 많았던 것 같네요. 쉽게 결정하지 못하는 걸 보니."

"말해 봐. 하고 싶은 말."

"영은촌의 독사라면 어떻게 했을까…… 이 생각을 하니 해답이 나옵디다. 그때 우리는 주색잡기에서 헤어 나오지 못하는 파락호들이라고 손가락질받고 다녔어도 참 즐거웠죠. 우리 나름대로는 떳떳하게 말할 수 있는 행동 지침도 있었고. 그때야 어디 마도니 정도니 알기나 했나요? 좋은 놈, 나쁜 놈만 있었지."

"하하하하!"

독사가 크게 웃었다.

"대물, 여전하구나. 빙빙 돌려서 말하는 버릇은."

"이제야 알아주네. 말을 많이 했는데도 마 일지 말에 솔깃해서 한마디도 듣지 않더만."

독사는 옅게 웃었다. 웃는 듯 보였다. 그의 웃음을 정확히 볼 수 없었다. 허리춤에서 뿜어져 나온 자광(慈光)이 너무 강렬해서 일순간 시선을 빼앗겨 버렸다.

강렬한 자광은 순식간에 마혈이 제압당한 무인 네 명의 혼을 빨아들였다.

"엇!"

무인들의 죽임을 재촉하던 광안도 너무 급작스런 행동에 놀라고 말았다.

독사는 태연했다.

"많이 늦었는데, 추적할 수 있겠습니까?"

"하하하! 궁주님, 걱정 붙들어매십시오. 눈은 이렇게 실눈이라도 천리를 본다는 것 아닙니까. 금방 따라잡을 수 있습니다."

"갑시다."

"넷!"

독사의 행동은 정녕 이해할 수 없다. 무엇을 망설였고, 무엇 때문에 급할 것이 없는 죽음을 그렇게 강렬하게, 빨리 내렸는가. 그것도 손수.

무엇 때문인지는 알지 못했지만, 앞서 나가는 광안의 등줄기에는 식은땀이 흘러내렸다.

갑자기, 왜 소름이 돋는 것인지…….

주적(主敵)이 누구냐.

물어볼 것도 없이 마단이다. 마단은 언젠가는 나타날 것이고 뇌궁전 궁도의 목숨을 위협할 것이다. 그들 말을 빌리자면 독사가 영원불멸의 무공을 완성했을 때.

마단과의 관계만 생각하면 주적을 선정하는 건 간단하다.

무림.

무림에서의 주적은 누구일까? 골인들이 있으니 무림문파와 섞여 살수 없는 입장이다. 그들과 섞이는 순간 그들은 마단의 표적이 된다.

사천무림은 주적이 아니다.

과연 그럴까? 문제는 그렇게 간단치 않다. 사천무림의 문파 중에는 현문이 있고, 어찌 된 연유인지 사천무림은 현문의 말을 가볍게 흘려듣지 않는다.

문제는 현문에 있다.

일수일살과 냉설 등이 무엇 때문에 멸혼촌에 왔는가. 왜 골인들을 도륙했는가. 모두 현문이 암중에서 조정한 까닭이다.

골인과 현문은 적이다.

촉나라를 세운다고 했을 때는 마단과 현문, 어느 쪽도 용서하고 싶지 않았다. 삼정(三鼎)이 되어 마단과 현문을 동시에 상대한다는 의도가 배어 있다.

현문의 말을 무시하지 않는 사천무림.

현문은 그들을 배후에서 농락할 능력이 충분하고, 그럴 경우에 뇌궁은 전 무림을 상대해야 한다. 계속 촉나라를 고집한다면, 현문을 적으로 돌린다면. 그때가 되면 싸우고 싶지 않아도 무림인들이 눈에 불을 켜고 달려들 게 뻔하다.

무인 네 명을 죽이는 데 망설인 것은 그들의 죽음이 단순히 몇 사람이 죽는 것에 그치지 않기 때문이다. 어쩌면 전 무림을 상대해야 하는 시발점이 될 수도 있다.

결정은 내려졌다.

'촉을 세운다. 전 무림이 적이 된다면, 상대해 준다. 한 걸음도 내딛지 못하고 죽는다면 그것도 운명이다. 뇌궁을 건드리는 자는 마단이든 현문이든 용서 않는다.'

영은촌의 독사 시절에는 그랬다. 독사 패거리를 건드리는 자는 반드시 보복을 당했다. 영은촌에서 패악을 부리는 자는 독사와 상대할 각오를 해야 했다.

무서울 것이 없었다.

독사 패거리가 원했던 것은 누구에게도 구속받지 않는 자유로운 삶이었다. 한가장이 지닌 엄청난 금전의 위력에 반항하다 보니 주먹질을 하게 된 것일 뿐.

상대하지 못할 자를 만나서 얻어터지게 되면 쓰러지는 것이요, 죽게 되면 죽는 것이다.

지금이 꼭 그때와 같은 상황이다.

자신이 펼칠 수 있는 가장 빠른 쾌검으로 움직이지 못하는 네 명을 죽인 것도 그 때문이다.

뇌궁이 발족할 때 정립해 놨어야 할 문파의 성격을 이제야 굳힌 것이다.

'뇌궁을 건드리지 마라. 건드리면 모두 죽는다.'

앞서 나가던 광안이 씩 웃으며 말했다.

"놈들, 완전히 마음이 풀린 것 같네요. 이렇게 흔적이 많아서야 눈 먼 장님도 찾아내겠는데. 어! 강이네?"

광안과 통음은 추적의 단서를 잃어버렸다.

강에는 아무 흔적도 남아 있지 않았다.

배를 타고 건너갔나 싶어서 강변을 샅샅이 훑어보았지만 배를 댔던 흔적은 어느 곳에도 없었다.

강변은 무른 진흙이었다. 배를 타고 반대편으로 건너가지 않았다면 강변을 걸었다는 이야기인데, 강변에도 발자국은 남아 있지 않았다.

"그것참, 요상한 놈들이네. 미친년처럼 흔적을 사방에 깔고 다니던 놈들이 이렇게 감쪽같이 증발해 버릴 수도 있나? 논을 뒤져 봐야겠어. 산에서도 길이 없는 곳만 골라서 갔던 놈들이잖아. 분명히 이리로 왔으니 어딘가 흔적을 남겼을 거야."

광안이 가는 눈을 더욱 좁히며 논으로 들어갔다.

통음은 귀를 기울였다. 멀쩡하던 사람들이 하늘로 솟구칠 리는 없으니 분명히 어딘가에는 있을 게다. 광안이 흔적을 찾아내지 못한다면 주변 어딘가에 숨어 있을 공산이 크다.

그러나 통음을 비웃기라도 하는 양 소리는 일절 들리지 않았다.

지천도는 독사에게 희망을 걸었다.

독사는 이미 추적의 달인이 되었다. 보지 못하는 것을 볼 수 있고, 듣지 못하는 것을 들을 수 있다. 이번 행보(行步)에서 가장 큰 수확이라면 현문 총단을 찾는 것이 아니라 독사가 얻은 심득이다.

어쩌면… 정말 어쩌면 마단과의 싸움도 승산이 있을지 모르겠다.

독사는 광안과 통음이 쩔쩔매며 주변을 뒤질 때부터 인상을 찡그리며 무엇엔가 집중했다.

'역시 궁주님이 무언가 느꼈어.'

사시와 이화는 논 속에 숨어서 주위를 감시했다.

그녀들은 자하부 음탑 소속이지만 단 한 명뿐인 호원을 지원할 요량으로 출행한 사람들이다. 당연히 이번 출행에서 그녀들의 임무는 독사를 호위하는 것이다.

숨어 있는 그녀들은 주위를 샅샅이 살폈다.

독사를 중심으로 반경 삼 장 이내에는 개미새끼 한 마리 얼씬거리지 못하게 할 각오다. 그런데,

쉬익!

독사의 신형이 한 마리 비조처럼 날아올랐다.

"엇!"

경악성을 터뜨린 사람은 지천도였다.

그의 직함은 명색이 호원주. 바로 궁주의 호법인데, 궁주가 혼자 몸을 날릴 동안 멍하니 서 있었다니.

독사의 신법은 음탑이나 지천도가 따라갈 엄두도 나지 않을 만큼 쾌속했다.

지천도와 사시, 이화가 독사에게 이르렀을 때, 그들은 독사가 한 여인을 안고 있는 모습을 봤다

"엇! 자하부주!"

모두 대경실색했다.

엽수낭랑은 의식이 없었다. 입에 가는 핏줄기를 흘리고 있는데, 그것도 시간이 오래 경과해서인지 검은 갈색으로 변색되어 있었다.

'당했어. 극심한 내상(內傷). 너무 늦었어.'

엽수낭랑을 본 사람들의 머리 속에 죽음의 그림자가 물결쳤다.

무공으로 평가해 볼 때 엽수낭랑은 명실 공히 뇌궁 제이인자다. 독사를 제외하고는 그녀를 쉽게 어쩔 수 있는 사람은 없다. 그렇다고 그녀를 두려워하는 사람도 없다. 생각을 해본 적은 없지만 싸움 상대로서의 엽수낭랑은 '해볼 만한 상대'가 될 것이다.

엽수낭랑의 목 동맥에 손을 대고 있던 독사가 말했다.

"음탑만 남고, 사주 경계."

음성에 가는 떨림이 배어 나왔다.

독사는 엽수낭랑을 안아 들고 강으로 갔다.

"방원 십 장. 그림자조차 들어서는 안 될 터."

사시와 이화는 대답하지 않았다. 대답조차 필요없었다. 그녀들은 음지의 일부인 것처럼 보이지 않는 곳으로 스며들었다.

지켜야 할 공간은 방원 십 장이다.

독사가 내린 명령은 남아 있는 사내들도 들었다. 또한 독사가 엽수낭랑의 옷을 벗기기 시작하자 황급히 십 장 밖으로 물러서서 사주 경계에 돌입했다.

엽수낭랑을 나신(裸身)으로 만든 독사는 자신도 옷을 벗었고, 알몸이 된 뒤에는 엽수낭랑을 안아 들고 물속으로 들어갔다.

물속에서 독사는 엽수낭랑을 꼭 껴안았다. 등 뒤에서 겨드랑이 사이로 손을 뻗어 봉긋한 가슴을 움켜잡고 얼굴을 오른쪽 어깨 위에 올려놓았다.

치료하는 모습으로 보이지는 않았다.

운우지락(雲雨之樂)을 끝낸 한 쌍의 남녀가 타다 남은 불꽃의 여운을 즐기는 모습처럼 비쳤다.

독사는 치료를 하지 않았다. 그 상태 그대로 목석이 되었다. 흐르는 시간과 상관없는 사람이…….

음경지의는 극독이다. 또한 명약이다.

체내로 흡수할 수 있다면 명약이 되는 것이고, 흡수하지 못하면 절명한다.

엽수낭랑의 상태는 위중했다.

다행히 절명하지는 않았지만, 독사가 알고 있는 어떤 방법으로도 소생시킬 수 없을 만큼 저승에 가까이 간 상태였다.

슬픔, 분노, 비통…….

온갖 감정이 회오리쳤지만 그녀를 구해야 한다는 한 가지 생각이 만가지 생각을 몰아냈다.

독사는 어느 때보다도 냉철해졌다.

순식간에 마음의 평정을 찾을 수 있었던 것은 전부 암혼사 덕분이다. 그동안 체득한 심득이 세상 보는 눈을 크게 넓혀주었고, 인생사에 대한 생각도 키워주었다.

다행히도 엽수낭랑은 음경지의를 지니고 있다.

멸혼촌 빙굴에서 발견한 원형은 아니지만, 그것으로 만든 독은 지니고 있다.

음경지의를 복용시켰다.

저승 문턱에 다다른 사람을 되돌려 오는 데는 극약 처방밖에 남은 게 없다. 설사 음경지의가 듣지 않는다고 해도 독사가 할 수 있는 일은 그것밖에 없었다.

그런 후, 음경지의가 체내에서 활동하는 모습을 관찰했다.

음경지의가 활동을 시작해서 한기를 뿜어내기 시작한다면 일말의 가망이 있다. 전혀 움직이지 않는다면 인체의 기관이 모두 상실된 것으로 숨은 붙어 있으나 죽었다고 봐야 한다.

목 동맥에서 한기가 새어 나왔다.

동맥에 댄 손끝에서 짜릿한 한기가 느껴졌다.

'살아 있어!'

머리 속에 달달 외우고 있는 천이백마흔네 자 암혼사 진결 중에서 이체전공(二體轉空)이라는 글자를 끄집어내는 것은 어렵지 않았다. 엽수낭랑의 상세를 보는 순간에 툭 튀어나왔다고 하는 편이 옳으리라.

지천도를 비롯해 뇌궁 식솔들이 다가온 것은 그때였다. 이미 치료를 시작했고, 차후 행동까지 머리 속에 그려진 다음에.

'물은 피와 같아. 공기보다는 물이 효과적이야.'

두 사람의 기운이 하나로 뭉쳐지는 상태가 이체전공이라면, 이체전공을 하기 위한 최적의 장소는 물속이다.

망설임없이 물속으로 들어온 독사는 즉시 운기를 시작했다.

다른 사람이 보면 가슴을 움켜잡고 있는 것처럼 보이겠지만, 그의 한 손은 엽수낭랑의 단전(丹田)에 대어져 있었다. 그리고 또 다른 한 손은 심장에 얹혀졌다.

단전에 댄 손에서는 무한한 잠력이 쏟아져 나와 엽수낭랑의 암혼사를 자극했고, 심장에 댄 손은 급격하게 폭발하는 진기와 음경지의의 한기에서 심장을 보호했다.

독사가 할 수 있는 것은 그것이 한계다. 남은 것은 엽수낭랑의 생존 본능이 되살아나 그녀 스스로 자신을 살리는 일이다.

시간이 무심하게 흘러갔다.

일 다경, 반 각, 한 시진······.

물속 바위가 된 두 사람에게서 움직임이 일어난 것은 그로부터 반나절을 훌쩍 넘긴 후였다.

"커억!"

엽수낭랑의 상체가 크게 휘청이더니 검은 핏덩이를 토해냈다.

"내상을 입었고, 음경지의를 복용시켰다. 정체된 혈정(血精)은 배출했지만 독 기운에서 해방된 것은 아냐. 진기를 일으켜 음경지의를 몰아내 봐."

속삭이듯 작게, 부드럽게, 정겹게 들리는 소리.

엽수낭랑은 정신을 차렸다.

사태가 어떻게 돌아가는지는 금방 알아차렸다. 독사가 자신을 구했다는 것을. 그가 어떻게 자신을 발견했는지는 모르지만 어쨌든 그가 구해주었다는 것을.

운공을 하여 손상된 맥을 살펴봤다.

'이··· 상해? 음경지의를 복용시켰다고 했는데 아무 느낌도 없어. 진기가 원활하고··· 손상된 맥도 없어. 모두 정상이야. 어떻게 이런 일이……?

그녀 자신도 이해하지 못할 상황이었다.

자신이 독을 만들었지만 해독약은 만들지 못한 극독. 중독되면 죽음밖에 남지 않는 최악의 극독.

독에는 면역이 되는 독과 수십 번을 중독되어도 면역이 되지 않는 독이 있다.

음경지의로 만든 독은 후자다.

면역 가능성을 배제하고 생각하면 해독밖에 남지 않는데, 그녀가 알고 있는 어떤 방법, 어떤 약재로도 음경지의의 독은 해독되지 않는다.

분명한 것은 불가능한 해독이 이뤄졌다는 것이다.

몸에 이상이 없다는 것을 발견하자, 다음은 현재의 상황에 초점이 맞춰졌다.

물속, 바짝 밀착된 독사의 몸, 가슴에 얹혀 있는 독사의 손.

몸에 가는 전율이 일었다. 가슴이 두근거리고 얼굴이 붉어졌다. 독사의 얼굴을 마주 볼 수는 없지만, 그의 가슴에 얼굴을 파묻고 싶다는 갈망이 일어났다.

"괜찮……."

무엇인가 말하려던 독사가 입을 꾹 다물었다.

엽수낭랑의 체내 변화를 세세하게 관찰하고 있었으니 색다른 변화도 감지해 냈고, 그것이 상처와는 무관하다는 사실도 깨달은 것이리라.

독사의 손이 미끄러지듯 흘러내렸다.

엽수낭랑은 뒤로 빠져나가려는 독사의 손을 움켜잡았다. 그리고 다시 가슴에 올려놓았다.

"조금만… 조금만 이렇게……."

"……."

"조금만… 조금만……."

엽수낭랑은 가슴에 느껴지는 압박을 느꼈다.

손이 빠져나갈까 봐 자신이 갖다 댄 손이 아니라 독사가 갖다 댄 손이다. 힘이 들어간 손이 가슴을 만지고 있다.

"조금이면 돼요, 조금이면……."

단전에 대어져 있던 손이 허리를 휘감았다. 가슴을 만지는 손에도 더욱 힘이 들어갔다. 그러다 한순간 그녀의 몸이 돌려졌고, 낯선 감촉이 그녀의 입술을 짓눌렀다.

"흡! 아……!'

저항하지 않았다. 달콤한 맛이 입 안 가득 맴돌도록.

"귀마개가 있었으면 좋았을걸. 다음에는 꼭 귀마개를 준비해야겠어. 크크크!'

"난 볼 수 있는데. 볼까?'

"보지 않았다면서 어떻게 알아? 눈깔을 뽑아버리기 전에 곁눈질 그만 해. 그러잖아도 작은 눈이 사팔까지 될라. 큭큭!'

잘 익기 시작한 벼에서 풍기는 냄새가 유난히 싱그러웠다.

3

요명산(嶢冥山), 공동묘지

사내는 흔적을 거의 남기지 않았다. 광안이 아니었다면 결코 찾아내지 못했을 게다.

"이게 발자국이란 말이죠?"

"발자국이지 그럼 뭐로 보여?"

"정말 눈… 하나는 밝네요."

"너, 방금 눈깔이라고 하려고 했지!"

"귀 먹었어요? 눈이라고 했잖습니까, 눈!"

대물과 광안이 티격태격했다.

광안은 흔적이라고 찾아냈지만 다른 사람들 눈에는 여느 곳과 다를 바 없는 평범한 진흙 더미처럼 보였다. 눈여겨 살펴보면 약간 누른 듯한 형상이 보이기도 하지만, 그것도 발자국이라 생각하고 봐서 그렇지 선입견이 없다면 도저히 발자국이라고는 생각할 수 없었다.

"아무래도 무리 아녜요? 이걸 발자국이라고 우기기에는."

광안은 대물을 상대하지 않고 발자국을 유심히 관찰했다.

"이놈 이거… 상당한 거인이군."

"그거야 아까 당 소저가 말했으니……."

"주둥아리 좀 닥치고 가만히 있어라. 삼지면 삼지답게 묵직한 맛이 있어야지, 사내자식이 촐싹거리기는."

대물은 통음에게 구원의 눈길을 보냈지만, 통음은 좌정한 채 눈을 꼭 감고 신경도 쓰지 않았다. 보나마나 통음의 온 신경은 두 귀에 모아져 있을 게다.

"발 길이만 두 뼘이 넘어. 이런 발에 정통으로 맞으면 이가 왕창 나가겠는데. 키는 못해도 칠 척이고…… 보자, 음경지의에 중독된 상태가 이 정도라면 상당한 고수군."

"모두 아까 당 소저가……."

대물은 광안이 지적해 낸 발자국을 발자국으로 보지 않았다.

그의 생각에 추적은 틀린 일이었다. 그렇다고 혜월이 납치되어 갔는데 뒤를 쫓지 않을 수도 없고.

'이러고 있을 때가 아냐. 지금이라도 삼태로 돌아가서 현문을 건드리는 거야. 거기서부터 추적을 다시 시작해야 돼. 빠르면 빠를수록 좋아. 신빙성이 일 할도 안 되는 이런 것을 보면서 이러고 있을 시간이 없어.'

대물은 광안이 평지나 다름없는 진흙 더미를 보고 발자국이라고 우겨대는 게 야속하기까지 했다.

그러나 광안에게 핀잔을 주려던 대물의 입은 독사의 눈초리를 대하는 순간 쏙 들어가 버렸다.

'조용히 해.'

독사가 눈으로 말했다.

대물은 그제야 입을 다물고 광안을 주시했다.

"신발은 밑면이 평평한 가죽신……."

광안이 혼잣말로 중얼거렸다.

'정말인가? 이게… 발자국이란 말인가?

광안의 행동은 심상치 않았다. 그가 중얼거린 말들은 모두 엽수낭랑이 말해 준 것과 일치했다. 아니다. 다른 말들이다. 똑같은 말이지만 다른 점이 있다. 모두가 알고 있는 말은 엽수낭랑이 해준 말이고, 지금 광안이 중얼거리는 말은 그가 발자국을 보고 파악해 낸 점을 말하는 게다.

"발자국…… 넌 어디로 가고 있는 거냐. 말해 봐. 어디냐. 어디로 가고 있는 거야."

광안이 주위를 뒤지기 시작했다.

오래 뒤지지도 않았다. 다른 사람들이 보면 역시 평평한 땅이나 다름없는 곳에서 멈춰 섰다.

광안은 작은 막대기를 주워 발자국과 발자국을 일직선으로 이었다.

사람들의 시선이 일직선을 쭉 따라가 저 멀리에 닿았다.

산이 보였다. 삼각산(三角山)처럼 앞쪽에 두 개의 작은 산이 나란히 서 있고, 그 뒤쪽으로 큰 산 한 개가 우뚝 솟아 있다.

"요명산(嶢冥山)이라는 곳이지. 산이 높고 험하지만 길지(吉地)라는 소문이 있어서 무덤을 많이 썼어. 사람이 죽으면 이곳 사람들은 죄다 저곳에다 묻는다고 봐도 옳을 걸세."

지천도가 말했다.

지천도는 독사 일행 중 주변 지리에 가장 정통했다. 이곳에서 무공을 수련했으며 웅지를 키워 나갔다. 그의 문파가 있는 중강은 아니지만, 그리고 그가 도림에 있을 때와는 사뭇 많은 풍경이 바뀌었지만 아직도 중강 일대 곳곳을 기억하고 있었다.

"강을 따라간 게 아니군요."

엽수낭랑이 말했다.

"키키키! 이제야 알겠어. 간단한 속임수였어, 속임수. 키키키!"

광안이 어깨를 들썩이며 웃어 젖혔다.

"궁주님, 놈들은 저기서 배를 타고 간 것 같네요."

광안이 강과 맞닿아 있는 작은 돌 더미를 가리켰다.

일부러 깔아놓은 것은 아니고 자연적으로 발생한 돌무덤.

"저기에 배를 대놨으니 배 댄 흔적을 찾을 수 없었지. 저기서 배를 타고 강을 거슬러 올라가다…… 키키! 저기. 저기쯤에서 내렸을 겁니다. 요명산인지 북망산(北邙山)인지로 가려면 저기가 최고로 적합한 장소일걸요?"

광안이 아스라이 먼 곳을 가리켰다.

다른 사람들 눈에는 그저 먼 곳일 뿐이나 광안의 눈에는 어떤 형체가 보이는 듯.

가는 도중, 광안이 옳게 봤다는 것을 증명해 주는 단서가 나타났다.

강가에 죽은 조랑말이 널브러져 있었다. 강을 따라 멀리 흘러가도록 강심(江心)에서 죽인 모양인데, 어떤 연유로 흘러가지 않고 강가로 밀려온 모양이다.

"세 가지가 확인됐네요."

대물이 멋쩍게 웃으며 말했다.

"내가 옳았다는 것?"

광안이 대뜸 받았다.

"그게 한 가지죠."

"다른 하나도 짐작할 수 있지. 추적의 기본이거든."

"말씀해 보실래요?"

"현문 비밀 총단이 가까이에 있다는 것 아냐? 조랑말을 죽였다는 것은 더 이상 끌고 갈 필요가 없다는 뜻이니까."

"박수."

"마지막 한 가지도 맞춰볼까?"

"하하! 제가 괜한 말을 꺼낸 것 같네요. 이런 것도 추적술의 기본인가요?"

"당연하지. 추적이란 조그만 것에서 큰 것을 알아내는 것이거든. 마지막 하나는 말야, 저놈들이 강에 대해서 모른다는 거야. 강은 그저 흐르는 것이 아니지. 물살 따라 이리 휘고 저리 굽으며 흐르지. 우리 눈에는 그 물이 그 물인 것 같지만, 저 속에서는 엄청난 움직임이 일어나고 있어. 물살. 물살을 잘 파악해야 해. 나중에 쫓기는 일이 있으면 강으로 도주하는 게 좋을걸?"

"하하하! 정확하네요. 가만히 보니 추적도 머리 나쁜 사람은 못할 것 같네요."

대물의 말에 광안이 눈을 게슴츠레 뜨며 말했다.

"지금 그 말은 뭐야? 지금까지는 내 머리가 돌머리였다는 말이야!"

"아뇨. 그런 말이 아니라……."

"요걸 그냥! 한주먹감도 안 되는 게 입방아만 찧고 있어!"

보다 못한 통음이 둘 사이에 끼어들었다.

"왜들 이래! 한두 살 먹은 어린애들도 아니고. 사실 말이 나왔으니 말이지만 광안의 머리가 조금 나쁜 것은 사실이지. 대물 너도 촐싹촐싹 입방아 찧는 건 사실이고. 킥킥!"

"뭐야! 통음 너……!"

"어! 왜 화살이 내게 돌아오나? 난 사실만 말했을 뿐인데."

말을 먼저 시작한 사람은 대물이었다. 하지만 대물은 이번 대화에서 빠졌다.

웃음을 억지로 참던 끝에 고개를 돌렸는데… 농담 속에 끼어들 여유를 잃게 되었다.

독사의 행동이 심상치 않았다.

팔짱을 끼고 지천도가 요명산이라고 말한 산을 노려보고 있다. 머리는 여인처럼 뒤로 묶었고, 이마에도 푸른 천이 묶여 있다.

이 모습…… 기억에 있다.

'빌어먹을! 또 싸움이군.'

대물은 영은촌 독사가 싸우던 모습을 생생하게 기억해 냈다.

영웅건(英雄巾)은 반드시 필요했다. 이마에서 흘러내리는 땀도 막아주고 머리카락이 산발하여 시야를 가리는 것도 막아준다.

독사는 푸른 천으로 영웅건을 대신했다.

그가 애용하던 건 땀내가 진하게 배인 무명 천이었지만, 요빙을 만난 후로는 푸른 천으로 바뀌었다.

"요빙이 가장 좋아하는 색깔이야."

그 후부터 독사는 싸움이 벌어질 때마다 늘 푸른 천을 이마에 두르고 팔팔 날았다.

"궁주… 님, 아직 요명산까지는……."

"넌 여기 남아."

독사는 항명을 불허하겠다는 듯 단호하게 말했다.

"내참, 어처구니없어서…… 이런 걸 보고 토사구팽(兎死狗烹)이라고 하는 건가. 궁주님, 아직 사냥개를 쓸 일이 있을 텐데요? 현문 비밀 총단이 요명산에 있다고 장담할 수도 없는 것 아닙니까."

"대물, 쓸데없는 말 하지 말고 남아."

독사는 단호했다.

현문 비밀 총단이 요명산에 있다고 확신하는 듯했다.

그 점은 대물도 확신했다. 말로는 확신하지 못한다고 했지만 이번처럼 확실하게 믿을 수 있는 일도 드물다.

무인들이 조랑말을 죽인 것은 최대의 실수다.

그들은 조랑말이 필요없어서 죽였다. 걸어갈 길이 얼마 남지 않았다는 뜻이다. 또한 그들의 목적지가 조랑말을 끌고 갈 수 없는 곳이라는 뜻도 된다.

요명산은 북망산(北邙山). 사방이 무덤이니 총단이 있다면 지하에 건립되어 있으리라. 당연히 조랑말을 끌고 들어갈 수 없을 만큼 입구는 좁을 것이고.

조랑말을 풀어놓아도 높고 험한 산이니 사람들 눈에는 띄지 않겠지만 혹시 모르지 않는가, 누군가의 눈에 띌지도. 사람에게 길들여진 조랑말이 인가 한 채 없는 요명산에 돌아다니고 있다면 고개를 갸웃거리지 않겠는가.

현문 비밀 총단은 요명산에 있다.

독사도 그 점을 알았기에 푸른 천을 꺼내 이마에 두른 것이겠지.

대물은 이대로 주저앉을 수 없다는 생각에 사로잡혔다.

싸움이 일어났을 때, 아무 도움도 되지 못하는 것은 인정한다. 하지만 자신의 잔머리로 무엇인가 해결할 일이 있지 않을까?

대물이 다급하게 말했다.

"정말 섭섭하게 말하……."

"대물."

독사가 말을 끊었다.

"넌 한 번도 싸움판에 끼어든 적이 없어. 그렇지?"

"그거야 영은촌에서는 그랬지만……."

"난 널 한 번도 비겁하다고 한 적이 없어. 왜 그랬을까?"

"독사……."

대물의 음성이 가늘게 떨렸다. 감동이라는 느닷없는 일격에 참패를 당한 모습이었다.

"그때처럼 해줘."

"후후후! 모를 줄 알았는데 알고 있었네. 이래서 대형이 좋다니까. 좋아, 남지. 아니다. 남겠습니다. 뒤는 제게 맡기고 안심하고 다녀오십쇼. 그런데 뭘 하나? 여긴 논뿐이니 도움을 청할 사람도 없고."

대물은 파락호였지만 파락호답지 않게 싸움을 못했다. 독사가 거둬서 독사 패거리에 들게 했으니 파락호가 되었지, 그렇지 않았다면 결코 파락호가 되지 못했을 인물이었다.

하나 대물은 제 몫을 톡톡히 했다. 싸울 상대에 대해서 정보를 수집해 주고, 공격 계획을 세워주었고, 독사 패거리가 싸움에 나간 다음에는 항상 만일에 대비해 구명책을 강구해 두었다.

그가 강구한 구명책은 단 한 번 쓰였다.

한가장 한림을 격살한 후에 만신창이가 된 독사와 불곰을 한천으로 데려가고, 한천 둑에 토굴을 파서 숨긴 것이 단 한 번 쓰인 구명책이었다.

"에라이! 어떻게 되겠지. 다녀와. 아니, 다녀오세요. 여기까지만 오면 안전하게 탈출할 수 있도록 해놓을 테니까."

독사는 미소를 지었다.

"그래. 대물, 믿는다."

독사는 광안과 통음도 남겼다.

"가장 잘 보고 가장 잘 듣는 사람이 뒤에 남아준다면 좋을 겁니다. 쫓길 경우 미리 알아보고 준비해 줄 테니."

"알겠습니다."

광안과 통음은 순순히 대답했다.

이번 추적은 싸우기 위한 추적이 아니다. 혜월을 구출하고 가능하다면 무인들의 면면을 파악해 내는 것이 주목적이다. 전면전이라면 한 사람의 힘이라도 더 필요하겠지만, 지금은 소수만으로도 충분하다.

세 사람을 뒤에 남긴 독사는 쾌속하게 달려나갔다.

"호원주께서 남으실 곳입니다."

지천도는 의외의 말에 눈을 부릅떴지만 이의를 달지는 않았다.

궁주가 남으라면 남는 것이 수하의 도리다. 하지만 자신이 왜 남아야 하는지는 정확히 알아야 한다.

"머리가 노쇠해서 궁주님의 의도를 모르겠습니다."

독사는 대답 대신 주변을 돌아봤다.

삼각산으로 들어서는 초입 부분은 많은 사람들이 다녀서인지 윤이

날 정도로 길이 닦여져 있다. 길의 폭도 넓어서 팔인(八人) 상여(喪輿)가 부딪침없이 교차할 만했다.

길은 주봉(主峰)인 뒤쪽 산까지 이어져 있다.

정말 높고 험한 산이지만 풍경을 감상할 구석은 없는 산이다. 태초에는 아름다웠을지 몰라도 온 산을 빼곡 메운 묘지들 때문에 을씨년스러움만 가득 풍긴다.

산세도 확연히 드러났다.

멀리서 봤을 때는 독립된 산처럼 보이던 앞에 두 산이 실상은 주봉에서 뻗어 나온 가지였다.

사람을 껴안을 때처럼 주봉에서 뻗친 두 갈래 산이 팔뚝을 지나 팔꿈치에서 부드럽게 휘어지며 주먹에서 우뚝 솟았다.

요명산의 세 산은 모두 한 뿌리였으며, 세 산 모두 크고 작은 묘지로 가득했다.

"명당이지 않습니까?"

"……?"

지천도는 곤혹스러웠다. 요명산이 명당인 줄은 알고 있지만 묘지를 물색하자고 온 것은 아니지 않은가.

"백 명으로 천 명을 막을 수 있는 요지 아닙니까."

지천도는 확연히 깨달아지는 바가 있었다.

"그렇군요. 여기는 한번 빠지면 헤어나지 못하는 수렁이었군요. 허허허! 백 명, 백 명은 넘을 겁니다. 알겠습니다. 나오실 때는 저쪽으로 나오십시오."

지천도는 좌측 산 육부 능선을 가리켰다.

잡목이 빽빽하게 들어차서 속을 들여다볼 수 없는 곳이었다.

사시와 이화, 엽수낭랑도 남겨졌다.

잘 닦여진 길을 따라 걸어 들어가다가 주봉 산자락에 닿았을 무렵이었다.

"여기 남아."

"네."

"…왜?"

대답을 했는데도 독사는 되묻지 않을 수 없었다. 얼굴을 빤히 들여다보는 모습이 무엇인가를 더 듣고자 하는 것 같았다.

"할 말이 그것뿐이에요?"

"그럼 뭘……?"

"어휴! 됐어요. 가세요. 몸조심하구요."

독사는 매정하게 등을 돌려 산길을 걸었다.

엽수낭랑이 듣고 싶어 하는 말이 무슨 말인지 안다.

왜 꼭 확인을 하려는 것인지. 마음으로 느꼈으면 믿으면 될 것을.

요빙을 만나서 가장 먼저 배운 게 끊임없이 확인시켜 줘야 한다는 것이었다.

"무슨 사내가 그래? 내가 꼭 먼저 연락해야겠어? 충동을 못 이겨서 한 거야? 그러면 그렇다고 말해. 치사하게 몸 좀 더듬은 것 가지고 바짓가랑이 물고 늘어지지 않을 테니까."

사랑한다고 말했다. 애무를 하면서 세상에서 가장 든든한 바람막이가 되어주겠다고 낯간지러운 말까지 했다. 그 말은 한 치의 거짓도 없는 진심이었다.

사흘 동안 피 말리는 싸움이 있었고, 혈인(血人)이 되어 돌아와 보니 요빙에게서 전갈이 와 있었다. 만나자고.

그때부터 배우기 시작했다. 사랑이란 마음속에만 담가둬서는 안 된다는 것을. 끊임없이 확인시켜 주어야 한다는 것을.

엽수낭랑이 듣고 싶은 말이 그것일 게다. 확인.

단순한 충동에서 입맞춤을 한 것인지, 애정이 깃든 입맞춤을 한 것인지.

'요빙…… 영아…….'

요빙과 엽수낭랑의 얼굴이 겹쳐서 떠올랐다.

요빙에게는 서슴없이 확인을 시켜줄 수 있었지만, 당안령에게는 아무 말도 할 수 없었다.

충동 때문에 그녀를 안고 입맞춤한 것은 아니다. 어느새인가 당안령이라는 여자는 요빙처럼 마음 깊이 자리하는 여인이 되었다. 애써서 누이동생으로 대하고 있지만 결코 누이동생이 될 수 없다는 사실은 독사 자신이 잘 안다.

하지만 지금은 아무 말도 해줄 수 없다.

사랑한다는 말을 하기에는 요빙이 너무 불쌍하지 않은가. 너무 가련하지 않은가. 자신을 살리기 위해 불구덩이에 몸을 맡긴 여인인데, 그런 여인을 두고 어떻게 다른 여인을 사랑할 수 있단 말인가.

어른들은 세월이 약이라고 했다.

죽은 사람은 죽은 사람이고 산 사람은 어떻게든 살게 되어 있다고 했다.

독사는 그것이 무서웠다.

망각. 요빙을 잊는다는 것. 요빙이 점점 멀어져 간다는 것.

대화산 무생곡에서는 무공 진전이 더뎠어도 행복했다. 어느 한날 요빙을 잊은 적이 없고, 틈이 날 때마다 요빙과 대화했다.

얼마 전 암혼사를 삼성까지 끌어올렸다.

일성과 이성의 차이가 천양지차이듯, 삼성의 경지는 예전의 자신으로서는 엄두도 못 낼 경지다.

그러나 조금도 행복하지 않다. 암혼사를 삼성의 경지로 이끌 때, 그의 마음속에 요빙은 없었다. 오직 무공만이 존재했고, 무공에만 몰두했다.

그런 무공이라면 십성의 경지를 이룬들 행복하지 않다.

영은촌을 떠날 때만 해도 영원히 함께하겠다고 다짐했는데…… 언제부터인가 깜빡깜빡 망각하는 순간이 생기기 시작했다. 뿐만 아니라 다른 여인까지 마음에 담았다.

그것만 해도 죽을죄를 지은 것 같은데 어떻게 사랑한다는 말까지 할 수 있는가.

'여기까지야. 이제 다시는 그런 일이 없을 거야. 다시는……. 영아, 네게 못된 짓을 했구나. 비겁하지만 난 도망가야겠어. 내게 사랑은 사치인 것 같으니. 미안하다.'

굽이진 산길을 돌아 엽수낭랑이 보이지 않게 되자 비로소 깊은 숨을 토해냈다.

엽수낭랑이 보는 앞에서는 숨소리마저 크게 낼 수 없었다. 혹시 그 소리조차 사랑의 밀어로 받아들일 것 같아서. 혹여 무심히 한 행동을 잘못 받아들이지나 않을까 해서……

산 중턱.

독사는 엽수낭랑도 요빙도 잊었다.

십 장쯤 떨어진 곳에서 뿜어져 나오는 열기(熱氣)에 온몸이 후끈 달아올랐다.

지열(地熱)이 있는 곳도 아니고 화산(火山)도 아니다.

들이마시고 내쉬는 숨 속에 주변의 기운과는 전혀 다른 뜨뜻한 열기가 가미되었다.

사람이 숨어 있다.

느낌은 낯익다. 사시와 이화가 잡았던 무인들에게서 풍겼던 느낌과 비슷하다.

'역시······.'

요명산을 들어선 후, 지천도를 남길 무렵부터 예상했던 지점이다.

정확한 지점은 짚어내지 못했다. 단지 눈짐작으로 이만한 산세, 이런 요지에서 가장 중심이 되는 곳은 어딜까 하는 생각을 했고, 주봉 칠부 능선을, 칠부 능선 중에서도 산봉에서 일직선으로 그어져 내려온 곳을 심장이라 여겼다.

군인이 전쟁을 한다면, 적을 요명산 안으로 끌어들여 포위 공격을 한다면 그때 수장(首將)은 어디에 위치하는 것이 좋을까?

두말할 것도 없이 심장이라 여긴 곳이다.

그곳이라면 요명산 안쪽이 한눈에 보일 것이다. 앞쪽 두 산보다도 높은 위치여서 드넓게 펼쳐진 논과 강과 보이리라.

그 위쪽은 자리 잡기에 적당치 않다.

안으로 파고들지 않고 배후를 찔러오는 적이 있다면, 주봉 저쪽에서 산을 넘어 달려드는 적이 있다면 신속하게 대응할 수 없는 위치다.

이모저모를 따져 보면 역시 칠부 능선 한가운데다.

열기가 뻗쳐 나오는 곳은 딱 산의 중간, 오부 능선쯤이었다.

'시작이군. 경계가 삼엄할 테니 가급적이면 신속하게.'

독사는 소리나지 않게 검을 뽑았다.

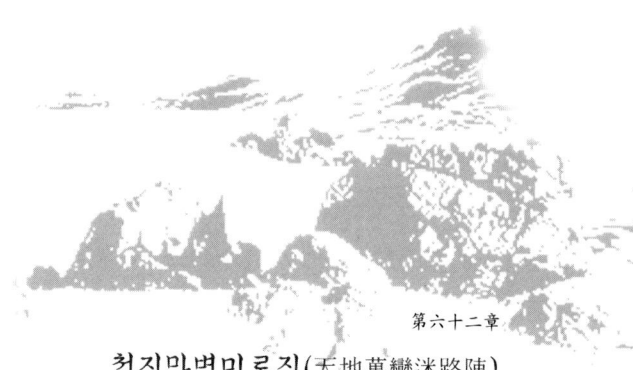

第六十二章

천지만변미로진(天地萬變迷路陣)

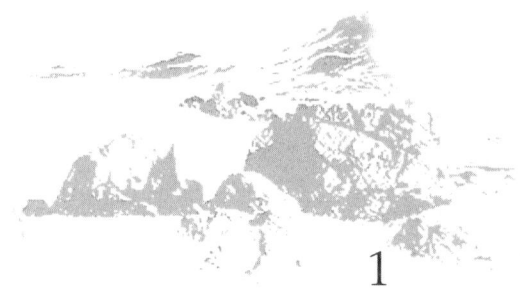

1

천지만변미로진(天地萬變迷路陣)

"제일초(第一哨)가 사라졌습니다."

현문제일 후기지수로 추앙받는 석정하였다.

그의 기도는 많이 변해 있었다. 몇 년 전만 해도 온몸에서 투지가 들 끓어 올라 팽팽한 생기를 느낄 수 있었지만, 지금은 조용함 속에 싸늘한 냉기만 풍겨 나왔다.

"자세히 말해 봐. 제일초가 사라지다니?"

석정하가 한쪽 무릎을 꿇고 보고를 하는 사람은 그의 사부인 소천검객이 아니었다.

칠잔앙, 두 다리가 없는 일곱 명의 불구 노인이었다.

그중에서도 석정하는 칠잔앙 중 수좌(首座), 현문에서는 일잔앙이라고 부르는 노인에게 보고를 했다.

다른 노인들은 차를 마시기도 했고, 그림을 그리는 사람도 있었으며,

가벼운 담소를 나누는 사람도 있었다. 세상사를 달관한 듯한 그들은 석정하의 말에 귀를 기울이지 않았다. 자신들과는 상관없는 속세의 일인 양 무심했다.

"보고해 올 시간이 지났습니다."

"몇 번이나 빠졌지?"

일잔앙이 물었다.

"두 번입니다."

"죽었군."

"……"

"확인해 봤나?"

"하지 않았습니다."

"잘했어. 손님은 어디서 왔지?"

"아직 파악하지 못했습니다, 단지 추측만 할 뿐."

"알고 있는 걸 모두 말해 보게."

"십달통과 연관해서 두 부류가 추적을 해왔습니다. 영은촌 훈장과 벙어리 쪽에서 한 부류, 왕각과 하정 쪽에서 한 부류."

석정하의 음성은 담담했다. 들뜬 기색이라든가 초조함, 난감함 같은 기색은 전혀 엿보이지 않았다. 그 역시 다른 육잔앙처럼 보고를 하고 있되 자신과는 상관없는 일이라는 듯 무심하게 말했다.

"훈장 쪽은 정리했습니다. 여인 한 명을 잡아와서 심문 중입니다. 그 뒤를 다른 여인이 쫓아왔는데 제거했습니다. 그 과정에서 제일존(第一尊)이 미지의 독에 중독당했죠."

"제일존이!"

"제일존이 중독을? 그럴 리가……!"

육잔앙이 하던 일을 멈췄다.

석정하는 화살받이가 된 듯한 느낌이었다. 일곱 명의 노인이 쏘아낸 안광은 너무 날카로워 화살을 능가했다. 그 느낌은 대낮에 발가벗겨진 느낌과 다르지 않았다.

"현재 독상을 치료하고 있습니다만 쉽게 일어설 수 없을 것 같습니다."

"현재 상태는 어떤가?"

"무슨 독에 중독되었나?"

"여인이 독을 사용했다고? 그만한 독술을 지닌 여인이라면 쉽게 찾을 수 있을 텐데, 찾아봤는가? 여인은 누군가?"

질문이 중구난방으로 쏟아졌다.

칠잔앙이 제일존에게 거는 기대는 상상을 초월했다.

십이대 제자들 중에도 걸출한 자가 많고, 하나같이 절정무공을 수련해 냈건만 칠잔앙은 오로지 제일존뿐이었다.

빌어먹을 일은 석정하조차도 제일존이 누구인지 모른다는 것이다. 더욱 빌어먹을 일은 제이존(第二尊)까지 존재한다는 것이다.

현문 십이대 제자들 중 차기 문주로 가장 유력시되는 석정하가 차지하는 위치는 제삼존(第三尊)이었다. 마지막 제사존(第四尊) 자리는 뜻밖에도 뇌천검객의 제자인 막세건이 차지했다.

늘 밖으로만 돌아다니던 막세건이 석정하 다음으로 주목받는다는 것은 충격이었다.

제일존부터 제사존까지의 서열은 칠잔앙 고유의 권한이었으므로 현임 현문 문주인 빙천검객도 간여하지 못했다.

즉, 현문 차기 문주는 현임 문주가 선정하는 것이 아니라 현문 최고

원로들이 숙의하여 결정하는 것이다.

이런 식이라면 석정하가 차기 문주가 될 가능성은 희박했다. 실낱같은 희망이라도 건지려면 칠잔앙이 빨리 죽고, 오천검객에게 희망을 거는 수밖에 없었다.

그렇다고 사문의 존장을 시해할 수도 없지 않은가.

석정하는 현실을 받아들였다. 그리고 제삼존으로서의 임무를 충실히 했다.

"현재 몸은 이상이 없는 것 같습니다. 단지 내력을 운용할 때 약간 걸리는 것이 있다는 정도만 전해 들었습니다."

"음! 다행이군."

칠잔앙이 비로소 안도했다. 그러다 다시 호기심이 치미는지 되물었다.

"제일존을 독상시킨 여자가 누구인지 알아봤나?"

"알아보지 못했습니다. 움직이려고 했을 때는 또 다른 추적자들이 나타난 후였습니다."

"왕각과 하정을 따라온 부류?"

"그렇습니다. 왕각 말로는 뇌궁이라는 신생 문파라고 합니다. 그들이 왕각과 하정을 납치했고, 불곰의 생사를 물었다고 합니다."

"궁주는 누군가?"

"아직……."

"후후후! 왕각이 숨기는 게 있군. 그들을 납치해서 불곰의 생사를 물었다면 서로 안면이 있다는 말이 되지. 왕각이 알고 있는 자일 게야."

"……."

"그자가 왕각과 하정을 미끼로 던졌군."

칠잔앙은 잠시 생각에 잠겼다.

이제 차를 마시는 사람도, 담소를 나누는 사람도 없었다. 각기 생각에 잠긴 채 토의도 하지 않았다.

이게 칠잔앙의 습관이다.

그들은 제자들이 듣는 앞에서는 어떤 말도 하지 않았다. 직제자인 천 자 배 제자들이 있는 앞에서도. 말을 하는 사람은 오직 일잔앙뿐이었고, 다른 육잔앙은 벙어리라도 되는 양 침묵을 지켰다.

그들이 무림사에 대해 토의를 할 때는 지하 석실에 들어간 후이다.

그곳에서는 활발한 토의가 이뤄지겠지만 다른 곳에서는 아무리 급해도 입도 벙긋하지 않았다.

일잔앙이 말했다.

"훈장이 말했지, 두 여인이 불곰에 대해서 물었다고. 그리고 왕각과 하정을 납치한 뇌궁도 불곰에 대해서 물었고."

석정하에게 한 말이지만 혼자 생각을 정리한 말에 지나지 않았다.

"궁금한 게 있는데 여쭤도 되겠습니까?"

"......."

"파락호에 불과한 불곰을 감추는 이유를 알고 싶습니다. 아무 짝에도 쓸모없는 십달통을 감싸는 이유도 알고 싶고, 삼태 현문을 비워놓고 이런 공동묘지에서 생활하는 이유도 알고 싶습니다. 우리 힘은 사천오주를 능가합니다. 그런데 일개 중소문파로 만족하는 이유도 알고 싶습니다. 도림과는 무엇 때문에 비무를 하는 겁니까? 모든 게 의문투성이입니다."

석정하는 십이대 제자 모두가 궁금해하는 일을 물었다.

이런 기회가 아니면 물을 수도 없다. 칠잔앙은 보고만 받을 뿐 대화를 나누지 않았고, 천 자 배 사부, 사숙은 입을 꾹 다물고 웃기만 했다.

무엇보다 이번 물음은 석정하 자신에게 중요했다.

대답 여하에 따라 제일존을 인정할지 부인할지 결정할 생각이므로.

일잔앙은 한참 동안 석정하를 바라보다 힘들게 입을 열었다.

"생각이 많구나."

"궁금한 게 많을 뿐입니다."

존장에 대한 예의는 분명 아니었지만, 이번에는 석정하도 순순히 명만 받지는 않았다.

"청광검을 아느냐?"

"압니다."

"마지막 청광검이 누구이더냐?"

"이효기입니다."

"이효기는 네 사제. 얼굴을 본 적이 있느냐?"

"없습니다."

"무공 수련하는 모습을 본 적이 있느냐?"

"없습니다."

"사제로 인정하느냐?"

"인정합니다."

"왜? 왜 인정하느냐?"

"쾌천 사백님의 제자이기 때문입니다."

"그것뿐이냐?"

"……."

처음으로 대답이 막혔다. 그는 일잔앙이 무엇을 말하려는지 짐작할 수 없었다.

"이효기는 청광검이다. 대의를 위해서 일신의 안위, 영달, 명예 모든 것을 포기한 살신성인의 표본이다. 이효기는 분명히 현문의 제자다. 쾌천의 제자가 아니라 현문의 제자다."

석정하의 주먹이 부르르 떨렸다.

'그것이었습니까. 우리 모두 마단과의 싸움에 동원된 청광검입니까? 진정 청광검이 되기를 바라시는 겁니까?'

일잔앙이 자애스런 표정으로 말했다.

"믿어라. 우리는 사천무림의 수호신이다. 다른 일들은 사천무림을 수호하는 과정에서 발생하는 작은 사건일 뿐."

'그럴 수는 없죠. 이효기처럼 아무도 알아주지 않는 죽음을 당할 수는 없습니다. 이효기의 별호가 무엇입니까? 없지 않습니까! 청광검으로 만족하라는 겁니까? 무림을 위해 죽었다고요? 그가 무림에 한 일이 무엇입니까? 마단요? 왜 우리만 마단을 막아야 합니까? 사천오주 모두가 힘을 보태야 되는 일 아닙니까. 그들은 태평세월을 구가하고 있는데 왜 우리만 죽어라고 싸워야 한단 말입니까! 대협(大俠). 대협이 되기 위해서 입문했습니다. 아무도 모르는 곳에서 쓸쓸히 죽어가려고 입문한 게 아닙니다.'

석정하가 말했다.

"네, 죄송합니다. 제가 우둔했습니다."

"잡아온 여인과 제일존이 죽인 여자, 그리고 이번에 온 손님 모두 뇌궁이란 곳에서 온 것 같구나. 손님맞이를 철저히 해라. 죽이는 게 목적이 아니라 그들이 무엇 때문에 불곰을 찾고, 십달통의 뒤를 캐고 있는지 알아야 한다."

"존명."

"내 생각에는 뇌궁이란 곳…… 배후에 누군가 있을 것 같다. 배후를 캐봐라."

석정하는 크게 읍을 하고 일어섰다.

걸어오는 그의 등 뒤에서 일잔앙의 음성이 들렸다.

"우리는 제일존에게 가보지. 허허허! 아마도 여자를 죽이는 건 처음이라서 방심한 듯한데. 마음에 내키지 않았을 테고. 이래서 실전 경험은 두루 필요한 거지. 모두들 어떤가? 아직도 닭 잡는 데 도끼를 쓴다고 할 텐가?"

"여자가 문제외다, 사형. 허허허!"

석정하는 뚜벅뚜벅 걸어오며 생각했다.

오천검객 대신 칠잔앙을 직접 대면하고 하명을 받는 것도 제삼존이라는 지위를 얻었기 때문이다. 그만큼 현문에서 기대하고 있는 후기지수라는 말도 된다.

하지만…… 그것으로 만족할 수 없다.

'제일존……. 너에게 현문주 자리를 양보할 수 없어.'

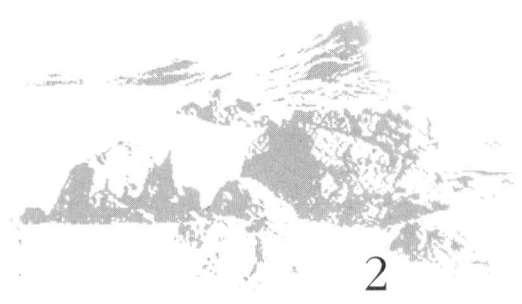

2

천지만변미로진(天地萬變迷路陣)

기관(機關)에 가장 정통한 사람은 엽수낭랑과 당문삼기다.

이곳은 그들이 와야 했다.

독사는 목표한 곳에 도착하여 주변을 샅샅이 뒤졌지만 기관 비슷한 것도 찾지 못했다.

현문 비밀 총단은 분명히 지하에 있다.

주변에 간간이 수림과 바위들이 있지만 그것들을 이용했을 리는 없고, 아마도 수없이 널린 묘들 중 하나에 손을 댔을 게다.

거기까지는 알겠는데, 도무지 이상한 곳이 눈에 띄지 않았다.

묘는 천양각색이었다.

어떤 것은 화려했고, 어떤 것은 간신히 봉분만 세웠다. 어떤 건 금방 만들었는지 싱싱한 흙 냄새가 진동했고, 어떤 건 오랜 세월 동안 찾는 사람이 없었는지 봉분이 깎여 평지나 다름없이 납작했다.

암혼사를 운용하여 주변의 기운을 탐지했다.

숨어 있는 자들을 찾아내는 데는 이것보다 좋은 게 없었다. 아무리 꼭꼭 숨어도 살아 있는 동물이 내뿜는 생기마저 숨길 수는 없고, 암혼사는 정확히 찾아냈다.

이제는 암혼사에 걸리는 것도 없다.

숨어 있던 자들은 노룡검의 진노에 넋을 놓아버렸다.

오부 능선에서 칠부 능선까지 오르는 데 아홉 명이 가래 끓는 소리를 토해냈다.

숨어 있던 자들은 그들이 전부였다.

예상 밖으로 적지 않은가. 비밀 총단이라면 경계를 서는 무인이 일장 간격으로 한 명씩 서 있어도 모자랄 판인데 겨우 아홉 명이라니.

의구심이 치솟았지만 현실은 현실. 그들 아홉 명 외 살아 있는 사람은 없다. 암혼사로 찾지 못하는 사람이 없으니 확신할 수 있다.

독사는 조급해하지 않았다.

그는 암혼사를 삼성까지 끌어올린 후 신묘한 체험을 했다.

머리가 명경지수(明鏡止水)처럼 맑아진 것이다. 이성을 성취했을 때는 세상 이치가 한눈에 보였는데, 이번에는 그때보다 훨씬 맑고 밝아졌다.

암혼사는 무공만 증진시키는 것이 아니다. 심신(心身)을 고루 발전시키고 지혜까지 얹어주는 무공이다.

'알고 있군, 온 것을. 준비를 하고 있었어. 그러면… 서두르는 사람이 지는 시합인가?'

독사는 묘비조차 없는 허름한 묘에 등을 기대고 누웠다.

하늘이 유난히 짙푸르다.

그러고 보니 찌는 듯한 폭염도 한풀 꺾인 것 같다.

'가을이군. 벌써 가을로 들어섰어.'

기다림은 오래 걸리지 않았다.

우르르릉……!

세심히 귀 기울여야 들릴 소리지만 독사는 똑똑히 들었다.

'먼저 움직였군.'

뉘었던 몸을 일으켜 옷에 묻은 먼지를 털어냈다. 그리고 소리가 들려온 곳으로 천천히 다가갔다.

소리의 진원지는 고관대작의 무덤인 듯 주위를 화려하게 치장해 놓은 대묘(大墓)의 상석(床石)이었다.

묘 앞에 반드시 있어야 할 상석이 우측으로 이 척 정도 밀려나 있고, 상석이 있던 자리에는 시커먼 동혈(洞穴)이 입을 쩍 벌린 채 침묵을 지켰다.

'들어오라는 소리군.'

암혼사는 위험을 읽어냈다. 동혈 안에는 많은 사람이 있고, 병기에서 발산되는 예기도 범상치 않았다.

'현문이든 아니든 상관없다. 정도문파든 사파든 상관없다. 건드려오면 나도 치는 것이고, 건들지 않으면 나도 건들지 않는다.'

동혈 안으로 발걸음을 옮겼다.

저벅! 저벅!

계단을 밟아 내려가는 소리가 유난히 크게 들렸다.

많은 사람이 있다는 것을 알고 있는데 숨소리 한 올 흘리지 않으니 자신의 발걸음 소리가 더 크게 들리는 모양이다.

급경사로 이뤄진 계단은 오 장이나 지속되었다. 이 장 정도 내려갈 때까지는 천장이 머리에 닿을 듯한 통로였는데, 그 후부터는 텅 빈 공간이다.

'상당히 넓은 공간이군. 뇌궁보다도 더 큰 것 같은데.'

지하라는 공통된 부분이 있어서 자연스럽게 뇌궁과 비교하게 되었다. 뇌궁도 안으로 들어서면 거대한 공동이 나오는데, 이곳도 뇌궁과 같은 구조인 듯싶었다.

팟!

시커먼 공동 안에서 샛노란 불똥이 튀었다. 샛노란 불똥은 곧 붉디 붉은 불이 되었고, 작은 불은 커다란 불이 되어 활활 타올랐다.

그것이 시작이었다. 불길은 순식간에 공동을 빙글 돌아 사방을 환하게 밝혀주었다.

'특이한 구조군.'

재미있는 부분이다. 뇌궁은 공동 군데군데 횃불을 놓아두고 불을 밝히는데, 이곳은 석벽을 파서 기름이 흐르는 기름 길을 만들어놓았다. 어느 한 군데만 불을 밝히면 기름 길을 따라 번져 간 불길이 둥근 원을 그리며 타오르게 된다.

공동의 형태는 뇌궁과 같은 원형이었으나 구조는 달랐다.

뇌궁은 공동에서 바로 각자의 방으로 들어가게 되는데, 이곳은 사람 서너 명이 어깨를 나란히 하고 걸어 들어갈 수 있는 통로가 있을 뿐이다.

사람은 없었다. 아니, 있다. 공동에는 없지만 천장에는 무려 이십여 명에 이르는 무인들이 병기를 지닌 채 숨어 있다.

독사는 거침없이, 그러나 서둘지 않고 천천히 걸어서 공동 안으로 걸어 들어갔다.

그의 모습은 천장에 숨어 있는 무인들의 존재를 모르거나 아니면 철저히 무시하는 태도였다. 걸음걸이도 제 집에나 온 듯이 편안했다.

독사는 공동을 지나 통로 안으로 접어들었다.

숨어 있는 무인들은 공격해 오지 않았고, 독사도 공격하지 않았다.

한 걸음, 두 걸음…… 뚜벅! 뚜벅!

통로에는 미로(迷路)처럼 갈래 길이 많았다. 대여섯 걸음에 통로 하나씩 나올 정도였다. 주 통로는 어른 서너 명이 어깨를 나란히 할 만큼 넓었지만 갈래 길은 겨우 한 명이 간신히 걸어 들어갈 만큼 좁았다.

'확실히 기다리고 있었어.'

그들은 독사를 마중했다.

사람이 나타나지는 않았지만 석벽에 밝혀진 불이 길을 인도했다.

수많은 갈래 길 중 석벽의 기름 길이 인도하는 곳은 한 곳.

불 켜진 석벽을 따라 주 통로에서 갈래 길로, 갈래 길에서 또 다른 갈래 길로…….

어디를 어떻게 왔는지 기억하기를 포기하는 편이 속 편했다.

'완벽한 미로. 들어갈 수는 있으나 빠져나갈 수는 없는 곳이군. 빠져나갈 수 없어.'

이윽고 좁은 길이 끝나고 커다란 공동이 나타났다.

처음 안으로 들어섰을 때 봤던 공동과 크기는 비슷한 것 같은데 모양이 네모꼴이었다. 반대쪽 면에는 계단이 있고, 계단 위에는 의자가 놓여 있다. 그리고 의자에는 사람들이 앉아 있다.

딱 다섯 명.

독사의 눈이 반짝였다.

'오천검객!'

또 한 사람, 독사보다 더욱 놀란 사람이 있다.

오천검객 중 뇌천검객이다.

'독사! 분명히 죽었는데!'

고혈단을 복용시켰고, 심장에 검을 꽂았다.

도저히 살 수가 없다. 한데 눈앞에 서 있다, 버젓이.

막세건이 검에 사정을 두었던가? 아니다. 일말의 사정도 남기지 않았다. 분명히 보았다. 심장을 뚫고 가슴 앞으로 삐져 나온 검을.

'있을 수 없는 일… 있을 수 없는 일이 일어나고 있어.'

뇌천검객의 뚱뚱한 몸이 바람도 없는데 파르르 떨렸다.

"독사…… 자네군."

오천검객치고 독사를 알아보지 못할 사람은 없다.

매우 특이한 자였으니까. 청광검이 일찍 발동하게 된 것도, 그래서 실패하게 된 것도 독사 때문이니까.

"오랜만입니다."

독사는 담담했다. 하지만 속은 담담하지 못했다. 독사 패거리만큼이나 깊은 정을 줬던 사람, 사부. 믿는 도끼에 발등 찍힌다고 사부에게 위해를 당하게 되고.

사부와는 은원이 없다.

무공을 전수받는 막대한 은혜를 입었으니 머리칼로 신발을 짜서 올려 드릴 분이다. 그러나 죽임을 당했다. 세상에 목숨을 빼앗는 자처럼 용서하지 못할 원수가 또 어디 있을까.

그것으로 은원은 상쇄되었다.

뇌천검객이 왜 자신을 죽이려 했는지도 알고 싶지 않다. 현문 문도이면서 왜 귀궁 이름으로 무공을 가르쳤는지도 알고 싶지 않다. 대략 짐작하고 있는 것이 틀림없을 테고, 자신을 이용하려 했든 진심이 다른 데 있든 이제는 기억 저편에 묻어두고 싶다.

'남남이야, 나와는.'

"그동안 어디서 어떻게 지냈는가?"

소천검객이 물었다.

"좋은 곳에서 잘 지냈습니다."

오천검객의 얼굴에 씁쓸함이 스쳐 지나갔다.

독사가 늦은 나이에 입문하겠다고 현문에 찾아왔을 때는 이렇지 않았다.

그는 야생마였다.

길들이기에 따라서 명마도 될 수 있고, 길들이지 않으면 평원을 마음껏 뛰어다닐 야생마.

길을 들이기는 들였는데 잘못된 방법으로 들였다.

그때 선택을 잘못했던 거다. 차라리 정식 문도로 받아들이던가……그랬다면 석정하 못지않은 절정검객이 되어 있을 게다. 현문에 충성하는.

아니면 아예 모른 척했어야 한다.

대화산 무생곡에서 귀궁이라는 이름을 들먹이며 무공을 가르치는 일만은 해서는 안 될 일이었다.

"네가 제일초 무인들을 죽이고 상원(上園) 무인들도 죽였나!"

쾌천검객이 쇳소리처럼 카랑카랑한 음성으로 말했다.

"제일초, 상원이라는 말은 모르나 여기까지 오는 동안 십여 명 정도
는 죽인 것 같군요."

"살심만 늘었군."

"무공도 늘었습니다."

"애송이 놈!"

"뜻밖이군요."

독사는 쾌천검객의 질타도 태연하게 받았다.

"현문은 광명정대한 정파로 알고 있는데, 공동묘지 지하에 모여 계
시다니. 죄지은 게 있습니까?"

"두 가지만 묻겠다."

"그래요? 저도 물을 게 있습니다."

오천검객은 싸늘함을 느꼈다.

독사는 예전의 독사가 아니었다. 처음 얼굴을 대면했을 때는 그나마
옛정이라도 생각났는데, 이제는 그나마도 잊어야 한다는 생각을 갖게
만들었다.

그는 현문과는 전혀 상관없는 남남이 되어 돌아왔다.

"대답 여하에 따라서 죽고 사는 문제가 결정될 것이니 잘 생각해서
대답해야 할 게다. 배후가 누구냐?"

빙천검객의 어투가 심문조로 바뀌었다.

추적자가 독사일 줄은 몰랐지만, 알았다고 해도 이제 와서는 어쩔
수 없다. 그는 현문 무인들을 유린했고, 대가를 치러야 한다. 처음부터
대가를 치르게 할 목적으로 집법당(執法堂)까지 끌고 왔으니까.

"믿지 못하겠지만 배후는 없습니다. 다음 질문 하시죠."

물을 게 많았다. 하지만 추적자가 독사라는 것을 안 순간 모든 물음

이 자연스럽게 풀렸다.

독사라면 불곰의 생사를 묻고 다닌 것이 이해된다. 십달통을 캐고 다닌 것도 납득할 수 있다. 그가 백비로 들어가기 전, 중원에서 마지막으로 겪은 일이 바로 불곰의 연인인 설향의 죽음이지 않았던가. 설향의 죽음을 쫓다가 십달통의 일인인 용호사 무석 스님의 죽음도 목격했고, 불곰은 행방불명됐고……

그 부분은 모두 이해할 수 있다. 묻지 않아도 된다. 그러나 아직 끝난 건 아니다.

죽었어야 할 자가 어떻게 죽음을 모면했는가.

뇌천검객의 손에서 구사일생(九死一生)했다손 치더라도 현문이 들여보낸 무인들이 멸혼촌을 피바다로 만들었는데 어떻게 빠져나올 수 있었는가.

그것도 좋다. 운이 아주 좋아서 목숨을 건졌다고 해도 마단이 물러서기 전에 멸혼촌 골인뿐만이 아니라 살아남은 생명체는 개미 한 마리 남기지 않고 완전히 쓸어버렸을 텐데 어떻게 빠져나왔는가.

어떻게… 어떻게 빠져나와 사천무림에까지 모습을 드러냈는가.

오천검객은 알고 있다. 골인들을 비롯해서 골인들과 연관이 있는 모두가 마단의 감시 하에 있다는 것을. 그들의 눈을 벗어나 중원을 횡행할 수 없다는 것을.

독사는 어떻게 마단으로부터 자유로울 수 있는 것인가.

궁금증이 목구멍까지 치밀어 올랐지만 대놓고 물어볼 수는 없었다.

그것을 묻기 위해서는 뇌천검객이 그를 암살한 부분부터 시작해야 한다.

독사가 순순히 말할 사람인가? 아니다.

물음이 끝난 것은 아니지만 오천검객은 아무것도 물을 수 없었다.

빙천검객이 침묵을 지키자 뇌천검객이 대신 물었다. 대답하지 않을 것이 뻔하지만 그래도 물어는 봐야 하지 않는가.

"멸혼촌에서 어떻게 빠져나왔느냐?"

"그게 두 번째 질문입니까?"

"그렇다."

"그 문제는… 먼저 말씀해 주실 것이 있습니다. 물어볼까요? 역시 묻지 않는 게 좋겠죠?"

"……."

뇌천검객은 대답하지 못했다.

독사가 묻겠다는 말은 들어보나마나다. 왜 죽이려고 했는가 하는 말이 아니겠나.

할 말이 없다. 마단을 제거하기 위해 그를 이용했고, 이효기의 활용성을 극대화시키기 위해 그를 죽이려 했다는 말은 차마 할 수 없다.

뇌천검객도 말문이 막혀 버리자 이번에는 소천검객이 나섰다.

"우리가 알기로는 마단이 사람을 놓아주는 경우는 하나뿐이네. 절대무를 완성할 만한 기재라고 판단했을 경우이고, 골인들 중에 이런 혜택을 받은 사람은 전무했네. 자네인가?"

독사는 고개를 끄덕였다.

굳이 대답하지 못할 이유도 없다.

소천검객이 다시 말했다.

"그럼 남은 은원도 있겠군. 무슨 조건이었나?"

"대답할 이유가 없을 것 같군요."

"하지 않아도 괜찮네. 대충 짐작하고 있으니. 아마도 이런 조건이었겠지. 숨어서 살아라. 오직 무공만 수련해라. 절대무를 완성해서 마단 주와 겨루는 그날까지."

현문은 정확히 알고 있다.

오천검객들은 이상한 기류에 휩싸였다. 긴장 같기도 하고 결심을 굳히기 직전의 망설임 같기도 했다.

독사가 말했다.

"제게도 묻고 싶은 게 있다고 했습니다. 물어도 괜찮겠습니까?"

"물… 어보게."

들으나마나 껄끄러운 물음일 게 분명했다. 불곰에 대해서, 십달통에 대해서. 하나 아무것도 대답해 줄 수 없다.

"저희 뇌궁 식솔이 여기 잡혀와 있습니다. 왜 잡아왔습니까?"

독사의 물음은 뜻밖이었다.

빙천검객이 인상을 찡그리며 말했다.

"한가장 한청. 비시문에서는 혜월이라고 부르지. 뛰어난 여자인데, 용케도 곁에 두었군. 하지만 잡아왔다는 말은 귀에 거슬리는구면. 우리가 잡아온 게 아니지. 그녀 스스로 잡혀온 거라고 해야 하지 않나? 이곳을 염탐할 목적으로 말일세."

"돌려주시겠습니까?"

"허허! 그냥? 그럼 자네도 우리 아이들의 목숨을 돌려줄 수 있는가?"

"최소한 피를 더 흘리지는 않을 겁니다."

독사의 이번 말에는 아무도 이의를 달지 않았다. '건방지다' 거나 '겁없다' 는 말도 하지 않았다. 마단이 절대무를 수련해 낼 기재라고 인정했다면 그만한 무공은 지니고 있을 터였다. 적어도 철망을 관할하던 오공사수와 비견될 정도는 되리라.

소천검객이 침중한 어조로 말했다.

"인정하네. 불가사의한 일이지만 자넬 상대할 자는 없을 것 같군. 하지만 이걸 생각해 보았는가? 우린 마단과 싸우고 있네. 우리가 그들을 공격할 수 있으면 그들도 우릴 공격할 수 있는 게지. 혹시 십이추시라고 들어보았는가?"

독사가 고개를 끄덕였다.

전신이 화약으로 똘똘 뭉쳐진 마단의 추적자들.

"이곳은 십이추시를 상대하기 위해 만들어진 곳일세. 밖에 있는 무인들은 죽음을 각오했지. 마단이 공격해 온다면 밖에 있는 무인들은 변변히 손도 써보지 못하고 죽는 걸세. 십이추시의 눈에서 벗어날 수는 없을 테니까."

뛰어난 은신술이나 십이추시에게는 역부족이다.

"하지만 이곳으로 들어서는 순간 십이추시는 죽은 목숨일세. 오공사수나 요지성녀, 죽은 만무타배도 이곳에서는 죽음만 기다리는 처지가 된단 말일세. 무슨 말인지 알겠나?"

"……."

"검을 함부로 휘두르지 말게."

소천검객은 예전이나 지금이나 변한 게 없었다. 얼굴에 훈훈한 미소를 담고 있는 모습도 변함없었다.

"검이란 다른 사람을 죽이기도 하지만 제 목숨을 빼앗기도 하는 요물일세. 내가 제안을 하나 하지. 검을 풀어놓고 포박을 받게. 마단이 어디 있는지 아는 사람은 없네. 우리도 마찬가지지. 현문 비밀 총단이 이곳에 있다는 것을 아는 사람은 없네. 우리도 비밀을 지킬 이유는 있는 것일세."

'힘든 싸움이 되겠어.'

싸우는 것뿐이라면 힘들다는 생각을 하지 않는다. 단신으로 일개 문 파를 상대하는 일이지만, 소천검객 말대로라면 오공사수조차 가둘 수 있는 곳에서 싸우는 것인지라 지리적 이점도 현문에 있지만 두렵다는 생각은 들지 않았다.

파락호 시절에 그랬듯 싸우다 힘이 부쳐 죽으면 그만이다.

죽음이 두려운 자는 가진 자들, 잃을 것이 아무것도 없는 자는 두렵지 않은 법이다.

싸우는 것과 동시에 혜월을 구해야 한다는 점이 힘들다.

현문에 잠입할 때는 혜월을 구할 목적이었으나, 지금은 어떻게 죽느냐 하는 문제만 남은 셈이다.

소천검객이 타이르듯 말했다.

"이곳에 머문다면 불편함은 없게 해줌세."

혜월과 독사, 둘 모두를 풀어주지 않겠다는 최종 선언이다.

스르릉……!

독사는 검을 뽑았다.

무언의 거절. 이제 싸움은 피할 수 없게 되었다. 그러나 그전에 알아 볼 것이 있다.

독사가 불쑥 말했다.

"나나 혜월이 현문과 연관된 것은 십달통 때문인데, 불곰의 생사를 알게 되었으니 십달통은 필요없고……."

순간, 독사는 암혼사를 전개해 오천검객의 기도 변화를 읽었다.

'흔들린다!'

놀라운 일이었다. 오천검객의 흔들림은 굉장히 심했다. 단순히 아는 정도가 아니라 직접적인 연관이 있는 사람만이 표출할 수 있는 흔들림이었다. 수양이 미흡한 사람 같으면 얼굴에 나타날 정도로.

오천검객 같은 사람들이 단순한 격장지계(激將之計)에 말려들 리는 없었다. 실제로 그들은 아무런 내색도 흘리지 않았고, 그들에게서 어떤 모습을 읽어낸다는 것은 불가능했다.

하지만 독사는 정확히 집어냈다. 암혼사가 그런 일을 가능하게 만들어주었다.

'역시 불곰의 생사는 이들 손에 달려 있었군. 가정(假定)이 사실이었단 말인가! 사람의 탈을 쓰고 어떻게…….'

독사의 모습은 오천검객처럼 담담했다. 오천검객이 감정 변화를 드러내지 않는 것처럼 독사도 드러내지 않았다. 그러나 그의 마음속에서는 분노가 화산처럼 끓어올랐다.

삼지. 마천옥, 혜월, 대물은 독사가 한가장 한림을 죽일 때부터 마단과 현문 싸움에서 벗어나 교가에 이를 때까지의 모든 일을 소상히 들었다.

귀궁 사부, 사형들. 느닷없이 나타나 눈앞에서 죽은 설향. 무석 스님의 죽음. 불곰의 행방불명…….

삼지는 며칠간이나 머리를 맞대고 숙의한 끝에 그럴듯한 가정을 세웠다.

"현문에서 석정하, 요신화가 요빙의 전낭을 건드린 것은 계획된 일 같습니다."

가정은 그렇게 시작되었다.

독사는 웃음으로 넘겨 버렸다.

"앞뒤가 딱 들어맞기는 하지만 그럴 리 없어."

한데 이게 뭔가! 오천검객이 불곰의 생사를 알고 있다면 설향과 무석 스님의 죽음 또한 현문과 관계있다는 것. 현문이 자신에게 무공을 가르치고 백비로 들여보냈다는 가정이 사실이지 않은가.

현문에서 쫓겨날 때부터 뇌천검객에게 죽음을 맞이할 때까지는 현문의 꼭두각시였던 셈이다.

'이것으로 완전히 끝이야. 더 이어질 인연도 없어. 무공을 전수받은 은혜는 너무 많이 갚았어. 이제는 건드리지 마라. 용서 안 한다. 절대로!'

독사는 진한 피 냄새를 맡았다.

"불곰의 생사를 알고 있다? 재미있는 말이군."

'숨기고 있어!'

그동안 삼지에게서 배운 것이 많다. 대물이 옆에 있을 때는 관심도 두지 않던 일들이었으나 마천옥과 혜월의 뛰어남을 보고서는 인심수람술(人心收攬術)이 얼마나 효용있는가를 배웠다.

지금이 바로 인심수람술을 활용할 때다.

일종의 머리 싸움이다.

"영은촌 독사 패거리의 불곰이라면 끝까지 찾아야 되겠지만, 아쉽게도 지금 불곰은 내가 알고 있는 불곰이 아니더군요. 불곰을 찾고자 했지만 찾을 이유가 사라졌습니다."

'또 흔들리고 있어!'

짐작 가는 바가 있다.

엽수낭랑을 공격한 사내가 불곰이 아닐까? 불곰이 무공을 수련했다면 연수는 자신과 엇비슷할 게다. 짧은 수련으로 과연 엽수낭랑을 압도할 수 있을까?

독사는 가능하다고 봤다.

당장 자신만 해도 뇌궁 궁도들보다 수련 기간이 짧다. 하지만 누구에게도 지지 않을 자신이 있다.

불곰도 어떤 기연을 만난 것은 아닌지.

엽수낭랑에게서 사내 이야기를 들었을 때, 사내의 인상착의에 대해서 들었을 때 가장 먼저 떠오른 얼굴이 불곰이었다.

다른 점이 있다면 엽수낭랑이 말한 사내는 몸이 잘 짜여진 근육질의 사내고, 불곰은 가슴보다 허리둘레가 더 굵다는 점이지만. 그것도 무공 성취가 높다면 얼마든지 교정할 수 있다.

그만한 세월은 흘렀다.

하지만 이런 이야기를 말로 꺼낼 때는 신중해야 한다. 만약 엽수낭랑을 공격한 사내가 불곰이 아니라면 지금까지 거짓으로 말한 것이 들통난다.

궁금한 점을 더 알아낼 길이 사라지게 된다.

맞는다면…… 그야말로 횡재를 하게 될 것이고.

'어차피 싸워야 한다면, 피를 보지 않고 빠져나갈 수 없다면…… 좋아, 해보자.'

독사가 말했다.

"모르고 한 일이겠지만 내 여자까지 공격했다는 건 용납할 수 없지 않습니까."

말하고 말았다. 암혼사는 극도로 팽창해서 오천검객의 숨결까지 감지해 냈다.

뇌천검객이 손가락을 뚝뚝 꺾으며 말했다.

"이제는 사람을 떠볼 줄도 알고…… 많이 변했구나. 하지만 사람을 떠볼 때는 상대를 잘 파악해야 되는 법이지."

독사는 웃었다.

엽수낭랑을 공격한 사내, 그가 불곰이다.

뇌천검객은 전혀 다른 말을 하고 있지만 아주 잠깐 그의 눈가에 파랑이 일었다.

확실해졌다.

'불곰. 여기 있었나. 변했구나, 그토록 아끼던 설향을 죽음으로 몰아넣을 만큼. 네가 현문에서 구한 게 무엇인지는 모르지만 사랑하는 여인을 죽음으로 몰아넣으면서까지 구할 건 아니지. 많이 변했구나, 불곰. 설향을 죽음으로 몰아넣은 일이 너와 관계없기를 빈다. 날 백비로 내몬 것이 제발 너와는 관계가 없길…….'

뇌천검객을 뚫어지게 쳐다보며 말했다.

"사실이든 아니든 상관없소. 아니라 하면 아닐 수도 있겠지만 난 불곰이 여기 있다고 믿고 있으니 그걸로 족한 것이고."

"상관… 없소? 족한 것이고?"

"내 말투가 불편한 모양인데, 내가 현문을 존중할 이유라도 있소? 묻는 말에 순순히 대답해 준 것도 옛정을 생각해서일 뿐."

뇌천검객의 눈에서 불이 튀었다.

독사는 뇌천검객의 분노는 아랑곳하지 않았다. 그의 안색을 살필 이유도, 존중할 필요도 없었다.

"이제는 불곰을 찾을 이유도 없고, 십달통이 뭘 하든 관계할 필요도 없고, 현문이 삼태에 있든 공동묘지에 있든 사천제일문파가 되든 멸문

하든 관심도 없소. 마지막으로 말하겠소. 혜월은 뇌궁 사람. 혜월만 내
주시오. 그럼 지난 은원을 잊고 돌아가겠소."

"하하하!"

뇌천검객이 웃어 젖혔다.

"결국 죽음을 선택했군."

"부탁하건대 제일 먼저 직접 나서주기 바라오."

독사가 먼저 싸움을 걸었다.

"……."

한참을 노려보기만 하던 뇌천검객이 시선을 빙천검객에게 주었다.
빙천검객은 고개를 끄덕였고, 신호를 받은 뇌천검객은 눈을 가늘게 뜨
고 옅게 웃으며 말했다.

"좋은 상대가 있지. 이긴 후 같은 말을 하면…… 상대해 주지."

3

천지만변미로진(天地萬變迷路陣)

'천지만변미로진(天地萬變迷路陣)!'

엽수낭랑은 대경실색했다.

엄밀히 말해서 천지만변미로진은 진법이 아니다. 진법이란 일정한 틀에 의거해 규칙적으로 배열되기 마련인데, 천지만변미로진은 틀도 규칙도 없다.

무작위(無作爲)도 틀이라면 틀이랄 수 있겠지만.

일정한 형식에 구애됨이 없이 자유분방하게 길을 갈라놓은 것이 천지만변미로진이다.

무작위로 길을 갈라놨으니 미로진을 만든 사람조차 헤어 나올 수 없는 죽음의 진이다.

그러나 정작 무서운 점은 '만변'이라는 글자에 있다.

진법에는 크게 살아 있는 생물로 만든 진과 움직이지 못하는 무생물로 만든 진으로 나누어진다.

　대부분의 무림문파에서 사용하는 진법은 사람이 주축이 되어 움직이며 공격하는 살아 있는 진법이고, 당문 등 극히 일부 문파에서만 무생물로 진을 구축한다.

　각기 장단점이 있다.

　무생물로 구축한 진은 당연한 말이지만 움직이지 않는다. 생물이 아니니 위험성이 없고, 대신 공격성도 약하다. 생물로 이뤄진 진은 공격성이 강한 대신에 위험성도 높다.

　그런 연유로 무생물로 이뤄진 진에는 공격성을 높이기 위해 기관을 설치한다. 움직이지 않는 진을 얼마나 신속하고 무게있게 움직이도록 만드느냐에 진법의 사활이 걸려 있다고 봐도 과언이 아니다.

　천지만변미로진은 무생물로 이뤄진 진법의 꽃이다.

　일시에 움직이는 기관이 무려 백 개. 백 개의 기관이 각기 백 개의 변화를 추구하니 만변이다.

　진이 발동되면 진을 설치한 사람은 물론이고, 진을 조정하는 사람들도 빠져나오지 못한다. 미로에 갇혀서 굶어 죽거나, 아니면 따로 설치된 기관에 의해 죽음을 맞게 된다.

　들어갈 수는 있으나 빠져나갈 수는 없는, 세상과 완벽하게 차단되는 진이다.

　위력이 큰 만큼 천지만변미로진을 설치하는 것도 까다롭다. 천지만변미로진을 설치하는 데는 궁궐 두 채를 지을 만한 돈이 들어간다. 웬만한 문파에서는 엄두도 내지 못할 거금이다.

　돈도 돈이지만 더욱 까다로운 것은 진을 구성하는 데 가장 중요한 요소인 사람들이다.

기관 백 개를 움직이기 위해서는 백 명이라는 사람이 필요하다. 그들은 진의 곳곳에 틀어박혀 있으면서 약정된 변화를 일으켜 줘야 한다. 한 명이라도 다른 변화를 일으키면 백 개의 변화가 사라진다는 것을 명심해야 한다.

진법에 달통한 백 명이 세상의 삶을 버리고 진 속에 틀어박혀 있어야 한다. 그만한 진법가를 구하기도 어렵지만, 일생을 진 속에서 살 만큼 충성심을 기대하기도 어렵다.

천지만변미로진은 꿈에서나 그려볼 수 있는 진이다.

"이게 존재했다니!"

엽수낭랑은 상석을 밀치고 안으로 들어선 후에도 지하 광장에 도착할 때까지 천지만변미로진을 알아보지 못했다.

앞쪽에 장정 서너 명이 어깨를 나란히 하고 걸을 만큼 큰 통로가 입을 쩍 벌린 채 기다리고 있다.

엽수낭랑은 그 통로가 마치 악마의 입처럼 보였다.

'여기서부터 시작이야. 발을 들여놓으면 빠져나갈 수 없어.'

손을 들어 석벽을 더듬어보았다.

움푹움푹 파인 골이 만져진다. 석벽에 조각을 해놓은 듯 골을 파서 길을 만들었다. 손끝에는 끈끈한 액(液)도 만져졌다.

'기름!'

분명하다. 이것이 바로 천지만변미로진의 전형적인 특성이다. 통로를 구성하고 있는 석벽에는 무려 백여 개에 달하는 골이 파여 있을 게다. 그리고 파인 골마다 금방이라도 불을 붙일 수 있게끔 기름이 깔려 있을 터이고.

엽수낭랑은 끈기있게 골을 만지다가 금방 불을 지폈던 듯 뜨겁게 달

귀진 골을 찾아냈다.

'벌써 진이 발동되었어. 독사……'

들어와 보기를 잘했다. 독사의 무공이 지금보다 배는 강해진다고 해도 진법을 모르는 한 이곳에서 빠져나갈 방도가 없다.

엽수낭랑은 통로 입구에 잘 구운 고기 조각을 놓았다.

금방 구운 고기에서는 식욕을 자극하는 냄새가 구수하게 번져 나왔다.

석벽을 타고 흐르던 열기가 뚝 그쳤다. 손바닥에 전해지는 열기가 따뜻함에서 급작스럽게 차가움으로 변했다.

'이곳이야. 길이 있었는데, 막혔어.'

진이 변했다.

독사가 지날 적에는 막힌 석벽 사이로 길이 있었을 게다. 하지만 지금은 차디찬 석벽이 가로막고 있다.

석벽 하나쯤 깨는 것은 어렵지 않다. 하나 계속 이어지는 석벽은 무려 백여 개에 달할 것이고, 그 모두를 깰 수는 없다. 현문이 무방비 상태로 방치할 리도 없을 뿐 아니라, 중간중간 튀어나올 공격 기관들도 무시하지 못한다. 무엇보다 침입이 발각당해서는 혜월을 구할 수 없다.

엽수낭랑은 암혼사를 전개해 인기척을 찾아 나섰다.

천지만변미로진을 구성한 진법가들은 뛰어난 두뇌의 소유자들이다. 반면에 무공은 빈약할 것이 틀림없다. 천성적으로 무공을 수련해 낼 지재가 아니어서가 아니라, 진법에 심취한 사람들은 무공 수련을 값어치없게 보기 때문이다.

사박! 사박!

진기를 극한으로 끌어올려 발걸음 소리를 죽였는데도 죽음 같은 적막은 많은 소리를 만들어냈다. 그중에서도 소리없는 발자국 소리가 제일 컸다.

'여기야! 이 안에.'

발길이 우뚝 멈춰졌다.

얼마나 멀리 떨어져 있을까? 분명한 것은 걸어가는 통로가 아니라 석벽 안쪽에서 사람의 느낌이 잡힌다는 것이다.

엽수낭랑은 기다렸다.

그르릉……!

육중한 석문이 움직이는데 움직이는 소리는 거의 들리지 않았다.

엽수낭랑은 서슴없이 안으로 걸어 들어갔다.

사사삭……!

그녀의 뒤를 그림자 여섯이 바짝 따라붙었다.

지금까지 어둠 속에 웅크리고 있던 사시와 이화다.

'일 향경(一香頃) 시간을 두고 움직이고 있어. 여기서 일 향경을 기다려야 해.'

아직 침입이 발각된 것 같지는 않다. 발각되었다면 이토록 조용할 리 없다.

사람이 존재한다는 느낌은 더욱 확실해졌다. 겨우 석벽 하나를 넘어섰을 뿐인데 손에 잡힐 듯이 가깝게 느껴졌다.

'이상하다? 한 명이었는데…… 혹시 발각되어서? 그럴 리 없어.'

엽수낭랑은 석벽 중간중간에 뚫려 있는 작은 구멍들을 만져 봤다.

크기는 손가락 하나가 들어갈 정도. 암기가 발사되는 구멍이고, 안에는 어떤 종류의 암기가 채워져 있을 게다.

손가락을 들이밀어 보았다.

딱딱하고 날카로운 감촉이 손끝을 찌른다.

'화살? 화살이야. 강시(鋼矢). 지금 강시를 쏘아대면 벌집이 될 수밖에 없어.'

등골이 오싹했다.

천지사방이 모두 막혀 있는 공간이다. 사방 벽뿐만이 아니라 천장과 바닥에도 작은 구멍들이 무수하게 뚫려 있다. 더군다나 암기는 무서운 속도로 쏘아질 쇠로 만든 화살이다.

발각되었다면 죽은 목숨이다.

엽수낭랑은 처음으로 지식을 과신한 자신을 탓했다.

일 향경이라는 시간이 하루라도 된 듯이 길게 느껴졌다.

운기토납(運氣吐納)으로 시간을 죽이기도 하고, 아름다웠던 세월도 떠올려 봤다. 멸혼촌에서의 고통스러운 과거도 되새겨 봤다. 그래도 시간은 멈춰 선 것처럼 흐르지 않았다.

그르릉……!

작은 요동이 감지되더니 미미한 움직임이 일어났다.

'살았어!'

자신도 모르게 한숨이 새어 나왔다.

돌이켜 보면 정말 지옥 같은 시간이었다.

석벽이 들썩거린다 싶더니 스르륵 물러섰고, 좌측에 있는 석벽은 빙글 방향을 틀더니 가로질러 왔다.

'방향이 사선(斜線)으로 바뀌고 있어. 한 발만 삐끗하면 물살에 떠밀

려 가는 것처럼 정처없이 떠다니게 돼. 이 속에서.'

사시와 이화가 결단을 촉구하는 눈빛으로 쳐다봤다.

엽수낭랑은 일직선을 염두에 두고 움직이는 석벽 사이로 몸을 들이밀었다.

사시와 이화가 촌각도 지체치 않고 즉시 따라붙었다.

'거의 다 왔어.'

아직 목적지는 멀었다. 적어도 두세 번은 더 움직여야 할 것 같다. 숨소리가 손에 잡힐 듯이 가깝게 느껴지지만, 함부로 석벽을 깨고 들어설 수는 없다.

무척 더웠다. 뻥 뚫려 있는 좁은 구멍에서 언제든 화살이 발사될 수 있다는 긴장감 때문일 수도 있지만, 밀폐된 방 안에 갇힌 쥐처럼 옴짝달싹할 수 없는 처지 때문일 게다.

그때, 어디선가 웅웅 울리는 듯한 소리가 들려왔다.

'뭔가 움직이는데?

무슨 소리일까? 이럴 때 통음이 있었다면 단번에 무슨 소리인지 알아맞혔을 텐데.

엽수낭랑은 귀를 기울였다. 그리고 화들짝 놀라고 말았다.

─병기를 버려라. 옷을 벗어 한쪽에 놓고 반대쪽에 가서 서라.

엽수낭랑은 사시와 이화를 쳐다봤다. 마침 그녀들의 눈동자는 서로를 쳐다보다가 엽수낭랑에게 돌려지던 참이었다.

그녀들의 눈동자에서 엽수낭랑은 자신이 잘못 듣지 않았다는 것을 알았다.

'독사? 독사인가? 독사가 이 안에 갇혀 있는 건가?'

웅웅거리는 소리는 또 들려왔다.

이번에는 쉽게 알아들었다. 귀 기울여서 확실하게 알아들은 소리인지라 뚜렷하게 들렸다.

'독사일 리는 없어. 그렇다면 누가 침입했다는 건데······.'

세 번째로 웅웅거리는 소리가 들려왔다.

이번에는 좀 더 길었고, 구체적이었다.

―마지막 경고다. 병기를 버리고 옷을 벗어라. 벗은 옷은 왼쪽에 쌓아놓고, 맨 몸으로 오른쪽 벽에 가서 서라.

'누굴까? 누가 침입해서 걸렸을까? 안 되는데······ 우리가 빠져나갈 때까지는 이 상태를 유지해야 되는데······.'

지천도? 아니다. 그는 움직이지 않는다. 대물을 비롯한 사람들? 그들도 아니다. 지금쯤 탈출로를 만드느라 동분서주하고 있을 게다. 그럼 누군가?

그때였다.

찰칵!

날카로운 금속성이 석벽을 타고 맴돌았다.

"앗!"

은초홍이 나직한 경악성을 토해냈다.

석벽에 몸을 붙이고 있다가 느닷없이 튀어나온 화살촉에 등을 찔리고 만 것이다.

다행히 상처는 깊지 않았다. 화살은 완전히 발사된 것이 아니라 구멍 밖으로 촉만 내밀었을 뿐이다.

"우… 리였네."

엽수낭랑의 입에서 신음이 터져 나왔다.

병기를 놓는 것은 어렵지 않았다. 하지만 옷을 벗는 것은 어려웠다. 아무도 보지 않는 석벽 안이라고는 하지만 여인의 몸으로 발가벗을 수는 없었다.

경고는 두 번을 더 울렸다.

전처럼 병기를 놓으라는 경고가 아니라 단지 옷을 벗으라는 경고뿐이었다.

누군가가 어디서 지켜보고 있는 게다.

그런 사실을 알자 더욱 옷을 벗을 수 없었다.

마지막으로 세 번째 경고가 토해졌다. 경고는 이번에도 마지막이라는 말에 힘을 주었다.

'정말 마지막이야. 이번에도 거역하면 화살이 발사될 거야.'

틀림없는 사실이다.

엽수낭랑은 옷을 벗기 시작했다.

사방은 캄캄한 어둠 속. 하지만 옷을 벗는 손길은 중풍에 걸린 사람처럼 달달 떨렸다.

구르릉……!

석벽이 다시 이동을 시작했다.

전처럼 어떤 벽은 뒤로 빠져나갔고 그 자리에 다른 벽이 채워졌다. 왼쪽 벽은 사선으로 미끄러지듯 끌려 들어왔다.

'움직임을 강요하고 있어.'

엽수낭랑과 사시, 이화는 발가벗은 몸으로 다른 공동을 향해 몸을 움직였다.

누군가 지켜보고 있는 것이 틀림없다.

석벽 안에는 그녀들이 입을 수 있는 의복이 가지런하게 정돈된 채 놓여 있었다.

누가 먼저라고 할 것도 없이 옷을 주워 입었다.

몸에 비해 큰 것도 있고 적은 것도 있지만 그런 것을 고려할 정신도 없었다.

경고는 울리지 않았다. 죽음 같은 침묵만이 시간을 때워주었다.

"도우려고 왔다가 오히려 짐만 되었네."

철시가 한탄을 섞어가며 말했다.

일 향경이라는 시간이 흐른 후, 석벽은 다시 움직였다.

이번에는 어디로 갈까 망설일 필요도 없었다. 움직이는 석벽 사이로 밝은 불빛이 보였고, 엽수낭랑이 감지했던 사람의 느낌이 현실이 되어 앉아 있었다.

그가 말했다.

"제법이군, 여기까지 올 수 있었다니. 역시 당문의 여식다워. 엽수낭랑 당안령. 맞지?"

"절 아는군요. 누구시죠?"

안에는 그 혼자만이 아니었다. 적어도 십여 명에 달하는 사람들이 앉아 있었고, 그들 허벅지에는 엽수낭랑의 옷이, 사시와 이화의 옷이 올려진 채 수색을 당했다.

엽수낭랑이 지녔던 온갖 독, 암기는 하나하나 드러나 다탁 위에 올려졌다. 사시와 이화가 지녔던 옥화, 옥적도 다탁 위에 놓여지는 신세가 되었다.

이들은 엽수낭랑과 사시, 이화의 정체를 알고 있었던 게다.

엽수낭랑은 수치심을 느꼈다.

그들이 만지작거리는 옷 중에는 여인의 은밀한 곳을 가리는 고의(袴衣)도 포함되어 있지 않은가. 낯선 사내의 손이 고의 곳곳을 뒤지고 있지 않은가.

하지만 그런 감정은 눈이 횃불에 익숙해진 다음에는 의아심으로 바뀌었다.

안에 있는 사람은 앉아 있는 사람이 일곱 명, 서 있는 사람이 열네 명이다. 앉아 있는 사람들은 모두 노인들이었고, 서 있는 사람들은 단단한 근육을 자랑하는 청년들이다.

청년들은 무시해도 좋았다. 그들에게서는 강한 기도가 풍기지 않았다. 어느 정도 무공을 수련하기는 했어도 엽수낭랑이나 사시, 이화가 무시해도 좋을 정도였다.

반면에 앉아 있는 일곱 노인은 엽수낭랑조차도 숨이 막힐 정도로 강한 기도를 뿜어냈다.

'이 사람들…… 그래! 칠잔앙이야! 현문이 맞았어. 여기가 현문 비밀 총단이야! 아! 사람들 모두가 속았어. 현문 총단은 삼태에 있는 게 아니라 여기였어.'

엽수낭랑은 힘이 쭉 빠졌다. 현문…… 그중에서도 가장 강하다는 일곱 명과 마주 선 것이니.

"우리가 누군지 짐작한 것 같은데, 그럼 누구냐는 질문에는 대답하지 않아도 되겠군."

그, 일잔앙이 말했다.

일잔앙은 엽수낭랑의 옷 속에서 작은 목갑을 꺼내 들더니 코에 대고 냄새를 맡았다.

"흐음······! 아주 좋군. 냄새가 아주 좋아. 죽기 전에 이 냄새를 맡아 볼 수 있다니 나도 행운아군."

'열어라! 제발!'

일잔앙은 열지 않고 냄새만 맡았다.

"이 속에 든 게 청향서(淸香鼠) 맞나?"

'틀렸어.'

그나마 가졌던 일말의 기대가 물거품처럼 사라졌다.

청향서는 쥐다. 털은 윤기나는 푸른빛이고, 몸에서 풍기는 냄새는 사향(麝香)을 능가할 정도로 매혹적이다. 하지만 청향서가 흩뿌리는 털은 극독에 버금가므로 지극히 조심해서 다뤄야 할 흉물이다.

일잔앙이 목갑을 열었다면 밀실 안에 있는 사람 모두가 중독되었으리라.

"입구에 구운 고기 조각을 놓기에 왜 그런가 싶었더니 이놈이 있어서 그랬구먼. 좋은 방법이지. 이놈은 구운 고기에는 사족을 못 쓰는 놈이니 이놈이 움직이는 대로만 따라가면 천지만변미로진이 아니라 미로진 할애비라도 빠져나갈 수 있지. 좋은 방법이야."

'다 틀렸어. 철시 말대로 짐만 되었어.'

"하나 가르쳐 주랴?"

"······."

"세상에 '절대' 라는 말은 없다는 것이야. 당문에서 배운 독과 암기, 진법은 당문을 나서는 즉시 잊어버렸어야지. 왜? 절대가 아니니까. 하기는 절대란 있을 수 없는데도 '절대무' 인가 뭔가 하는 것을 깨우치겠다는 작자들도 있으니."

엽수낭랑은 큰 충격을 받았다.

일잔앙이 한 말은 당문도에게는 하나의 규범이나 다름없었다.

문주인 아버지도 그런 말을 했고, 사숙들도 그 말을 입에 달고 살았다.

절대란 있을 수 없다. 당문에서 배운 지식은 당문을 나서는 즉시 잊어버려라.

왜?

모든 것은 변한다. 있는 것을 고스란히 사용하는 사람은 없다. 그런 사람이 있다면 지려고 작정한 사람이다.

세상에 드러난 독은 사용하기가 쉽지 않다. 그렇기에 드러난 독을 드러나지 않게 사용하기 위해서는 다른 부분을 가미한다.

진법도 마찬가지다. 세상에서 볼 수 없는 진이기는 하지만 천지만변미로진은 드러난 진이다. 드러난 진을 사용했을 적에는 알지 못하는 다른 부분이 첨가되었다는 것을 생각했어야 한다.

"뭘… 뭘 더했죠?"

"응?"

"천지만변미로진에 뭘 가미한 거죠?"

"허허허! 쉽게 알아듣는군. 사내로 태어났으면 당문십독이 되었을 거라더니, 맞는 말이야. 똑똑하니 기분 좋군."

"뭘 더했나요?"

"더할 건 없지. 천지만변미로진은 자체로 무적이니까. 거기에 아쉬운 것이 하나 있었는데, 사람이 들고 나는 점을 잘 보지 못한다는 거였지. 그래서 만년사(萬年絲) 정도만 가미했지."

"만… 년사……."

"진을 알아보지 못하는 자는 무작정 들어오게 되어 있지. 그런 자는 상대하기 쉽고. 독사처럼 말이네. 자네처럼 알아보는 사람은 상대하기 어렵지. 하지만 알아보는 사람은 알아보는 순간 장님이 되지. 석벽만 주시하지 발 밑은 볼 생각을 않거든. 알아들었는가?"

'발 밑에 만년사를 깔아놨어. 건드리는 순간 타종(打鐘)이 울렸을 거야. 뛰는 사람 위에 나는 사람이 있었어.'

뇌궁에 있을 적에 마단과 현문을 놓고 저울질한 적이 있다.

모두들 현문은 마단의 적이 되지 않는다고 했다. 하지만 삼지는 달랐다. 그들 의견은 서로 짜기라도 한 듯이 비등하다고 했다. 그렇지 않고서야 현문과 마단이 그 오랜 세월 동안 숙적이 되어 싸울 수 없다면서.

엽수낭랑은 현문의 일단면을 겪었다. 그리고 느낀 점은 삼지의 말이 옳다는 것이다.

현문에는 세상이 모르는 거력이 숨어 있다.

일잔앙이 말했다.

"혜월을 찾아온 것 같은데, 만나게 해주겠네. 우리도 바삐 갈 곳이 있고. 허허! 삶과 죽음은 조금 있다가 결정해 줌세."

第六十三章

잠잠(潛蠶)

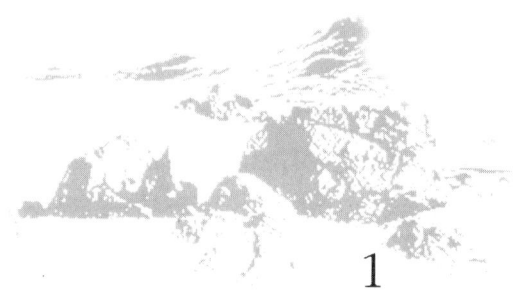

1

잠잠(潛蠶)

딸랑, 딸랑, 딸랑……!

지하 광장에서 시작된 종소리가 멀리멀리 퍼져 나갔다. 시작은 크고 맑은 소리였으나 종내에는 길고 가느다란 소리로 변해서.

현문 무인들이 기다렸다는 듯이 들어섰다.

질서 정연한 모습이었다.

광신도들의 행렬처럼 생기 잃은 모습이 아니라 한 명 한 명 정제된 무공이 두드러져 보이는 강인한 모습이었다.

그중에는 낯익은 얼굴도 보였다.

일장의 빛이 있는 석정하, 요신화의 모습도 그 속에 섞여 있었다. 사형이라며 무공을 전수해 주던 막세건, 곽상도. 한층 강해지고 단단해 졌으며 어른스런 모습으로.

그들에게는 서 있는 자리도 정해져 있는 모양이다.

광장에 들어서는 순서대로 서는 것이 아니라 자기 자리를 찾아가 섰다.

석정하는 오천검객 오른편 제일좌에 섰다. 막세건이 왼편 제일좌에. 요신화는 오른편 제삼좌였고, 곽상은 왼편 제이좌였다.

몇몇 사람이 더 눈에 익었지만 이름은 기억나지 않았다.

그들 눈에도 오천검객이 독사를 처음 보았을 때처럼 놀라움이 가득했다. 특히 막세건과 곽상의 눈은 더 이상 커질 수 없을 만큼 부릅떠졌다.

경거망동하는 사람은 아무도 없었다.

독사를 알아본 사람들은 놀란 표정을 숨기지 않았지만 말은 하지 않았다.

뇌천검객이 말했다.

"세건, 독사가 네 검이 보고 싶다는구나."

많은 사람이 변했다.

독사가 눈여겨본 사람은 석정하와 막세건, 그리고 곽상이다.

현문에서, 그리고 무생곡에서 이들을 봤을 때는 광명정대함이 줄줄 흘러나오던 소협(小俠)들이었다. 하지만 지금은 변했다. 석정하는 깊이를 알 수 없는 자가 되었고, 막세건은 사파 인물에 가까울 정도로 냉혹한 자가 되었다. 가장 많이 달라졌기 때문에 주목했다.

곽상을 주목한 것은 그가 변하지 않았기 때문이다.

지하 광장에서 본 사람들 중 유독 곽상만 옛 모습 그대로였다. 기도(氣道), 성정(性情)… 모두 옛 모습 그대로다. 표정만 해도 그렇다. 독사를 본 사람들은 놀란 표정뿐이었지만 곽상만은 반가움이 깃든 미소로 바뀌었다.

'가장 상대하기 어려운 사람이 소천검객과 곽 사형이 되겠군.'

사정없이 검을 쳐내야 할 때 인정이 곁들어 있다는 것은 위험천만하다.

두 사람은 독사의 검을 무디게 할 수 있는 사람들이다.

막세건이 광장 중앙으로 걸어나와 독사 앞에 섰다. 걸어나오는 동안 그의 검은 이미 뽑혀져 손에 들렸다.

새파란 인광이 번들거리는 요사한 검.

검은 한낱 쇠붙이 불과하지만 드는 사람에 따라서 성격을 완연히 달리한다. 명검의 형태를 띨 수도 있고 막세건처럼 사검(死劍)으로 만들 수도 있다.

'죽음의 검, 사검이군. 무자비한 검이야.'

무생곡에서는 발견하지 못했던 검이다. 당시 막세건에게 많은 지도를 받으면서도 이런 검이라고는 생각지 못했다.

막세건이 감정을 싣지 않은 채 말했다.

"심장이 둘인가?"

"오차. 간발의 오차."

"그랬나? 그렇군. 내 검이 미숙했군."

"지금도 미숙한 것 같은데?"

농담이 아니었다. 허점을 찾고자 마음을 자극하려고 내뱉은 소리도 아니었다.

막세건의 검은 미숙했다. 적어도 독사의 눈에는 그렇게 보였다. 검에 진기가 너무 많이 들어가 있어서 초식을 전개하는 데 무리가 따른다. 강한 검이 약간의 무리는 상쇄시켜 주겠지만 독사라면 얼마든지 그 틈을 파고들 수 있다.

암혼사가 삼성 경지에 올라선 후 나타나기 시작한 신묘한 현상 중 하나였다.

적을 보면 칠 곳이 보였다.

진기의 흐름이, 강약이 한눈에 들어왔다.

상대의 공격 형태가 마치 자신의 초식이라도 된 양 확연히 읽혔다.

"걱정 마라, 이번에는 간발의 오차도 없을 테니까."

"순서가 틀렸군."

"뭐야!"

"오랜만에 만났는데 안부부터 묻는 게 순서 아닌가?"

"사형을 사형으로 대하지 않는 놈에게는 안부도 필요없는 거지."

"아! 그거. 하하하! 사형, 사제 간의 안부를 생각했나? 그런 건 이미 끝났고, 난 적으로서 안부를 물은 건데 거기까지 생각했나?"

쉭쉭! 쉬쉬쉭……!

막세건의 신형이 예고도 없이 급변했다.

다가서고 물러나고, 우측으로 좌측으로……. 보법을 밟는 것 같지도 않은데 신형이 움직이고 있다. 언제 무슨 초식을 전개할지, 어떤 형태로 공격을 가해올지 전혀 예측할 수 없게 만드는 신법이다.

긴장은 극도로 고조된다.

검끝이 독사의 혓바닥처럼 날름거리기 때문이다. 앞으로 다가올 때는 물론이고 뒤로 물러설 때도 호시탐탐 기회를 노리는 뱀처럼 검끝이 요동친다.

독사는 싸움에 임한 사람답지 않게 태연했다.

검이 몸에 닿는다 싶을 만큼 가까이 다가와도 눈빛이 흔들리지 않았다.

‘허초(虛招)…….’

어떤 검은 허초에서 실초로, 실초에서 허초로 변화하는 과정이 극도로 빠르다. 그런 검을 환검(幻劍)이라고 하며 검법의 한 부류로 인정해 주고 있다.

독사가 판단한 막세건의 검은 환검이 아니다. 쾌검도 아니고, 중검도 아니다. 막세건의 검은 단 일 초에 운명을 결정짓는 사검이다. 백 번의 허초는 무시해도 좋으나 단 한 번의 실초는 목숨을 앗아간다.

‘이 검…… 많이 봤는데?’

독사는 눈살을 찌푸렸다.

옆에서 보면 난해한 공격에 갈피를 못 잡는 듯이 보이기도 하겠지만, 내심은 전혀 달랐다.

막세건의 검이 눈에 익다. 세세하게 뜯어보면 신법이나 초식 모두 처음 보는 검법인데 분명히 어디선가 본 것 같다.

누가 사용했을까? 누가…….

막세건의 검이 다시 날아왔다. 날아온다는 표현은 부적합하다. 상처 입은 토끼를 노리고 달려드는 늑대처럼 사납게 짓쳐 온다. 아무래도 뒤로 물러서거나 검을 들어 대응해야 할 것 같다.

‘허초!’

독사는 움직이지 않았다.

막세건의 검이 환검이 아닌 이상 허초에서 실초로 변화하는 순간에 틈이 생긴다. 독사 같은 고수에게 그만한 틈은 상대를 격살할 수 있는 커다란 구멍으로 보인다. 그런 점은 막세건이 누구보다 잘 알고 있으니 함부로 검을 변화시키지 못한다.

그의 진짜 공격은 허초에서 실초로 변화하는 공격이 아니라 처음부터 실초로 다가오게 될 것이다.

'이… 것 이었군.'

독사는 막세건의 허초를 지켜보다가 그의 검법이 눈에 익은 까닭을 알아냈다.

검에 무지막지한 경력이 실려 있으니 실초로 보이는 게 당연하다. 상대하는 자는 위협을 느끼고 맞대응할 게다. 그것이 허초! 한순간을 늦춰 재차 공격하는 검이 실초다.

허초에는 가공의 경력만 담겨 있다. 실초에 진신공력이 담겨 있을 것이고, 아마도 막세건이 모든 진기를 쥐어짜 내 일점에 집중시킨 거력이 폭발할 것이다.

독사는 알아냈다.

'권심시내기!'

암혼사다. 암혼사의 운용 구결이 막세건의 검에서 흘러나온다. 독사가 익힌 암혼사와 다르고, 엽수낭랑이 체득한 암혼사와도 다르지만 암혼사인 것만은 틀림없다.

'암혼사를 잘못 배웠군.'

막세건이 수련한 암혼사는 암혼사로 수련할 수 있는 무공 중 최악이었다.

암혼사는 조화의 무공이다. 작게는 검과 육신이 하나가 되어야 하며, 크게는 천지자연 속에 하나로 흡수되어 무아(無我)가 되어야 한다. 끊임없이 흐르는 강물처럼 진기도 유유하게 흘러야 한다. 몸 안에 정체시키지 말고, 내뱉을 때는 내뱉고 받아들일 때는 받아들여야 한다.

그런 이치는 싸움에 임해서도 마찬가지다. 진기를 증폭시킨다고 받아들인 기운을 폐기(閉氣)하면 즉각 흐르는 물에서 고인 물로 변하고 만다.

천지자연과 하나가 되었던 기운이 육신의 근육에서 쥐어짠 힘과 다를 바 없게 전락하고 마는 것이다.

없는 힘을 쥐어짜 내니 진기는 고달파지고 신경질적으로 폭발하고 만다.

그것이 막세건이 익힌 사검이다.

이런 검은 지극히 위험하다. 권심시내기의 묘용을 활용하여 강력하기 이를 데 없는 실초를 전개하는 데까지는 성공할 수 있어도, 뒤를 이을 수 없다.

일초가 실패하면 육신은 탈진 상태가 되고, 탈진 상태에 이른 육신으로는 반격을 막아낼 도리가 없다.

그런 점을 보충하기 위해 창안된 것이 눈을 현혹시키는 신법이리라. 수없이 되풀되는 허초의 연속이리라.

그럴 필요가 없는 것을. 기운을 가두지 말고 놓아버리기만 하면 무궁무진한 진기가 용솟음치는 것을.

'진기의 순환을 믿었어야 해. 진기에게도 생명력이 있다는 것을, 자생력이 있다는 것을 믿었어야 해. 내가 없으면 진기도 없듯이, 진기가 없으면 살지 못하는 것인데. 어떤 사람이든 진기는 있기 마련이고 움직이는데……'

고정관념이 무공 증진을 방해하는 전형적인 표본이다.

운공을 배울 때 처음으로 접하는 것이 의념(意念)이다. 의념으로 진기를 이끌어 전신에 순환시켜야 한다고.

맞는 말이다. 의념은 무공의 고하를 떠나서 무인이라면 눈을 뜨면서부터 잠이 들 때까지 몸에 붙어 다니는 일상생활이다.

암혼사는 의념을 거부한다.

의념 자체가 필요없다. 억지로 진기를 이끄는 것이 아니라 진기가 흐르는 대로 맡겨두어야 한다. 임맥(任脈)도 독맥(督脈)도, 기경팔맥(奇經八脈) 모두를 잊어야 한다.

의념이라는 단계를 뛰어넘어 진기와 몸, 그리고 자연이 하나가 될 때 가장 강력한 무공이 표출된다. 그것이 암혼사다.

파앗……!

독사의 신형이 사검을 쫓아 춤추기 시작했다.

'아! 암혼사! 암혼사!'

뇌천검객의 눈꺼풀이 파르르 떨렸다.

현문의 존망(存亡)이 걸린 일까지 어겨가며 독사에게 암혼사를 전수했다. 귀궁의 유화신공을 전수했어야 했으나 독단적으로 암혼사를 전수했다. 오직 한 가지 소망, 진정한 암혼사를 보고 싶다는 지극히 개인적인 열망 때문에.

지금 보고 있다.

독사가 펼치는 암혼사, 오! 완벽한 암혼사!

자리를 나란히 하고 앉아 있는 오천검객들은 독사의 무공을 알아보지 못한다.

세상에 드러난 적이 없는 무공이니 그럴 수밖에 없다.

암혼사는 열 명에게 전수해도 모두 각기 다른 무공이 나타난다. 개개인의 심득에 따라 무공의 형태도 변하기 때문에.

독사와 막세건에게 암혼사를 전수했으나 두 사람이 전혀 다른 무공을 선보이고 있지 않은가. 이 자리에만 암혼사를 수련한 사람이 자신까지 도합 세 명. 세 명의 무공이 모두 다르다.

자신과 막세건이 수련한 암혼사는 반편짜리 무공이다.

절대적인 위력을 지니고 있으나 단 한 번밖에 시전할 수 없다. 지금처럼 많은 사람 앞에서 싸움을 하게 되면, 무공의 허실이 간파되고 차후에는 아주 하찮은 무공으로 전락해 버릴 위험성도 내포하고 있다.

그런 연유로 뇌천검객은 사람이 보는 앞에서는 무공을 펼치지 않았다.

소리없는 검, 무음검객(無音劍客).

하하하! 세상이여! 무음검객이 되고 싶어서 되었겠는가.

당당하게 많은 사람들 앞에서 무공을 펼치고 싶다. 뛰어난 무공을 자랑하고 싶기도 하다.

모두 젊었을 적의 치기(稚氣)다.

지금은 그런 마음이 없다.

무림은 무공만 가지고는 살 수 없다는 사실을 알았으니까. 하지만 그런 지금도 자신의 무공에 대해서 일말의 불안감을 가지고 있는 것은 사실이다.

막세건은 사검에 환(幻)을 얹었다.

사검은 일검으로 족하나 사람들 눈을 현혹시키려면 어쩔 수 없는 선택이었다. 막세건의 환은 병기를 든 상대를 속이는 환이 아니라 주위에서 지켜보는 눈들을 속이기 위한 환이다.

반면에 독사는 완벽한 암혼사를 펼치고 있다.

보법마다 진실한 진기가 실려 있고, 살짝살짝 부딪치는 검에도 권심시내기의 막강한 진력이 담겨 있다.

막세건이 밀리고 있다. 형편없이 주춤주춤 밀려나고 있다.

'이건 완벽한 암혼사야! 실현됐어! 내 눈으로…… 봤어!'

소림무공과 무당무공을 수련한 사람이 싸우게 되면 승패를 점칠 수 없다.

수련한 무공의 숙련도가 승패를 좌우하는 것은 물론이다. 하지만 낯선 상대의 무공에 누가 더 빨리 적응하고 대응할 수 있느냐 하는 것도 승패의 큰 관건 중 하나다.

다른 무공끼리 겨룰 때는, 한 번도 본 적이 없는 낯선 무공을 접할 때는 상당히 신중해야 한다.

같은 무공을 수련한 자는 우열이 쉽게 가려진다.

그곳에는 단지 숙련도만 존재한다.

막세건이 느끼는 감정이 바로 그것이다. 같은 무공을 수련한 사람들끼리 나누는 비무, 그리고 확인된 숙련도.

자신은 약하고 독사는 강하다.

그 차이는 너무나 현격해서 사부가 미숙한 제자를 가르치는 것 같다.

독사가 펼치는 암혼사와 막세건이 펼치는 암혼사는 전혀 다른 무공이 되어 상대를 노렸다.

누구도 두 사람의 무공을 한 뿌리로 보지 않았다.

억지로 뜯어 맞춰 한 뿌리라고 우겨보려고 해도 우길 수가 없을 만큼 완전히 달랐다.

하나 막세건은 같다고 느꼈다.

검을 서로 부딪치지는 않았지만 서로의 움직임에서 피를 나눈 형제처럼 *끈끈하게* 달라붙는 유사성을 느꼈다.

'이건… 이건 같은 무공이다! 내가… 내가 밀리고 있어! 암혼사! 암혼사야!'

사부가 독사와 겨루라고 했을 때, 이럴 줄 알았다.

독사가 익힌 암혼사와 자신의 암혼사를 비교해 보라는 무언의 언질을 못 알아들을 리 없다.

'독사! 얼마나 컸나보자!'

지난 세월, 뼈를 깎는 고통 속에 완성한 사검은 그를 일약 제사존이라는 특이한 위치에 올려놓았다.

'존(尊)' 이라는 위치가 존재한다는 것은 비밀 총단에 들어와서야 알게 되었지만, 그리고 자신이 제사존에 머물렀다는 게 불만이지만, 어쨌든 현문 후기지수들 중에는 네 번째로 강한 자로 인정받은 것이다.

네 번째? 그럴 수 있나?

제일 숙적으로 생각했던 석정하조차 제삼존에 머물렀다.

제일존과 제이존은 누군가!

막세건이 염두에 둔 사람은 얼굴 한 번 보지 못한 제일존과 제이존이다.

그만한 무공을 지녔으니 그 위치에 있겠지만 비무 한 번 해보지 못하고 물러섰다는 것은 불공평하다. 자신의 의지가 아니라 윗사람의 명에 의해 서열이 결정되었다는 게 불만이다.

어떻게 그런 서열이 나올 수 있었는지 납득하기 어렵다.

'언젠가는 그들과 만나겠지. 그때가 되면 내 무서움을 단단히 보여줘야 해. 일검에 누르고 문주를 계승해야 해. 반란을 일으키지 않는 한 기회는 한 번뿐이야.'

막세건의 꿈은 먼 곳에 있었다.

하물며 독사쯤이야.

그런데 이게 뭔가? 그토록 자신하던 검이 독사의 옷깃조차 건드리지 못하고 있지 않은가.

창창창……!

검과 검이 부딪치며 노란 불똥을 튀겨냈다.

막세건은 손아귀가 찢어지는 아픔을 느꼈다. 계속 이런 식으로 검을 부딪치다가는 손아귀가 찢어져 나갈 것 같은 착각마저 들었다.

착각만은 아니었다. 그의 손아귀는 찢어졌고, 검을 잡은 손에서 붉은 핏물이 뚝뚝 흘러내렸다.

'사, 사정을 봐주고 있어! 아냐. 사정을 봐주는 것이 아니라 내 사검을 관찰하는 거야. 검초가 흐르는 길을 관찰하고 있어!'

그가 사검에 실은 변화는 현문 검공에 바탕을 두고 있다. 암혼사는 어떤 무공에 접목시켜도 활용이 가능한 신공. 그렇게 해서 탄생한 사검은 묵천신공을 바탕으로 한 검공보다 파괴력에서 단연 앞섰다.

부딪치면… 사검과 부딪치면 적 아니면 내가 죽는다. 둘 중에 한 명은 반드시 죽는다.

'내, 내가 죽어, 부딪치면.'

막세건의 검에서 변화가 소멸되어 갔다. 독사를 상대로 잔재주를 부리는 것은 죽음을 자초하는 무모한 행위다. 그를 상대하려면 진실한 사검을 펼쳐야 한다. 단 일 초, 사검을.

휘이익!

막세건은 뒤로 훌쩍 물러나 독사의 검권에서 빠져나왔다.

두 다리는 정(丁) 자(字), 왼쪽 뒷다리에 무게 중심을 두고 오른쪽 앞다리는 허보(虛步), 상반신은 왼쪽으로 완전히 틀어졌으며, 검은 양손으로 움켜잡았다.

현문 무공에서는 찾아볼 수 없는 기수식이다.

막세건은 아랫입술을 잘근 깨물었다.

'이것밖에 없어, 독사를 상대하려면.'

뇌천검객은 의자에 뚱뚱한 몸을 더욱 깊게 묻었다.

'사검. 하지만……'

독사는 생각했다.

'이번 일초로 사형은 끝난다. 끝나는 순간 상대할 자는 요신화와 곽 사형. 곽 사형, 검을 뽑지 마시오.'

팽팽한 긴장감이 광장에서 숨소리마저 빼앗아갔다.

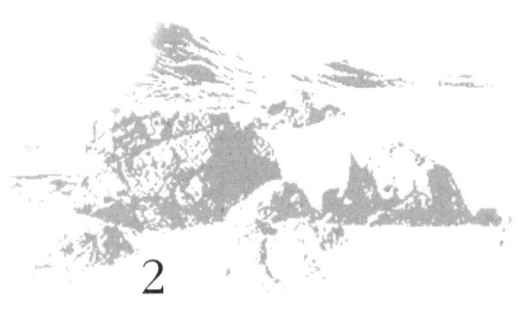

2
잠잠(潛蠶)

그들 네 명은 결정을 내려야 했다.

아주 중대한 결정인지라 함부로 입을 열지 못했다. 심중에는 벌써 결심이 굳어 있지만 혹시 잘못된 부분이 있을지 몰라 두 번 세 번 숙고했다.

"마단주께서 독사를 점찍은 것 같지 않소?"

다른 자가 말했다.

"오공사수님의 독단이 아닐까 싶습니다만……."

처음 말한 자가 받았다.

"난 오공사수, 그분을 어느 정도 알고 있소. 독단적인 면이 없는 것은 아니지만 마단주께 보고하지 않을 사람도 아니오. 특히 멸혼촌에서 사람을 풀어주는 일은 혼자 할 일이 아니오. 여러 면으로 볼 때 마단주께서 점찍었다고 봐야 옳지 않겠소?"

"음……!"

깊은 고민에 빠졌다.

엽수낭랑, 사시, 이화, 혜월이 잡혀 있다. 독사와 현문이 생사박투(生死搏鬪)를 벌이는 것도 시간문제다.

"오공사수께서도 그렇지. 이런 중차대한 일에 연통 하나 주지 않다니. 치매에 걸리신 것도 아니고……."

푸념밖에 나오지 않았다.

정작 결정을 내리는 데 도움이 될 말은 선뜻 할 수 없었다.

처음에 말한 자가 침중한 어조로 말했다.

"시간이 없으니 결정을 내립시다. 잘못된 결정이라도 어쩔 수 없는 상황 같소. 난 출(出)."

말과 동시에 오른손을 올렸다.

"저도 출입니다."

역시 오른손이 올라갔다.

"출."

"저도 출."

둥글게 모여 앉은 네 사람은 너나 할 것 없이 오른손을 들었다.

왼손을 든 자는 한 명도 없었다.

비로소 마음이 홀가분해졌다. 한 명이라도 왼손을 든 자가 있었다면 마음이 개운치 않았을 게다.

"시간이 없으니 빨리 움직입시다."

잠시 후, 네 사람이 말을 나누던 곳에는 정적만이 맴돌았다.

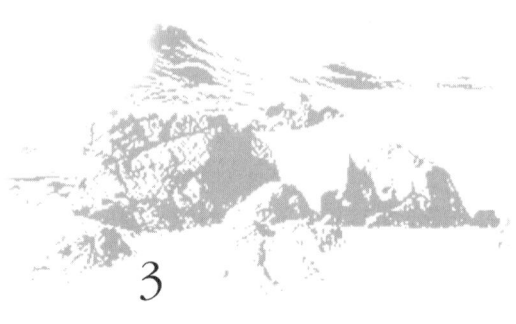

3
잠잠(潛蠶)

"그만!"

"그만!"

거의 동시에 같은 외침이 울려 퍼졌다.

첫 번째 외침은 뇌천검객이 터뜨렸다.

그는 막세건의 패배를 예감했다.

독사는 강하다. 그는 암혼사를 정통으로 수련해 냈다. 단지 구결로만 전수되는 무공을 더 이상 완벽할 수 없을 만큼 소화해 냈다.

막세건의 검도 암혼사, 독사의 검도 암혼사. 사이비와 정통이 부딪쳤을 때 도출되는 결과는 명약관화(明若觀火)다. 뇌천검객 자신처럼 실전 경험이나 풍부하면 경륜으로 부족한 점을 메울 수 있지만, 막세건은 그렇지도 못하다.

사검의 노출은 문제가 되지 않았다. 그는 독사의 검에서 짙은 살기를 읽어냈고, 인정없는 검이 막세건의 몸에 작렬할 것을 직감했다.

싸움을 말리지 않을 수 없었다.

두 번째 외침은 뜻밖에도 오천검객 등 뒤에서 터져 나왔다.

음성에는 웅혼한 진기가 담겨 있어서 지하 광장이 윙윙 울렸다.

오천검객은 황급히 자리에서 일어나 시립했다.

현문주까지도 공손히 예를 갖춰야 할 사람, 그들의 등 뒤에서 나타날 수 있는 사람…… 칠잔앙이다.

스르륵……!

오천검객이 등지고 있던 석벽이 미끄러지듯 열렸다. 그리고 그 안에서 일곱 노인이 가마를 타고 나타났다.

"제사존, 이 싸움은 네가 졌다."

일잔앙의 음성은 담담했다.

막세건은 승복할 수 없다는 듯 이를 악물었다. 검을 잡고 있는 손이 결정을 내리지 못하고 부들부들 떨렸다. 하지만 이것은 패배에 익숙하지 못한 탓, 곧 현실을 직시한 그는 어깨를 축 떨어뜨렸다.

"무슨 무공인가?"

일잔앙이 물었다.

현문 무인들에게 말을 하듯이 다정스런 음성이다.

"암혼사라는 무공이오."

"오! 암혼사!"

일잔앙의 얼굴에 놀란 빛이 어렸다.

다른 현문도 마찬가지였다. 소리 내어 경탄을 터뜨리거나 몸을 움직이지는 않았지만 놀란 표정은 역력히 드러났다.

칠잔앙을 태운 가마가 광장 안으로 들어섰다.

"자네가 수련한 암혼사가 우리 현문 무공인지는 알고 있는가?"

"그렇소?"

"그렇네."

"잘못 안 것 아니오? 난 귀궁 무공으로 알고 있는데."

뇌천검객은 눈을 감았다.

그의 얼굴에 꽂히는 다른 오천검객의 시선을 맞받기가 힘들었다.

'일생일대의 실수였는가······.'

그런데 어쩐 일인지 실수라는 생각이 들지 않는다. 독사는 암혼사를 전수받기에 최적합한 사내였다. 그가 아니었다면 아직도 암혼사는 사이비만 난무하고 있을 터이다.

적에게··· 적에게 전수했다는 것이 문제일 뿐.

그것보다 더 큰 문제는 없지만 말이다.

일잔앙은 뇌천검객을 힐끔 쳐다보았을 뿐 가타부타 말을 하지 않고 독사에게 시선을 주었다.

"멸혼촌에서 빠져나온 것으로 알고 있는데, 용케도 살아 나왔군."

"들여보낸 사람이 약했던 탓이죠."

"원래 말투가 그런가? 말속에 뼈를 심는 건 좋은 버릇이 아니네. 그런 마음이면 암혼사도 싫어할 텐데. 안 그런가?"

"······."

독사는 대답하지 못했다.

일잔앙의 말이 맞다. 마음속에 미움, 증오와 같은 잘못된 마음이 들어서면 암혼사가 제 위력을 떨치지 못한다. 암혼사는 세상의 이치인 조화와 관용으로 풀어주어야 천지를 뒤덮을 만한 위력이 나타난다.

백 번 옳은 말이다.

"더군다나 우리에게는 혜월 이외에 다른 사람도 있다네."

"……?"

"당문의 당안령, 그리고 골인 몇 명도 같이 있지."

'영아가! 사시와 이화!'

가만히 있으라고 했는데…… 혜월을 데리고 나갈 때까지. 데리고 나가지 못하면, 현문 무인들이 쏟아져 나오면 재빨리 물러서서 차후의 기회를 노리라고 했는데.

"자네가 큰소리칠 상황은 아닌 것 같네만."

"그렇군요."

독사는 노룡검을 거둬 검집에 넣었다.

이상하게도 일잔앙의 말을 듣고 있는 동안 마음이 편해졌다. 일잔앙의 말을 들어서가 아니라 그가 깨우쳐 준 진리, 암혼사의 진정한 마음을 되찾은 탓이지만.

극성까지 끌어올려진 암혼사가 지하 광장 곳곳을 누볐다.

현문 무인들이 내뿜는 기도는 가지가지였다. 어떤 자는 살기를 내뿜었고, 어떤 자는 투지를 끌어냈다. 종류는 달랐지만 하나같이 적의(敵意)였다.

"제안 하나 하지. 이곳은 천지만변미로진이 펼쳐진 곳이네. 들어올 수는 있으나 나갈 수는 없는 곳이지."

"들었소."

"빠져나가 보게."

"……?"

"원초장(圓初場). 아! 그렇게 말해서는 모르겠군. 자네가 처음 봤던 광장까지 빠져나갈 수 있으면 무사히 돌려보내 줌세. 자네의 뇌궁 여인들은 원초장에 대기시켜 놓지. 빠져나간다면 데리고 나가게. 지금 상황보다는 자네에게 훨씬 유리한 조건 아닌가?"

"이런 제안을 하는 이유는 뭐요?"

일잔앙이 웃으며 말했다.

"현문 무공을 익힌 기념이라고 해둠세."

오천검객은 우울했다.

칠잔앙의 제안이 이해되지 않는 것은 아니었다.

독사의 무공이 강한 것은 사실이다. 그와 대적하자면 대적 못할 바는 아니지만 막대한 희생을 감수해야 한다.

다른 사람에게는 그토록 강했던 막세건이 허무하게 무너졌다.

막세건이 질 것이라는 예감은 뇌천검객뿐만이 아니라 오천검객 모두가 같이 했다.

분명히 검으로 밀렸다.

그런 상황이라면 석정도 자신할 수 없다. 묵천신공을 팔성이나 수련하여 막세건보다 강하다고 인정한 제자이지만 어쩐지 독사에게는 안 될 것 같다.

독사를 상대하려면 십일대 천 자 돌림 무인들이 나서야 한다.

그것도 일 대 일 승부는 예측하기 곤란하다. 상황은 더욱 불리해서 일 대 일로 승부를 겨뤄 이기면 본전이고 지면 망신이다. 완벽한 승기를 잡기 위해서는 두 명 이상이 협공을 해야 하는데, 그런 쪽은 생각할 수도 없다. 치욕이다.

때맞춰 등장한 칠잔앙은 오천검객의 고민을 조금은 덜어주었다. 하지만 궁극적인 해결책은 되지 못한다. 언제까지 요명산 공동묘지에 숨어 있을 수만은 없고 종국에는 무림에서 부딪쳐야 하는데, 그러자면 제자들이 무공으로 승부를 낼 수 있어야 한다.

빙천검객이 칠잔앙의 뒤를 따르며 말했다.

"뇌천, 암혼사를 내놓을 용의는 없는가?"

뇌천검객이 암혼사를 가지고 있다는 사실은 빙천검객조차도 처음 알았다. 막세건이 유난히 강했던 이유가 암혼사에 근원한다는 사실도 오늘에서야 알았다.

일인지맥(一人之脈)인 암혼사, 탐나는 무공이다.

마단에 현저하게 밀리고 있는 현시점에서 암혼사는 유일한 타개책으로 생각되기도 한다.

"……."

뇌천검객은 대답을 망설였다.

암혼사를 일인지맥으로 유지하는 이유는 연성할 사람이 없기 때문이다. 맥을 끊지는 못하겠고, 잘못 연성해서는 삼류무공을 연성하는 것만 못하고.

결국 힘들게 말했다.

"저도 암혼사를 수련했지만, 묵천신공을 수련한 것보다 낫지는 않습니다."

빙천검객도 답답해서 해본 소리였다.

어느 무공이나 수련하는 사람에 따라서 삼류무공도 되고, 일류무공도 되는 것이다. 현문 무인들같이 일정 수준에 오르면 초식의 종류와 변화, 진기의 운용 등에 상하가 구별되기는 하지만 현재 현문을 이루고 있는 무공만으로도 충분하다고 본다.

그런데 어째서 몇 년 전만 해도 백면서생에 불과했던 독사조차 감당하지 못하는 것인가. 이래서야 어떻게 마단과 싸우겠는가.

오천검객은 오랜만에 투지가 되살아났다.

독사를 보면서 반드시 저 검을 꺾고야 말겠다는, 자신이라면 꺾을 수 있다는 투지가.

실로 오랜만에 느껴보는 호승심(好勝心)이다.

문제는 제자들이다. 제자들은 아직 약하다. 더군다나 마단이 언제 튀어나올지 모를 상황이지 않은가.

저벅! 저벅!

불도 밝혀놓지 않은 동혈에 가만가만 발걸음 소리만 울려 퍼졌다.

오천검객이 흘린 발자국 소리가 아니라 칠잔앙의 가마를 떠메고 가는 무인들이 쏟아내는 발자국 소리다.

칠잔앙의 가마는 빙천검객의 집무실로 향했다.

사람이 스무 명 넘게 들어갈 만한 넓은 공간에는 다리가 낮은 탁자 하나와 의자 네 개만 덩그러니 놓여 있어서 쓸쓸하기까지 했다.

하지만 이곳이 빙천검객의 집무실이며 현문 비밀 총단의 최고 중심지다. 비밀 총단에서 발생하는 모든 일은 제일 먼저 이곳으로 보고되며 결정지어진다.

빙천검객은 자신의 집무실에 들어와서도 의자에 앉지 못하고 서 있었다.

"앉으시게."

앉는 사람은 없었다. 칠잔앙은 단순한 사숙이 아니다. 두 다리를 잃었어도, 무공을 사용하지 않아도 현문에서는 신적인 존재다.

"앉으래도. 문주가 서 있으면 늙은 몸들이 불편하지 않나."

"괜찮습니다. 이대로가 편합니다."

빙천검객은 인상을 펴지 못했다. 그만큼 심기가 불편했다.

현문의 독문무공은 세 개, 묵천신공, 단파, 암혼사다.

묵천신공은 절정으로 연마해 내지 못했고, 단파는 실전되었으며, 암혼사는 외인에게 유출되었다.

심기가 편할 리 없었다.

"문주는 내가 문주 대신 독사에게 제안한 것이 마음에 걸리는가?"

"그럴 리 있겠습니까. 천부당만부당입니다."

"허허! 실은 두 가지 난감한 문제 때문에 그런 제안을 했네."

"……?"

오천검객은 귀를 씻고 들었다. 칠잔앙이 난감한 문제라면 상당히 중한 것이기에.

"한 가지는 혜월이 탈출했다는 것이네."

"네?"

"그럴 리가요!"

"당안령과 골인들을 잡아 가두었는데 감쪽같이 사라져 버렸네. 빼앗아 놓은 엽수낭랑의 암기와 독은 물론이고 골인들의 기문병기(奇門兵器)도 깨끗하게 사라져 버렸지."

정말인 것 같다. 아니, 정말이다. 어떻게 이런 일이…… 현문에서, 천지만변미로진이 펼쳐진 곳에서…….

"내부에 적이 있군요."

뇌천검객이 담담하게 말했다.

"뇌천, 자네 같으면 어떻게 하겠나?"

"독사가 아무리 뛰어나다 해도 천지만변미로진을 뚫고 나갈 수는 없을 테니… 적이 도울 겁니다. 뒤만 감시하면 내부의 적을 찾아낼 수 있겠군요."

"그것이 한 가지 난감한 문제일세. 독사에게는 눈이 백여 개나 붙어 있으니 누군가는 걸려들겠지."

눈 백 개. 천지만변미로진을 조종하는 자들이다. 그들은 칠잔앙의 직속으로 천 자 배 고수들조차 얼굴을 본 적이 없다. 다시 말해서 칠잔앙이 마음만 먹으면 현문 고수들 전부를 몰살할 수 있다는 이야기와도 같다. 그만큼 비밀 총단의 비밀을 유지하는 것이 중요하다.

"또 한 가지 난감한 문제는……?"

"제안이 들어왔네."

"제안요?"

이번에는 뇌천검객도 놀라고 말았다.

위치가 극비에 속한 현문 비밀 총단에서, 가장 은밀한 곳에 숨어 지내는 칠잔앙에게 제안이라니! 칠잔앙에게 접근하기 위해서는 무려 십여 개가 넘는 관문을 거쳐야 한다. 칠잔앙에게 가장 신임을 받는 석정하까지도 반 각이나 뜸을 들이고 나서야 칠잔앙 앞에 설 수 있는 처지다.

내부의 적은 너무도 깊숙한 곳까지 파고들었다.

'이건 심각하다!'

내부의 적이란 마단을 제외하고는 생각할 수 없다. 그토록 치밀하게 행동했는데 언제 파고들었단 말인가.

도대체 누군가!

현문은 마단의 총단을 알아내기 위해서 청광검이라는 이름 하에 기재들을 죽음으로 몰아넣었는데, 그러고도 찾아내지 못했는데…….

"누가 감히 제안을?"

뇌천검객이 조심스럽게 물었다.

"우리도 보지 못했네. 당안령과 골인들을 제압해서 뇌옥에 가둔 후 돌아와 보니 거처에 글 몇 줄이 적혀 있더군. 허허허! 재미있지 않은 가? 그만한 잠입술이라면 우리 목인들 못 딸까."

"말씀 받잡기 민망합니다. 죄송합니다."

빙천검객의 얼굴이 붉어졌다. 좀처럼 감정 변화를 드러내지 않는 빙천검객이지만 오늘 하루 동안 그가 겪은 고통은 상당히 컸다.

"제안은 무슨 내용인지요?"

뇌천검객이 물었다.

"단파."

"네?"

"단파를 돌려주겠다는 제안이네."

"단파를요!"

오천검객이 일제히 경악했다.

전전대 문주 대에 사라졌던 단파! 그것이 나타났는가, 그것도 마단의 손에 의해? 그럼 마단이 오랜 세월 동안 참오를 했다는 말이지 않은 가! 그렇다면… 효용 가치가 없다고 판단했다는 말이지 않은가.

아니다. 무공이란 그렇게 갈라 버릴 수 없다. 묵천신공을 바탕으로 한 단파와 여타 무공을 바탕으로 한 단파는 다를 수밖에 없다.

육신에 단 한 올의 진기마저 남아 있지 않은 최악의 상황에서도 적을 격살할 수 있다는 구명신초(救命神招).

일잔앙이 걸레가 되어버린 누더기 책자를 내밀었다.

"이것이 반쪽짜리 단파네."

빙천검객이 조심스럽게 받아 들어 살펴보았다.

달랑 두 장짜리 책자다. 책 중간 부분이 찢겨져 있는 것으로 봐서 나머지 반쪽도 두 장 정도에 불과할 것 같다.

손이 떨렸다. 그토록 원하던 단파가 드디어 손에 들어왔다.

'이것이면… 이것이면 마단을 상대할 수 있어. 양패동사(兩敗同死)도 좋다. 개죽음을 당하는 것보다는 낫지 않나.'

"나머지 반쪽은 독사가 이곳을 벗어난 후에 주겠다더군. 허허허! 이런 일이 없었다면 이 늙은이들이 집법당에 가지도 않았을 걸세. 이제 결정은 자네들이 하시게."

일잔앙이 고개를 끄덕이자 목석처럼 서 있던 장정들이 일제히 가마를 들었다.

칠잔앙이 빠져나간 후 오천검객은 반쪽짜리 책자만 멍하니 쳐다보았다.

"귀신에 홀린 것 같네요."

쾌천검객이 삭막한 음성으로 말했다.

"독사는 언제든 잡을 수 있습니다. 그가 교가에 있다는 것도 알고 있으니. 그보다는 내부의 적을 색출하는 것이 급선무인 것 같군요. 완전한 단파도 찾아야 하고."

뇌천검객은 독사를 놓아주자는 쪽이었다.

세 가지 문제, 독사를 놓아주는 일과 내부의 적을 색출하는 일, 그리고 단파를 찾는 일 중 가장 시급한 일은 두 번째였다.

빙천검객이 깊은 한숨을 내쉰 후 탁자 너머에 있는 석벽으로 다가갔다.

오색 끈으로 엮어놓은 밧줄 하나.

이것이 독사의 목숨을 살려줄 것이다. 구석구석에 숨어 있는 현문 무인들은 일제히 철수할 게고, 한 번도 보지 못한 백 명의 진법가들은 암기 발사를 중지하리라.

빙천검객은 밧줄을 잡아당겼다.

"이제 독사가 제 힘으로 천지만변미로진을 빠져나가거나 간자(間者)가 의외의 방법으로 독사에게 접근한다면, 우린 이 단파… 나머지 반쪽이나 갖다 주기를 바라는 수밖에 없겠군. 허허허!"

빙천검객이 허탈하게 웃었다.

*　　　*　　　*

심신산골, 깊은 산속에서 풍기는 풀 냄새.

지하 암동에서 맡을 수 있는 냄새치고는 너무 향기로웠다. 아니, 싱그러웠다.

'영아의 청향서!'

청향서는 엽수낭랑이 교가 뇌궁에 들어온 후부터 기르기 시작한 쥐다. 그녀는 교가에 도착한 후에 제일 먼저 주변 산들부터 뒤지기 시작했고, 청향서 새끼를 잡아왔다.

그것이 이제는 징그러울 정도로 커졌다.

어떻게 잊겠는가, 이 향기를.

독사는 냄새를 좇아 걸음을 떼어놓았다.

현문 문도들은 썰물처럼 빠져나간 후, 흔적도 남기지 않고 사라져버렸다.

완전히 사라진 것은 아니다. 요소요소에 숨어서 날카로운 눈으로 노려보고 있다. 그들의 몸뚱이는 석벽에 가려져 보이지 않지만, 암혼사까지 걸러낼 수는 없다.

한데 어느 순간, 광망을 일렁이던 눈동자마저 사라져 버렸다.

독사는 텅 빈 공간에 홀로 서 있는 느낌이었다.

'칠잔앙이 왜 그런 제안을……. 어쨌든 죽을 수밖에 없는 목숨이 또 한 번 살아났군.'

칠잔앙은 약속을 지킬까? 지킬 것이다. 허튼소리를 할 사람들은 아니다. 자신과 싸우기가 두려워 그런 제안을 한 것도 아니다. 오천검객도 강하지만 칠잔앙은 더욱 강하다. 두 다리가 잘라져 없지만, 독사는 진정한 적수를 봤다. 그들은 개개인이 오공사수만큼이나 강한 사람들이다.

냄새를 좇아 떼어놓던 발걸음이 석벽에 가로막혔다.

'기다려야 하는군.'

냄새가 움직이지 않고 있다. 석벽 너머에서 풍겨나기는 하는데, 이곳저곳 분주하게 오가는 듯 울 안에 갇힌 토끼처럼 일정한 범위를 벗어나지 못하고 있다.

향 한 자루 탈 시간이 흐른 후, 석벽이 소리없이 움직였다. 그리고 보였다.

쥐 한 마리. 청향서. 석벽 저쪽으로 빠르게 사라지는 푸른 쥐.

혜월은 초췌한 얼굴이지만 나빠 보이지는 않았다. 엽수낭랑은 해맑게 웃었고, 사시와 이화는 어둠 속에 숨어서 석벽을 한 번씩 치는 것으로 인사를 대신했다.

"이곳까지 왔지만 아무것도 알아내지 못했네요. 현문 총단이 이곳에 있다는 것을 안 것만으로 만족해야겠어요. 아! 하나 더 있네요. 현문에 마다 간자가 있다는 것. 우리와는 별로 상관없어 보이지만…… 생각해 봐야겠어요. 세상에 쓸모없는 일이란 없는 거니까요."

혜월이 씁쓸한 미소를 지었다.

"아니, 많은 것을 알았소."

"네?"

"불곰을 찾을 필요가 없어졌어. 십달통도 마찬가지. 이제 우리는 아무것도 신경 쓰지 말고 우리 일만 하면 되는 거야. 우리 일만."

"그게 무슨 소리예요?"

엽수낭랑이 물었다.

독사는 가슴이 아팠다. 둘도 없이 친한 벗이었는데…… 이제는 가는 길이 다르다.

"불곰… 잘 있는 것을 확인했으니."

"그럼 만나기라도…… 혹시! 혹시 그 사람이?"

독사는 암흑이 짙게 깔린 암동을 거슬러 올라갔다.

뒤도 돌아보기 싫다는 듯이.

혜월이 엽수낭랑을 보며 말했다.

"잠잠(潛蠶)이라고 들어봤어?"

"자맥질할 잠, 누에 잠. 아뇨. 처음 듣는데요?"

"병서(兵書)에 나오는 말이야. 숨는 거지. 깊이깊이 숨는 것. 머리카락도 보이지 않게 꼭꼭 숨는 것. 그냥 숨는 건 아냐. 숨어서 움직이는 거야. 누에처럼. 고치가 되어 안에서 변신을 하는 거지. 그래서 다시 세상에 나왔을 때는 화려한 나비가 되어 있는 거야."

"왜 그런 말을?"

"오늘 독사를 보니 문득 잠잠이 생각나네. 이제야 고치를 벗고 나온 것 같아. 앞으로 바빠질 것 같지 않아?"

엽수낭랑은 솔직히 혜월의 말이 귀에 들어오지 않았다.

독사는 항시 불곰에 대해서 말해 왔다. 영은촌 독사 패거리, 음풍사 장도 옛일을 회상할 때마다 불곰을 빼놓지 않았다.

그런 사람이 현문에 있다면……

아! 설향은 어찌 된 것이며 무석 스님은 왜 죽었는가. 왜… 왜 백비로 들어가야 했는가!

엽수낭랑은 독사가 안쓰러웠다.

대화산 무생곡에서 설향을 만나면서부터 시작된 간난(艱難) 저편에 벗이 있었단 말인가.

무엇 때문에, 왜?

엽수낭랑은 부지런히 독사의 뒤를 좇았다.

'오늘은 술부터 먹어야겠네.'

『대형 설서린』 제10권으로…